UNA SCELTA DURA

LO STRATAGEMMA KURTHERIANO
LIBRO 9

MICHAEL ANDERLE

NEWSLETTER

Benvenuti in un viaggio emozionante con LMBPN®
International! Iscriviti alla nostra newsletter per accedere ad
aggiornamenti esclusivi e contenuti gratuiti. Come nostro
stimato abbonato, godrai di un'esperienza ricca piena di
sorprese. Immergiti in nuovi mondi, intuizioni uniche e storie
emozionanti che ti aspettano. Unisciti ora, diventa parte
dell'avventura internazionale LMBPN® e diventa davvero parte
della storia!

https://lmbpn.com/it/newsletter/

Diritti Versione inglese: © 2016 Michael T. Anderle
Diritti Versione italiana: © 2024 LMBPN® International
Copertina di Jeff Brown www. jeffbrowngraphics.com
Diritti copertina © LMBPN® International

A cura di: Francesco Vitellini

LMBPN® International
2375 E. Tropicana Avenue
Suite 8-305
Las Vegas, NV 89119

Version 1.00, Maggio 2024
ebook ISBN: 979-8-89354-015-4
Print ISBN: 979-8-89354-012-3

RINGRAZIAMENTO SPECIALE

Grazie ai seguenti consulenti speciali
per UNA SCELTA DURA

Jeff Morris – Professore Assistente di Cyber-Guerra
Stephen Russell – Idee e suggerimenti

*Alla famiglia, agli amici e
A coloro che amano
Leggere.
Che tutti noi possiamo godere della grazia
Di vivere la vita che siamo
Chiamati a vivere.*

1

Parigi, Francia

«SE NON SMETTONO di puntarmi addosso le telecamere, non sarò responsabile dei danni», mormorò Bethany Anne a Michael sottovoce.

I due stavano camminando lungo Avenue des Champs-Élysées dopo aver fatto una passeggiata nella Mecca di Bethany Anne: il negozio Christian Louboutin Saint Honoré in Rue du Faubourg Saint-Honoré. Erano in fila, in attesa di entrare nel negozio come tutti gli altri, quando alcuni di quelli che aspettavano si resero conto di chi fosse. Fu scattata qualche foto di nascosto con la fotocamera del telefono, e poi la sfera sociale si animò. Arrivarono un paio di giornalisti delle riviste di pettegolezzo e iniziarono a scattare foto, alcuni in modo fastidioso.

Michael notò che alcuni stavano scattando immagini da una distanza incredibile usando teleobiettivi molto lunghi. Tirò fuori il suo telefono, digitò una nota per Tabitha e lo mise via.

Sospettava che avrebbe avuto un rapporto da lei nelle ore successive, sicuramente entro il giorno dopo. Se ci fosse stato qualcosa da hackerare e cancellare, si sentiva sicuro che sarebbe sparito.

In caso contrario, ne avrebbe saputo di più.

Dopo pochi minuti, il direttore del negozio girò l'angolo e si avvicinò a loro. Con discrezione cercò di chiedere a Bethany Anne di precedere tutti ed entrare.

Lei rifiutò nel modo più assoluto, il che irritò l'uomo. Alla fine intervenne la sicurezza e spiegò a Bethany Anne che stava causando un problema di sicurezza con il traffico e i paparazzi inaspettati che scattavano foto fuori sul marciapiede.

Facendo cenno al direttore di avvicinarsi, lei strinse le labbra e gli sussurrò all'orecchio. Lui annuì una volta, si allontanò e scomparve nel negozio per un minuto.

Michael sorrise a se stesso mentre continuava la sua scansione visiva. Eric e John erano ognuno a mezzo isolato di distanza, anche loro tenevano gli occhi aperti, ma sapevano che Michael sarebbe morto prima di permettere a chiunque di arrivare a Bethany Anne.

Era abbastanza per loro.

Un momento dopo, il direttore uscì dal negozio e iniziò a distribuire biglietti unici, ciascuno dei quali era firmato da lui, a tutte le persone in fila. Scavalcò Bethany Anne e procedette lungo la fila. Quando tornò, fece un cenno a Bethany Anne e i due furono portati dentro.

Subito dopo il direttore tornò all'esterno e spiegò a ciascuno dei clienti che quei biglietti erano buone per l'acquisto di un paio di scarpe Christian Louboutin. Era un ringraziamento per aver permesso a Bethany Anne di passare loro davanti, oppure potevano cedere i biglietti in cambio di una donazione di 3.000 dollari a tre associazioni di beneficenza che stavano aiutando le famiglie di coloro che erano stati feriti o uccisi nei recenti attacchi terroristici.

Michael non aveva bisogno di abilità speciali per sentire le acclamazioni rauche che scoppiarono quando quelli in fila scoprirono di avere in mano un buono per un paio di scarpe.

Guardò Bethany Anne, e l'unica reazione che lei ebbe fu arrossire leggermente e abbassare la testa.

In quel momento capì che non solo era la scelta giusta per aiutare a ripulire il Mondo Sconosciuto, ma era anche la donna giusta per lui.

Se solo fosse riuscito a corteggiarla.

Seattle, Washington, USA

«Mi stai dicendo», gridò una voce burbera dal telefono, «che abbiamo una tecnologia inspiegabile che può portare roba sulla Luna e Dio solo sa cos'altro, e voi cervelloni della Ricerca e Sviluppo non sapete nemmeno dirmi *come*?»

I cinque uomini trasalirono quando sentirono lo sbattere di una mano su una scrivania attraverso l'altoparlante della sala conferenze.

L'uomo continuò a rimproverarli. «Ho appena avuto una terribile... No, permettetemi di cambiare, un'*aspra* conversazione con un alto senatore responsabile degli stanziamenti militari. Diventa una conversazione piuttosto unilaterale quando l'amministratore delegato di una società delle dimensioni della nostra non solo viene colto all'oscuro di una nuova tecnologia, ma quando i nostri radar e satelliti di sicurezza non riescono nemmeno a individuare quei figli di puttana!»

Jeovanni "Jeo" Deteusche intervenne. «Ma signore, come possiamo rilevare un nuovo rivoluzionario sistema di propulsione, o anche questi contenitori, quando hanno un rivestimento che riduce la loro firma radar a qualcosa delle dimensioni...»

Jeo aveva ignorato i vigorosi movimenti delle teste dei suoi capi. Essendo nell'azienda da poco più di un anno, Jeo era stufo della politica, delle priorità del cazzo della Ricerca e Sviluppo e dei commenti sprezzanti di persone che erano nel sistema da oltre un decennio.

Quella azienda, aveva deciso, non teneva a proteggere il suo Paese. Si trattava di spremere dalla gente del Paese i soldi delle tasse per mantenere in vita il conglomerato. Usavano la costante minaccia che i russi o i cinesi inventassero nuove tecnologie per mantenere l'afflusso di denaro del bilancio a palate.

Jeo poteva immaginare quanto si fosse arrabbiato il senatore quando aveva capito che, nonostante la quantità ridicola di finanziamenti, la loro tecnologia era ufficialmente di seconda classe.

Con un ampio margine.

Jeo era stato seduto in quella stanza con quei quattro scienziati nell'ultima mezz'ora ed era furioso. Non aveva mai voluto entrare nel settore della difesa, ma le posizioni della Ricerca e Sviluppo nelle sue specialità di utilizzo di metalli avanzati e di produzione teorica di metalli a bassa gravità non erano qualcosa che troppe aziende stavano cercando.

Sfortunatamente, ciò significava che aveva solo poche opzioni di lavoro, nonostante fosse uscito da una delle università di ingegneria più quotate. Avrebbe potuto restare nel mondo accademico e fare carriera come professore, ma lui voleva applicare la tecnologia. Non solo sviluppare i concetti, vendere le licenze e andare avanti.

Voleva far parte di una squadra che stava costruendo la prossima fase dell'esplorazione spaziale.

Due minuti prima, prima di iniziare quella che sapeva sarebbe stata la sua ultima conversazione come dipendente di quell'azienda, aveva scritto una breve frase sul suo account Twitter. Una frase che non era direttamente collegata a lui, quindi non aveva idea di come l'avessero capito.

Scrollò le spalle mentalmente; non era il caso di chiedersi perché, ma solo di digitare i dodici caratteri e poi iniziare l'ultimo urrà che avrebbe compiuto come membro della squadra della Ricerca e Sviluppo. Guardò il suo profilo e sorrise alla frase. C'era scritto:

#WEWILLBUILD.

Base Lunare Uno

Una voce dal muro attirò l'attenzione di Michael Penn. «Penn, abbiamo spazio lassù per qualche altro contenitore?»

Penn guardò il monitor, da cui Bobcat lo guardava di rimando. Un William e un Marcus sorridenti stavano sbirciando sopra la spalla di Bobcat nella videocamera da oltre 200.000 miglia di distanza.

Maledizione. Era fregato. Poteva esserci solo una ragione per cui quei tre individui gli sorridevano come tre Stregatti dalla loro tana sulla Terra.

Stavano per incastrarlo.

Penn si prese un momento per comporre i suoi pensieri e alla fine rispose: «È troppo tardi per dimettersi?» Le loro risate rauche e la loro allegria viaggiarono attraverso il collegamento eterico e fuori dagli altoparlanti, riecheggiando per tutta la lunghezza del suo container e chiaramente udibile da tutti in quello successivo.

Coach infilò la testa attraverso l'apertura e il movimento attirò l'attenzione di Penn. Quando si voltò, Coach chiese: «Che merda stiamo per ricevere?» Finì la domanda con un sorriso. Penn notò che le teste di ReaLea e Bree spuntavano da dietro Coach e che stavano sorridendo a loro volta.

Penn alzò gli occhi al cielo e si voltò verso Bobcat. «Immagino che questo sia un no?»

«Be'», rispose Bobcat, «suppongo che potrei chiedere Coach di prendere le tue cose dal tuo cubicolo e mostrarti la porta.»

Penn sentì le risatine della sua squadra. Penn ribatté: «Dannatamente difficile tornare sulla Terra a piedi, stronzo!».

Bobcat gli sorrise. «Allora, dimmi tutto. Di quanti stiamo parlando?»

«Oh, solo una decina», iniziò Bobcat, e Penn sentì la sua tensione iniziare a diminuire leggermente. «Alla seconda potenza», finì Bobcat.

Neanche l'equipaggio di Coach aveva una risposta per quello. «Tu vuoi che noi», Penn indicò se stesso e il gruppo fuori campo, «mettiamo insieme un centinaio di nuovi container quassù?» Penn stava cercando di sembrare calmo e raccolto e di NON far entrare nella sua voce lo stridore che minacciava di mettere in discussione la sua virilità.

Bobcat si guardò alle spalle mentre Marcus interveniva: «Io ero per mandarne su centotrenta, ma il generale ne vuole trenta per una base in Australia.» Bobcat annuì tornando a guardare lo schermo.

Penn rispose: «Marcus, sei fuori dalla mia lista di Natale quest'anno.» Marcus fece una faccia ferita. «Allora, c'è un motivo per cui dobbiamo nascondere un centinaio di container quassù?»

Quella volta fu William a parlare. «Sì, dobbiamo portarne un po' via dalla Terra. Dovremmo avere abbastanza persone per dare una mano. Be', una ventina da mettere lassù, e ADAM sta raccogliendo delle voci secondo cui abbiamo qualche potenziale suggerimento di dita svelte in corso. Tipo, grandi giocatori di potere che vogliono vedere cosa c'è. È più facile spostare il barattolo delle caramelle che insegnare al bambino che non deve infilarci le mani.»

Penn sentì tre della sua squadra arrivare alle sue spalle e le tre facce sul suo schermo si voltarono verso le persone sopra la sua spalla. «Ehi, ragazzi!» Bobcat sorrise mentre parlava. «Volete un po' di compagnia?»

Bree rispose: «Manderai più caffè in uno di questi?»

«Caffè?» rispose Marcus. «Ti abbiamo appena mandato venti chili in una capsula un paio di giorni fa.»

«È un'accaparratrice di roba», scherzò Coach. «Ne conserva la metà e poi guarda male tutti quelli che sembrano metterne troppo nel bollitore.»

Bree gli diede un colpetto. «Non sto accumulando, brutta copia di uno snob del caffè. Mi sto assicurando che il caffè sia sempre fresco!».

I tre uomini nel video guardarono i due duellare a parole. Coach si voltò leggermente verso l'aspirante barista. «Quelli sono contenitori sottovuoto che stai tenendo, se posso aggiungere, sottovuoto!»

Bree tirò su col naso. «Niente ratti.»

ReaLea sorrideva loro, con un luccichio negli occhi.

«Come diavolo,» iniziò Coach, «arriveranno quassù dei ratti?»

«È impossibile al cento per cento che non ci siano ratti in nessuno di questi contenitori?» chiese lei magnanima.

La bocca di Coach si abbassò in un leggero cipiglio. «Quasi!»

«Ma *non è* il cento per cento!» I suoi occhi si spalancarono. «E dove andrò se la preziosa scorta di caffè è rovinata? Non è che ci sia uno Starbucks dietro l'angolo qui fuori!»

«Non è che non possiamo mandare su un'altra capsula», iniziò Marcus, solo per avere Bree che si girò verso il monitor e gli puntò un dito in faccia.

«Se avessi voluto la tua opinione sul mio piano post-apocalittico del caffè, ti avrei detto cosa dire.» Si voltò di nuovo verso Coach, pronta a ricominciare.

William si chinò verso Marcus. «Quella signora ha bisogno della sua caffeina, credo.»

Marcus annuì, troppo scioccato per dire qualcosa.

Bobcat stava iniziando a capire come si era sentito Jeffrey quando i tre non si calmavano. Guardò Penn, che scrollò le spalle in risposta.

ReaLea si avvicinò da dietro Penn: «Perché non li mettiamo insieme su L2?»

«Cosa?» chiese Bree, momentaneamente distratta dalla sua conversazione sul caffè con Coach.

«È un buon suggerimento», concordò Marcus. «Possiamo sfruttare la situazione di gravità attenuata in L2 e iniziare a creare una stazione spaziale temporanea con i container.»

«Non è una luna piccola», scherzò Bobcat.

«Si tratta di un centinaio di container da carico, tutti montati insieme», concluse William. «Penso che dobbiamo considerare il modo migliore per collegarli usando le staffe esistenti. Jeffrey vuole che se ne vadano al più presto.»

«Devono essere tutti collegati proprio adesso?» chiese Penn.

«No», rispose Bobcat. «Ma non appena avremo tutto, vi consegneremo i primi ottanta. I successivi venti arriveranno presto.»

«Quando dobbiamo aspettarci i primi ottanta?» chiese Penn.

Bobcat guardò Marcus da sopra la spalla e alzò un sopracciglio. Marcus fece una smorfia. «Come se non sapessi già la risposta.» Marcus guardò lo schermo e sorrise. «Tra mezz'ora o giù di lì.»

Quello fece sì che tutti e quattro i membri della squadra di Base Lunare Uno in ascolto fissassero lo schermo come futuri genitori a cui era stato appena detto che stavano aspettando dei gemelli quintupli.

Bree sussurrò nel silenzio: «Vado a prendere il caffè.»

<u>NEW YORK CITY, NY, USA</u>

«Vi dico che hanno una tecnologia che devono assolutamente fornire al mondo!» disse Johann Pecora agli uomini e alle donne di una sotto-assemblea per il Progresso della Razza Umana. Sebbene fosse un nome di buon auspicio, era composto da un gruppo di individui che si concentravano sul progresso di un gruppo selezionato di aziende: i propri membri.

«Questo gruppo, questa RDS Enterprises, deve avere ancora *più* tecnologie se può spostare dei container sulla luna!» continuò Johann.

Erano presenti sedici persone. La stanza era nel seminterrato del Waldorf-Astoria. La usavano ogni volta che avevano bisogno di allontanarsi dalle Nazioni Unite e incontrarsi fuori sede. Non sarebbe stato strano per nessuno di loro avere una riunione lì individualmente, quindi la scelta del luogo non era qualcosa che avrebbe fatto suonare nessun campanello d'allarme.

Sedici nazioni erano rappresentate nel comitato. I rappresentanti erano collegati ad alcuni dei Paesi più potenti o influenti del mondo. Nessuna di quelle persone aveva un potere personale diretto, ma agivano dietro le quinte come promotori e agitatori concentrati sugli interessi dei loro rispettivi Paesi.

«E come intendete incoraggiarli a fornire le tecnologie che hanno?» chiese la signora Stephanie Lee

Johann considerò la domanda. «Che influenza abbiamo noi?» chiese. «Non è la prima volta che ci scontriamo con un'entità che non era già un membro.»

«Questo», replicò Eugene Guaran, «potrebbe essere vero. Tuttavia, non abbiamo mai cercato di andare contro questo gruppo in particolare.»

Johann scartò la cosa con un cenno. «E allora? Noi rappresentiamo la potenza combinata del ventidue per cento del prodotto nazionale lordo dei sedici Paesi più importanti del mondo e dei loro alleati.» Prese fiato, ma Eugene lo interruppe.

«Hai fatto qualche ricerca sulla TRS?», chiese. «Sono solo curioso.»

Johann alzò le spalle. «Ammetto di non averlo fatto. Ho dovuto calmare tre membri del Congresso e un senatore molto arrabbiato questo fine settimana. So che parte della nostra capacità di restare rilevanti a breve termine per due dei nostri progetti richiesti dipenderà dalla nostra capacità di, ehm, acquisire l'accesso a questa tecnologia», concluse debolmente.

Anna Elisabeth Hauser intervenne: «Fornirò io alcune informazioni, ma non sono tante.» Tutte le teste si voltarono verso la rappresentante del membro più riservato del comitato. «Perché rischierò la pena di morte se mai si scoprirà che ho detto questa verità. È chiaro?»

La donna dalla pelle chiara e dai lunghi capelli biondi guardò ogni volto per assicurarsi di ricevere un riconoscimento. Non si aspettava che qualcuno di loro la ascoltasse, ma doveva provarci. Nel suo Paese si sussurrava di un gruppo oscuro ai più alti livelli del potere. Aveva intravisto l'inafferrabile leader della RDS Enterprises, e non era riuscita a scrollarsi di dosso la sensazione di aver già visto quella donna.

Alle tre di quella mattina si era alzata di scatto dal letto e si era affrettata a indossare la vestaglia. Aveva fatto una richiesta speciale e sicura per confermare i fatti di un incidente accaduto nel suo Paese qualche tempo prima.

Anna Elisabeth aveva cercato informazioni su una rapina in banca. Non una riuscita; un crimine in cui i criminali erano stati catturati ma nessuno sapeva come era stato fermato. Le videocassette della banca erano state cancellate in modo misterioso, ma nessuno era mai stato accusato di non aver fornito le prove alla polizia.

Aveva visto la foto di una donna che se ne andava, con un cappello che le ombreggiava il viso. Era la linea della mascella che ricordava. Decisa. Era sicura di sé. Era determinata.

Il suo nome era sulla lista degli interrogati.

Ci poteva essere solo una risposta a quella domanda, e ciò spaventava Anna Elisabeth oltre ogni ragionevole dubbio. Aveva scartato le voci fin da quando le aveva sentite. Era salita a quel livello di responsabilità perché non si spaventava facilmente. Oh, conosceva il potere e la forza del rispetto per quelli più influenti di lei, e quelli più disperati, ma erano tutti aspetti del grande gioco.

Quello, però, le faceva sentire il sangue come se stesse diventando di ghiaccio. Aveva impiegato diciotto anni per arrivare a quella posizione e stava per gettarla via in un futile gesto per avvertire altre quindici persone con cui aveva lavorato in segreto. Quella conversazione sarebbe stata discussa per settimane e mesi, o forse anni. Nel primo caso, quegli idioti l'avrebbero ignorata. Nel secondo, allora avrebbero imparato abbastanza da usare cautela.

Perché con alcune entità, un bastone più grande non è la risposta.

Con tutti gli occhi puntati su di lei, iniziò quello che considerava il suo discorso d'addio.

«C'è un gruppo che è conosciuto nel nostro Paese da più di mille anni. Un gruppo di cui non si parla mai. È stato detto che coloro che sono al potere uccideranno i loro sottoposti, se necessario, per mantenere questo segreto.»

Aveva la loro attenzione. Quando si è noti per i propri segreti, non ci vuole molto ad attirare l'attenzione quando si ammette che si sta per rivelarne uno.

«Anche se non ho mai sentito parlare di una tale uccisione, non sarei sorpresa se fosse accaduto nei secoli passati. Questo gruppo ha molta influenza e possiede ricchezze incredibili in molte nazioni del mondo. Individualmente, hanno interessi cruciali nelle economie della mia nazione e di molte delle vostre.»

«Di sicuro racconti una bella storia», interruppe Johann. «Se ci fosse ancora una tale società segreta, la conosceremmo!».

Anna Elisabeth fissò Johann, non solo perché era uno stronzo arrogante, ma perché aggiungeva a quell'atteggiamento la maleducazione. Johann sentiva che il potere di coloro che rappresentava definiva la sua autorità, non capendo mai la sua posizione di semplice figura di rappresentanza. Anna Elisabeth aveva sempre capito di essere in una posizione simile e cercava di essere la migliore rappresentante possibile.

Fino a quel momento.

Era riuscita a mettere insieme quello che era successo in quella banca e sapeva che le voci, le storie, i sussurri, erano veri.

«Scusa», borbottò lui alla fine.

«Non posso dirvi molto, ma *posso* dirvi che se scegliete di fare qualcosa di drastico, allora aspettatevi conseguenze gravi. Questo gruppo mette in ombra l'atteggiamento "occhio per occhio" tipico degli israeliani.» Fece girare lo sguardo intorno al tavolo. «Condivido tutto questo perché se la RDS Enterprises è alleata con queste persone, i vostri direttori non sono al sicuro. La vostra gente non è al sicuro, e oserei dire che i vostri Paesi non sono al sicuro.»

A quello, Johann e altri due intorno al tavolo ridacchiarono.

Be', era il meglio che potesse fare continuando a tenere la testa attaccata al collo. «Come è mio diritto, anche se raramente impiegato dal mio Paese, chiedo una votazione a tavolino per sapere se intendete acquisire la tecnologia della RDS Enterprises con qualsiasi mezzo necessario.»

«Qualsiasi mezzo», sottolineò Stephanie, «non sempre significa forza, Anna.»

Anna si voltò verso Stephanie Lee e sorrise. «Non otterrete la tecnologia in nessun altro modo. Richiedo di sapere, con un voto immediato, se approverete l'uso della forza per acquisire questa tecnologia.»

Nel suo Paese, la signora Lee sarebbe stata più circospetta sulla questione. Ma in quel gruppo aveva imparato che la lunga storia della sua nazione era poco compresa e ancora meno apprezzata. Alzò la mano mentre fissava Anna. «Tutto, fino all'uso della forza.»

Altre quattordici mani si alzarono. Anna Elisabeth scrollò le spalle e spostò indietro la sedia. «Allora vi auguro buona fortuna per i vostri negoziati pacifici.» Raccolse il suo taccuino e il tablet e spinse di nuovo la sedia sotto il tavolo.

«Puoi darci qualche altro suggerimento?» chiese Johann. Lei lo guardò in faccia. Lui sorrideva come se lei fosse una scolaretta che scappava da una storia spaventosa.

Che andassero tutti a fare in culo, pensò. Si avviò verso la porta. «Si. Non fare cazzate con l'Arcangelo.»

Aprì la porta e la attraversò. Potevano sentire il ticchettio dei suoi passi sui pavimenti di pietra mentre si allontanava.

BASE LUNARE UNO

La base era cresciuta dai sette container originali a quindici. Sei di essi erano pile di due container saldati insieme sulla Terra prima del trasporto sulla Luna. Ormai avevano il doppio dello spazio nelle tre stanze lunghe dodici metri e larghe cinque.

Era d'aiuto per incontri come quello.

«Quello che sto dicendo, capo», Coach era in piedi davanti a tutti e cercava di manipolare due forchette, «è che abbiamo intenzione di collegare tutto per una lunghezza di cinque container, poi uno sul lato per creare un angolo di novanta gradi. Quindi ne usiamo un altro posizionato alla fine, attaccato al lato. Con quel secondo container, torniamo indietro da dove siamo venuti. Anche quello centrale dei cinque ha un lato per permetterci di collegarlo a piacere. *Ma* questo presuppone che abbiamo un nuovo tipo di connettore, uno che si inserisce e si blocca con la forza, senza avvitare o torcere per finire. Non avremo la capacità di fare quel movimento rotatorio.»

«Praticamente una connessione a senso unico», aggiunse William dal monitor sul muro.

«Posso farti avere il progetto nella prossima mezz'ora, William», disse Adarsh. «Anch'io ho lavorato a qualcosa di simile nelle ultime due settimane. Ma ha un rilascio speciale da entrambe le parti. Non è permanente.»

«Sarebbe fantastico!» esclamò Bobcat. «Se costruissimo una camera più piccola con due di queste, potremmo fare una specie di connettore universale che aiuta il trasferimento da nave a nave attraverso l'atmosfera. Fai agganciare una nave, immetti l'aria, una persona ci passa attraverso, risucchia fuori l'aria e sgancia.»

Penn ci pensò su. «Sarebbe più facile di questi piccoli avvitamenti che stiamo facendo adesso.»

Adarsh aveva lavorato in modo febbrile sul suo tablet. «D'accordo, William. Ti ho mandato quello che ho finora. Non appena questa riunione sarà finita, forse noi due potremo parlarne?»

«Per me va bene», concordò William.

Dopo ulteriori discussioni, le squadre si separarono per capire come gestire al meglio un altro centinaio e più di container.

Penn pensò che sarebbe stata la stazione spaziale più brutta del mondo. Ma considerando che era solo la terza esistente, ci sarebbero state molte opportunità perché arrivasse qualcosa di ancora più brutto a farla scendere dal podio.

2

———————

<u>Università appena fuori Philadelphia, PA</u>

«TE LO DICO IO, James, questa merda sta diventando reale!»
Nick guardò lo schermo del suo computer mentre scorreva i
messaggi nella chat room. «TxSatan99 dice di essere a conoscenza di tre abbattimenti verificati in Francia, fuori Parigi. Uno
dei ragazzi laggiù dice che gli è stato detto, da un poliziotto che
conosce, che MyNam3isADAM ha iniziato a stampare merda
sulle stampanti dei poliziotti stessi!»

Nick guardò oltre lo schermo del suo portatile, verso il suo
amico che stava fissando il proprio computer. «Dio, te lo immagini? Questo tizio non solo trova il marcio, ma ha anche violato
la rete dei poliziotti per stampare le prove.»

Nick scosse la testa e abbassò di nuovo lo sguardo. «Ehi!
Satana dice che c'è una ricompensa per chiunque riesca a
capire chi è MyNam3isADAM. È appena stata aumentata a
trenta bitcoin.»

«Merda», rispose James. «Sono solo quindicimila dollari al

momento. Non esiste che io consegni ADAM per dei soldi. Inoltre, che razza di nome è "Satana"?»

Nick alzò le spalle. «Gliel'ho chiesto, e lui ha detto che il Texas è caldo come l'inferno in estate, quindi sembrava appropriato.» Nick continuò a leggere i messaggi. «Non sto dicendo che voglio che venga catturato. Sto dicendo che c'è una taglia su di lui.»

Nick alzò lo sguardo dallo schermo e si avvicinò per schioccare le dita davanti alla faccia dell'amico. James alzò lo sguardo, infastidito. «Che cazzo?»

«Pensi che voglia essere aiutato?» chiese Nick.

«Chi?» rispose James.

«ADAM!» Indicò il suo schermo. «Questa è una stronzata.»

James si stropicciò la faccia. «Di che cazzo stai parlando? È un'altra cosa del tipo "mi getti la merda addosso e poi corri intorno all'isolato" per te?»

Nick alzò gli occhi al cielo. «No. Ascolta, quello è stato al liceo! Dovresti metterci una pietra sopra. Io l'ho fatto.»

James si appoggiò all'indietro sulla sedia. «Questo perché non sei rimasto con le prove in mano quando sono arrivati i poliziotti. Sai quanto è stato difficile spiegare che tutta la nostra attrezzatura informatica non era roba da hacker?»

Nick sorrise. «Sì, mi hai fatto la telecronaca almeno quarantadue volte negli ultimi quattro anni.» Allargò le braccia. «Inoltre, tu ne sei uscito! Io avrei balbettato e sarei stato beccato.»

«Non avresti dovuto cercare di usare il wireless della scuola per cambiare i tuoi voti del cazzo», gli disse James.

Nick agitò una mano. «Come vuoi. Allora, rispondi alla mia domanda.»

James fissò il suo amico. «Vuoi sapere se uno dei più importanti hacker del pianeta in questo momento, che ha una taglia sulla sua testa, vuole che tu lo aiuti?»

«Be', se la metti così, sembra un po' inverosimile.» Nick tornò al suo schermo. «Cazzo!»

«Aspetta, cosa «"cazzo"?» James iniziò a preoccuparsi mentre Nick continuava a scrivere e non gli rispondeva. Si alzò e girò intorno al piccolo tavolo da gioco nella stanza del dormitorio che condividevano per guardare oltre la spalla del suo amico.

«Oh, *quel* "cazzo".»

Base <u>RDS, CO, USA</u>

>> Bethany Anne?<<

Sì?

Bethany Anne stava prendendo il cappotto e si stava infilando le Christian Louboutin. John era fuori dalla porta della suite e si stava avvicinando l'ora in cui doveva essere alla riunione con gli avvocati.

>>Ho incontrato una situazione a cui non ero preparato.<<

Davvero? Tipo cosa?

>>Il mio personaggio di hacker sta ricevendo richieste da persone che chiedono se possono aiutarmi.<<

Bethany Anne lasciò cadere una scarpa. *Che cosa?*

>>Ho ricevuto richieste da persone sul dark web per vedere se possono aiutarmi.<<

Finì di mettersi le scarpe e si alzò, poi spinse sotto un tavolo una sedia che aveva un paio di pantaloni di Michael piegati in modo ordinato e appesi sullo schienale. Quell'uomo era così preciso che sembrava uscito da una rivista di Neiman Marcus. «Maschio perfetto. Saggio negli anni, corpo giovane, pulisce da solo dove sporca.»

Era partito più di un'ora prima per leggere nel pensiero e darle la sua impressione sulle nuove squadre prima che lei andasse al suo incontro con gli squali.

Quanti sono?

>>Sedici in questo momento.<<

Hai sedici hacker che ti cercano per vedere se hai bisogno di aiuto?

>>Sì. Vogliono unirsi alla rivoluzione di ADAM.<<

Aspetta, quale rivoluzione? Tu e TOM non avete iniziato niente, vero?

>>No, questo non faceva parte del mio piano. Posso capire dove potrebbero essere utili visto che ho a che fare con più di quello che mi aspettavo con il mercato azionario, ma non conosco le tue aspettative e non so se avere un aiuto aggiuntivo è una buona soluzione.<<

Volevi che aiutassi ADAM a iniziare una rivoluzione?

Diavolo, no, TOM! Avete fatto abbastanza con la Cina. Signore Onnipotente! Se mai venisse fuori che un gruppo di hacker sostenuti dall'IA e dagli alieni e potenziati dal dark web stesse cercando di influenzare la società... Oh, rabbrividisco al pensiero del disastro nelle pubbliche relazioni che ne deriverebbe.

Bethany Anne si fermò un momento e, prima di aprire la porta, aggiunse: *E la lavata di capo che mi darebbe Cheryl Lynn per avervi permesso di farlo!*

Ma va bene che giochi solo ADAM?

Bethany Anne annuì a John e finì il suo pensiero.

Non posso credere che lo sto dicendo, ma sì. ADAM, tienimi aggiornato su quello che succede con le persone, ma puoi comunicare.

Gli avvocati dello studio Mill, Sethy e Brimer seguirono Cheryl Lynn nel corridoio. Passarono davanti a un uomo vestito di tutto punto che oziava nel corridoio. La loro guida mormorò: «Michael.» Le fece un cenno mentre gli uomini gli camminavano intorno. Mill e Sethy ricambiarono il cenno, mentre Brimer lo ignorò del tutto.

Erano un paio di minuti dietro la squadra di Thuresson e

Guaran, e avevano notato Jakob Yadav che arrivava con la sua vecchia Mercedes Benz E350 argento dietro di loro.

Come loro, Yadav era venuto di persona. Si diceva che Thuresson e Guaran avessero inviato una squadra di riserva.

A quanto pareva, Thuresson e Guaran non avevano fatto i loro compiti.

Quel conto poteva facilmente aggiungere decine di milioni alle casse del loro studio, e tra i tre studi, avevano più di centoventi anni di esperienza legale. Si sentivano abbastanza sicuri che non c'era nulla che quel gruppo potesse gettare su di loro che non sarebbero stati in grado di gestire.

Era il round finale che era iniziato rapidamente nelle ultime due settimane.

Gli uomini furono fatti entrare nella grande sala riunioni e tutti restarono sorpresi dall'esibizione di raffinatezza. In realtà, la stanza era un piccolo anfiteatro con quattro livelli di scrivanie e schermi e un grande tavolo da conferenza sul fondo.

Thuresson e Guaran avevano cinque persone già sedute al primo livello di scrivanie sulla sinistra. A Mill, Sethy e Brimer furono mostrate le sedie a destra sul primo livello.

Brimer sorrise; ciò significava che Yadav avrebbe probabilmente ottenuto un posto in seconda fila.

Quando tornò all'ingresso, Cheryl Lynn trovò Jakob Yadav ad aspettarla. Era vestito con un semplice abito a tre pezzi e aveva un orologio da taschino d'oro alla moda e una catena. Cheryl Lynn pensò che fosse carino. L'uomo si era già tolto il cappello, era calvo e aveva un naso piuttosto grande. Le ricordava il leggendario manager degli NY Yankees Yogi Berra.

«Salve.» Lui allungò la mano per stringere la sua. «Piacere di conoscerla. Sono Jakob Yadav. Mi è stato chiesto di partecipare, ma devo essere onesto. Non avevo intenzione di prendere nessun cliente.» Scrollò le spalle, si indicò la testa nuda e sorrise. «Il cervello è buono, ma certe mattine fredde, ci vuole più di una tazza di caffè per mettersi in moto!»

«Be'», rispose Cheryl Lynn sorridendo, «per quanto ne so, la vogliono per la sua mente, non per il suo corpo.» Lo scintillio nei suoi occhi assicurò a Cheryl Lynn che il signor Yadav non aveva perso il suo senso dell'umorismo.

«Se vuole seguirmi», lo invitò. L'uomo raccolse il suo taccuino giallo e una penna e iniziò a seguirla lungo il corridoio. Lei fece di nuovo un cenno a Michael, ma fu colta di sorpresa quando il signor Yadav esclamò qualcosa dietro di lei.

«Lei è il signor Michael, vero?»

Cheryl Lynn si voltò e vide i due uomini che si stringevano la mano e Michael che rispondeva: «Lo sono.»

«Piacere di conoscerla. Mi chiamo Jakob Yadav. Quei teppisti che scattano foto di lei e della signorina Bethany Anne quando siete ai vostri appuntamenti devono essere una bella seccatura. Se fossi più giovane, penso che potrei rischiare di essere sbattuto in galera dopo aver dato un colpo a quei bastardi.» Il signor Yadav rilasciò la mano di Michael e poi si chinò in avanti per dargli un leggero pugno sul petto e si raddrizzò di nuovo. «Se le capita di colpirne uno, mi chiami. Lo considererò un servizio pubblico e la rappresenterò gratuitamente.»

Michael sorrise all'uomo molto più giovane, il cui corpo si stava rapidamente allontanando da lui.

«Le dico una cosa», rispose Michael. «Alla prossima occasione, ne stendo uno. Ma non è con la polizia che avrò bisogno della sua intercessione, bensì con la mia ragazza.» Fece l'occhiolino a Jakob. «Lei tende a disapprovare la violenza non necessaria.»

«Hmph», rispose l'altro. «Sono maleducati. Scattano foto mentre state facendo una cena privata, ed è certamente una giustificazione per la violenza. Almeno, ai miei tempi, lo era.»

Michael sorrise e si voltò verso Cheryl Lynn con un luccichio negli occhi. «Anche ai miei tempi. Jakob, perché non andiamo a sederci insieme e sentiamo cosa avrà da dire il gruppo?»

Jakob si voltò per camminare con Michael e i due aggirarono la stupefatta Cheryl Lynn nel corridoio.

Lei voltò la testa e guardò mentre scomparivano attraverso le porte che conducevano alla sala conferenze. Guardando indietro verso dove l'aspettava il suo lavoro, scrollò le spalle e si voltò per seguirli.

Non ci si aspettava che Michael partecipasse alla riunione. Il fatto che si fosse autoinvitato era un'indicazione di tempi eccitanti e Cheryl Lynn avrebbe dovuto conoscere i dettagli per quando Giannini l'avrebbe torchiata più tardi.

New York, NY, USA

«Signore, Nathan ed Ecaterina sono qui per vederla», lo informò la segretaria di Gerry. Lui premette il pulsante dell'altoparlante. «Grazie, Ashley. Per favore, falli entrare.»

Gerry finì l'e-mail a cui stava lavorando e si alzò quando la porta dell'ufficio si aprì. Nathan entrò, seguito dalla sua amica Ecaterina. Entrambi gli sorrisero e si incontrarono al centro del suo grande ufficio. Strinse la mano di Nathan e abbracciò Ecaterina per un istante. «Divano o scrivania?» chiese.

«Sto pensando al divano», rispose lei, tirando il braccio di Nathan e cambiando la sua direzione. «Queste scarpe sono belle, ma non sono comode.» Strofinò la schiena di Nathan di sfuggita e Gerry cercò di trattenere un sorrisino.

Al guinzaglio.

Sospirò dentro di sé. Era felice per Nathan. Lui stesso stava invecchiando, quindi non doveva essere geloso della felicità di Nathan. Ora che la politica era stata ridotta di molto da Bethany Anne, avrebbe potuto avere il tempo di guardarsi intorno un'ultima volta per un partner. Probabilmente una donna umana, dato che una mannara gli sarebbe sopravvissuta.

La coppia si sedette sul suo divano e Gerry chiese se volessero qualcosa. Nathan accettò uno scotch, ma Ecaterina si oppose. Gerry alzò un sopracciglio verso Nathan, che scosse la testa e scrollò una spalla.

Interessante, pensò Gerry. «Forse acqua con limone?» Lei accettò e Gerry preparò i loro drink e glieli porse. Fece un gin tonic per sé e si sedette.

«Allora», iniziò Gerry. «Com'è andato il giro di reclutamento?»

«Troppo bene, forse», rispose Nathan.

Gerry era sorpreso. «Cosa? È piuttosto scioccante. Immaginavo che con le conseguenze dell'ultima riunione del consiglio, ci sarebbero state un sacco di stronzate del cazzo che avrebbero bloccato lo sforzo di reclutamento.»

«Oh, ci hanno provato all'inizio», confermò Ecaterina. «Ma non ha funzionato molto bene.»

Gerry guardò Nathan in cerca di una risposta.

«Davvero non hai sentito nessuna notizia?» chiese Nathan, e fu sorpreso quando Gerry sorrise. «Chi avrebbe pensato che avresti preso così bene il fatto di non essere il capo?» rifletté Nathan ad alta voce.

Gerry alzò le spalle. «Più che altro mi sono preso la responsabilità di coprire qualsiasi cosa Michael potesse fare. Quel massacro mi fece impressione. Dato che Bethany Anne sta dirigendo le cose, mi sento a mio agio a rilassarmi su questo punto. Inoltre, tu sei il mio contatto. Se hanno un problema con te, be', cazzo, possono semplicemente lamentarsi con te!»

«Brutto bastardo! Hai spento il tuo telefono!» lo accusò Nathan.

«Non è vero», rispose l'altro prontamente. «Ho mandato alla segreteria telefonica tutto tranne un paio di persone.» Bevve un sorso del suo drink. «Allora, torniamo a come li hai convinti a mettersi in fila.»

Ecaterina si intromise: «È diventato peloso, ha preso in braccio entrambi gli alfa e ha loro ringhiato in faccia. È stato un momento emozionante per molti, te lo assicuro.» Sorrise. «I più giovani erano così eccitati di vedere un Pricolici che qualsiasi cosa dicesse l'alfa non entrava affatto nelle loro orecchie.» Fece un gesto con la mano. «Puff!»

Gerry ridacchiò. «Discussione attraverso l'intimidazione? Pensavo che Bethany Anne avesse un'influenza più gentile e delicata su di te.»

Nathan sorrise. «Era Ecaterina, che mi ha detto: "falla finita con questa gara a chi ce l'ha più lungo, mi annoia".»

Ecaterina arrossì quando gli uomini si chinarono l'uno verso l'altro e si diedero il cinque mentre ridevano forte. Interruppe la loro risata sguaiata dicendo: «Mi sono appena chiesta cosa direbbe Bethany Anne.» Quello non aiutò affatto. In quel momento stavano praticamente rotolando dalle loro sedie. Alla fine, lei si alzò. «Penso che andrò a parlare con Ashley per un momento mentre voi due ragazzi vi togliete il pensiero dalla testa.»

Nathan allungò la mano sotto di lei per spingerla verso l'alto più in fretta e lei gli diede un colpetto, poi gli fece l'occhiolino. «Promesse, promesse!» Lei uscì dalla stanza e i due uomini si voltarono l'uno verso l'altro.

«Allora», chiese Gerry. «Trasformati in un Pricolici, e tutto va bene?»

Nathan fece una smorfia. «Non è proprio così facile. Dover combattere la rabbia che si manifesta quando sono in quella forma è una sfida. Non è un'opzione che vuoi fornire a qualsiasi idiota con l'abilità grezza. Sono un po' sorpreso che Peter se la cavi così bene.»

«Peter?» chiese Gerry.

«Sì, John ha iniziato a chiamarlo Peter e ha detto che Pete era il suo vecchio nome da giovane. Ha preso piede. Di tanto in tanto lo chiamiamo Pete, soprattutto se stiamo cercando di prenderlo in giro, ma fuori, e ora più spesso all'interno del gruppo, è Peter.»

«È cresciuto, eh?» chiese Gerry prima di bere un altro sorso.

Nathan si guardò intorno nell'ufficio per un minuto. Gerry poteva quasi vedere la sua mente rivedere l'incidente con il padre di Peter e Nathan che aveva deciso il destino di Peter proprio in quell'ufficio. «Sai Gerry, per i Wechselbalg, lui è praticamente il nostro figlio prediletto», osservò Nathan con sobrietà. «Era il bambino sacrificato ai vampiri ed è risorto per diventare il capo della nostra prossima generazione.»

Gerry fu riportato a quel momento, uno che all'epoca era sembrato molto meno importante e molto più un processo decisionale impulsivo. «Chi l'avrebbe mai detto? Ora ne abbiamo tre che possono trasformarsi in Pricolici, e siamo uniti al fianco di uno dei vampiri più potenti mai esistiti.»

«*La*», lo corresse Nathan.

«Cosa?» chiese Gerry. «Vuoi dire che è più forte di Michael?»

«Oh, forse non in pura violenza fisica. Immagino che lui possa ancora batterla in uno scontro uno contro uno. Ha mille anni di esperienza che a lei ancora mancano. No, sto parlando della sua organizzazione e di quello che dirige. Bethany Anne ha costruito il nostro gruppo e siamo sulla Luna, Gerry.» Bevve un sorso del suo stesso drink. «La maledetta Luna!»

Nathan si voltò a guardare la stanza prima di tornare da Gerry. «Abbiamo più di duecento volontari Wechselbalg in questo momento, e questa è la prima ondata. Mi aspetto che quando avremo finito con gli Stati Uniti e il Canada, avremo quasi un battaglione di Wechselbalg desiderosi di arruolarsi.» Sospirò. «Non so se si stanno arruolando a causa mia, perché hanno bisogno di un cambiamento, o perché hanno capito chi è Bethany Anne.»

«Be'», Gerry allungò la sua pausa, «la mia esperienza suggerisce che non importa la ragione originale, Bethany Anne concentrerà la loro attenzione dove deve essere.»

Nathan salutò Gerry con il suo whisky e lo mandò giù in un sorso.

3

___

Bethany Anne e John andarono verso gli uffici principali e passarono dove avrebbe dovuto trovarsi Cheryl Lynn, ma non c'era. Poi passò dove avrebbe dovuto essere Michael, ma non c'era. John la precedette e allungò una mano.

Lei si fermò. Poteva sentire tutto nella stanza davanti a sé e non c'erano segni di problemi, ma aveva imparato che era più facile seguire le indicazioni della mano che dargli troppa importanza. Inoltre, stava conservando tutte quelle piccole indegnità per un momento in cui avrebbe potuto riprenderselo.

Sta arrivando il tuo momento, signor Grimes, pensò. *Oh, sì, il tuo momento sta arrivando.*

Soddisfatto che tutto fosse al sicuro all'interno della stanza, John si tirò indietro e la sua postura disse a Bethany Anne che poteva entrare. Lei girò l'angolo e trovò le due persone mancanti. Cheryl Lynn stava arrossendo furiosamente nell'ultima fila e vide Michael seduto accanto a uno degli avvocati. Dal profilo, era Jakob Yadav. Scese i gradini e si avvicinò al tavolo da conferenza di fronte a tutte le sedie, poi si girò e si appoggiò al tavolo con le braccia incrociate.

«Benvenuti», esordì. «Ho saputo dalle persone che vi hanno esaminato prima del vostro arrivo che le vostre aziende soddisfano tutti i nostri requisiti specifici.» Si voltò verso il gruppo di Thuresson e Guaran. «Purtroppo non riconosco nessuno di voi. Presumo che i signori Thuresson e Guaran abbiano una giustificazione per essersi persi questa riunione?»

Le persone al tavolo si guardarono a vicenda prima che la persona sulla sedia più vicina al corridoio parlasse. «Salve, signora Bethany Anne.»

Bethany Anne alzò una mano. «È solo Bethany Anne. Non è necessario l'onorifico.» Lei gli fece cenno di continuare.

«Certo. Mi chiamo Will Jameson e sono qui per conto dell'azienda. I signori Thuresson e Guaran sono stati chiamati per affari urgenti per un senatore e chiedono rispettosamente il suo perdono.» Bethany Anne colse con la coda dell'occhio il leggero scuotimento della testa di Michael.

Lei arricciò le labbra.

ADAM, puoi dirmi dove si trovano attualmente i signori Thuresson e Guaran?

>>Un momento, Bethany Anne.<<

«Will», chiese lei, «mi presenteresti alla squadra?»

Prima che Will finisse, ADAM le rispose.

>>Thuresson e Guaran al momento sono in una casa di caccia nel Canada occidentale con due clienti e un numero significativo di donne single.<<

Come diavolo fai a saperlo? Non sto dubitando di te, sono solo curiosa.

>>Il signor Guaran ha il luogo sul suo itinerario personale, con due nomi di clienti e i loro datori di lavoro. Ho scoperto che uno dei suoi clienti sta attualmente inviando foto su una bacheca sociale protetta da

PASSWORD DEGLI EVENTI PER FARLE VEDERE A UN GRUPPO DI UOMINI.<<

«Grazie per le presentazioni, Will, ma purtroppo sono stata prematura nel chiederle. Non credo nella perdita di tempo, né credo nella falsità come un buon modo per iniziare una relazione. Generano sfiducia. Dato che Thuresson e Guaran non sono attualmente sulla costa orientale degli Stati Uniti, ma piuttosto in Canada a divertirsi, posso solo supporre che o non lo sai, il che significa che ti hanno mentito, o lo sai, il che significa che mi hai mentito tu.»

Alzò lo sguardo verso John, che iniziò a scendere i gradini per posizionarsi accanto a lei. «Il signor Grimes qui si assicurerà che arriviate al cancello principale.» John stava parlando al suo piccolo microfono, chiamando Eric a entrare da fuori per aiutarli.

Sembrava che Will volesse discutere il punto, ma poi raccolse il suo computer portatile e iniziò a spingere i suoi libri, il blocco per gli appunti e il mouse nella borsa.

«Michael», mormorò Bethany Anne con voce quasi impercettibile.

Sì? rispose lui nella sua mente.

Potresti controllare la terza donna del loro gruppo? Bethany Anne vide Michael serrare le labbra e assumere l'espressione che faceva intendere che stesse studiando tutto il gruppo.

È sconvolta. Aveva sperato di aiutare a vincere questo conto per poter lavorare, almeno per prossimità, con questa squadra, perché Jennifer ama ciò che ha visto e imparato fino a oggi. Hmmm, sembra che abbia una cotta per te.

Cosa?

Ha una cotta professionale. ha fatto ricerche su tutto ciò che si sa di te. Accidenti, sai quanti siti web sono comparsi su di te?

Dio, sì! È come se più cerco di nascondere, più loro scavano. Ho fatto intervenire ADAM che a volte lascia delle briciole false, e ogni tanto cancella delle cose. Ha trovato più di settantadue siti web e quattro gruppi Facebook.

Hmm, inviò Michael.

Cosa?

Sembra che anche abbia una cotta anche per me, rispose.

Come può avere una cotta per te? Quali informazioni commerciali ci sono su di te?

Non quel tipo di cotta.

Passò un secondo prima che Bethany Anne rispondesse.

Ti strapperò il cazzo.

Michael strinse le labbra per cercare di trattenere l'allegria. Nelle ultime tre o quattro settimane Bethany Anne era diventata sempre più gelosa nelle sue osservazioni. Non mostrava mai nulla all'esterno, ma di tanto in tanto faceva commenti come quello a lui personalmente.

A quanto pareva, aveva deciso che lui era fuori dal mercato.

A lui andava bene; aveva già deciso che avrebbe concentrato tutta la sua attenzione su Bethany Anne. *Dovrei essere geloso di tutti gli uomini che ti trovano attraente?*

Non giocare al signor Logico con me. Mi limiterò a diventare illogica sul tuo culo. Non sono io che leggo tutte le menti per scoprire quanto queste signore ti vogliano.

Pensavo che avessimo già avuto questa conversazione. Tabitha era un corso accelerato per non leggere le menti se non necessario.

Quella volta fu il turno di Bethany Anne di serrare le labbra. Quando Michael aveva finalmente confessato tutti i modi in cui Tabitha lo aveva bruciato quando credeva che lui le leggesse nel pensiero, Bethany Anne non riusciva a smettere di ridere. Ciò che avrebbe dovuto raccontare impiegando al massimo un quarto d'ora aveva richiesto più di un'ora perché lei continuava a ricominciare a ridere.

Dio, gli inviò, *non osare dire una parola su Tabitha!* Non è che la sua capacità di leggere e trasmettere con la mente non fosse molto più forte da quando lavorava con Michael così da vicino, è che non la usava spesso, per ragioni filosofiche.

Se riesci a superare la tua gelosia, cosa vuoi fare con questa donna?

Non sono gelosa! Va bene, non è credibile. Sono solo un po' gelosa, e a essere onesti, sei il mio primo fidanzato a lungo termine da anni. Sei bello, ricco, potente e hai un bel culo. Quindi, sì, sei tutto mio.

Lui la guardò negli occhi, e lei fece balenare per un istante un po' di rosso in essi.

Quanto in fretta possiamo farla finita? chiese Michael.

Perché? chiese lei.

Ti voglio, rispose Michael senza mezzi termini.

Oh. Bethany Anne fece una pausa, poi chiese: *Dammi il tuo resoconto.*

Jakob qui è etico e intelligente, e ha onore.

E?

I due idioti, come ti piace dire, di fronte a me stanno pensando a quanti soldi possono sottrarre alla compagnia. L'altro qui alla mia destra sta facendo da spia per un altro cliente in questo viaggio. Spera in un breve viaggio intorno alla sede per poter piazzare altri tre dispositivi di ascolto intorno alla base. C'è già una cimice piazzata nella stanza della prima segretaria all'ingresso.

Oh cielo, non sarà sorpreso di sapere che quella stanza non è occupata? Si voltò a guardare John, che si agitò solo un po' quando ADAM parlò nel suo auricolare e gli chiese di trovare una cimice piazzata nell'ufficio principale.

Si avviò su per le scale ad un ritmo costante, due passi alla volta. Tutti restarono sorpresi dalla sua improvvisa scomparsa dietro l'angolo e dall'apparizione di Eric che se ne andò per accompagnare il gruppo all'uscita. Jennifer Tehgen fu sorpresa quando il suo telefono personale suonò per un messaggio. Borbottò delle scuse, dato che era sicura di aver detto a tutti di non comunicare con lei durante la riunione, a meno che non si trattasse di un'emergenza. Guardò il telefono ed ebbe una reazione a scoppio ritardato.

Sei invitata a candidarti personalmente per una posizione come consulente interna alla RDS Enterprises.

Il testo forniva le informazioni di contatto di Cheryl Lynn. Lasciò cadere il telefono nella borsa e si voltò a fissare Bethany Anne, che le fece l'occhiolino.

Jennifer lasciò la stanza più confusa che mai. Come diavolo avevano fatto a fare tutto quello?

Nel corridoio passò accanto all'uomo tutto muscoli, che stava marciando di nuovo verso la sala riunioni.

John entrò nella stanza e scese i gradini, dove si girò e si appoggiò al tavolo di fronte al signor Brimer. Il signor Brimer cercò di sembrare offeso, un'espressione perfezionata di fronte ai giudici dalla California al Maine. Quegli uomini di legge avevano affinato la capacità di Brimer di essere severo di fronte alle avversità.

Ma stava sudando, davanti a qualcuno che era estremamente incazzato con lui e che sembrava pensare che rompergli la schiena fosse la cosa meno dolorosa che volesse fare.

«Qual è il significato di questo?» chiese Marcus Mills. «Non è così che si trattano i rappresentanti invitati di un'azienda prestigiosa come la nostra!» Si voltò verso Bethany Anne, che stava camminando verso John con la mano tesa. Lui non la guardò, ma le fece cadere qualcosa nella mano sinistra. Lei prese il piccolo oggetto e si fermò davanti a Mills.

Mise la cimice sulla scrivania tra i due uomini. «Tratterò le spie come tratto i parassiti, signor Mills.» rispose Bethany Anne. «Ho una miccia molto, molto corta quando si tratta di merda come questa.»

Mills fu colto di sorpresa e si voltò verso il suo compagno. «Bill? Che significa?» Si allungò verso la cimice, ma la sua mano si posò su quella di Bethany Anne.

«No, non si toccano le prove, signor Mills», gli disse lei.

«Possiamo prendere dei tamponi genetici e provare chi l'ha maneggiata. Se lo fa, saremo costretti ad accusare anche lei.»

«Stronzate!» sbottò Brimer. «Non è possibile che tu abbia...»

«Idiota del cazzo», lo interruppe Sethy. «Loro sono sulla Luna in questo momento, e tu vuoi discutere se potrebbero avere altre forme di tecnologia avanzata?» Fissò la mano di Bethany Anne prima di chiedere al suo compagno: «Quante altre ne hai addosso?»

«Non so cosa...» iniziò lui.

Quella volta fu John a interromperlo. «Puoi rispondere sinceramente, o avrò il piacere di perquisire il tuo culo proprio qui», ringhiò.

Brimer iniziò a balbettare. «Ti denuncerò così tanto che tu...»

Non stava avendo alcuna fortuna nel completare una frase. «Oh, sarò più che felice di rappresentarlo in tribunale, Martin.» Jakob Yadav parlò da dietro di lui. «Quindi, ti prego, fagli causa, così posso raggiungere quattro vittorie su quattro contro il tuo culo inutile!» Bethany Anne alzò lo sguardo e vide il volto di Jakob illuminarsi di gioia all'idea di poter andare di nuovo in tribunale contro Martin.

Mi piace questo tipo, trasmise a Michael.

Perché pensi che io sia seduto accanto a lui?

Probabilmente ti ha detto di uccidere qualcuno, rispose lei. Michael non fece in tempo a rispondere che lei aggiunse: *Ti prego, dimmi che non ti ha detto di uccidere qualcuno!*

No, non mi ha detto di uccidere nessuno. Come se fossi io il bambino problematico qui. Chi di noi ha un problema con la sua rabbia?

Oh, sta' zitto. Mi stai facendo arrabbiare, e ogni volta che lo fai prima del sesso, il sangue finisce ovunque.

E sarebbe un problema?

No, credo che non lo sia stato con te. Mi fa impazzire, e poi mi sveglio, e sembra così... così...

Stephen King?

No, più Clive Barker.

Non l'ho letto.

Non preoccuparti. ADAM ha fornito la risposta per me.

Questo è barare!

Questo è usare le mie risorse.

Si tratta di risorse molto attraenti.

La mia mente è qui in alto, signore!

Continui a dirmi di mettermi al passo con la generazione attuale e di smettere di essere così pesante.

Devo ricordarvi che siamo nel bel mezzo dell'eliminazione di uno studio legale conosciuto e rispettato a livello nazionale?

Chi ha parlato di sesso per primo?

Invece di rispondere, lei Parlò ad alta voce. «Quindi avete due opzioni. Ammettere quante ne ha o essere perquisito con la forza dal signor Grimes.»

«Tre», mormorò l'altro, le sue spalle si abbassarono un po'.

«Che pezzo di merda!» iniziò Mills prima che Bethany Anne alzasse una mano.

«Eric sarà qui a breve per scortare voi tre al vostro veicolo. Il signor Brimer sarà sollevato dalle sue cimici, e fornirà il nome della società che lo ha assunto per fare questo. Potrete andarvene tutti una volta completata l'operazione.»

Servirono altri cinque minuti per superare l'ultimo tentativo di Brimer di uscirne. Quando se ne andarono, stavano urlando l'uno contro l'altro. Eric fece attenzione ad assicurarsi che nient'altro fosse stato lasciato indietro.

Bethany Anne li guardò uscire dalla stanza, poi si rivolse a Jakob. «E poi ne restò solo uno.» Lei gli sorrise e lui ricambiò lo sguardo.

«Suppongo che non mi voglia per il mio corpo?» chiese lui con un sorriso lento, e tutte e cinque le persone rimaste nella stanza scoppiarono a ridere.

Cheryl Lynn scese dal suo posto in alto. «Questo valeva

bene il prezzo del biglietto!» esclamò mentre si sedeva sulla sedia appena lasciata libera da Mills.

«Chiederei cosa ha suggerito che ci fosse in atto qualcosa, ma conosco già la risposta.» Bethany Anne piegò le mani sul tavolo. «Allora, Jakob, cosa porta un unicorno alla RDS Enterprises?»

«Un unicorno?» chiese Jakob, perplesso.

«Sì, ho pensato che avrei incontrato un avvocato etico più o meno quando avrei incontrato un unicorno», chiarì.

«Be', non sono sicuro di sapere cosa rispondere», disse l'uomo. «Ma prima di andare oltre, devo dirle che non so quanti giorni mi restano. Ho spiegato al signor Michael che volevo soprattutto vedere i fuochi d'artificio.»

«E offrirsi di rappresentarmi se avessi preso a pugni un paparazzo.» Michael sorrise a Bethany Anne.

«Non mi sembra molto etico, signor Yadav», osservò Bethany Anne in tono ironico.

«Al contrario, mia cara. È uno sforzo per insegnare ai giovani teppisti la raffinata arte di farsi gli affari propri!» Lui le sorrise, e lei fece molta fatica a non ricambiare il sorriso. Il buonumore di quell'uomo era contagioso.

«E se fosse abbastanza in salute per farlo da solo?» continuò lei.

«Be', sa che la prima regola degli avvocati è di non rappresentare mai se stessi. Quindi, dato che sembra che Michael qui sia in gran forma, e io ho la mente adatta, e lei attira l'interesse di mezzo mondo, abbiamo una vera possibilità di insegnare a molti giovani teppisti!»

A quello, Bethany Anne si arrese e iniziò a ridere. Prima sbuffò, poi si portò la mano alla bocca e si scosse prima che le risatine diventassero vere e proprie risate. Ci volle un momento perché lei e Cheryl Lynn si calmassero.

A quel punto, i due uomini la guardavano come se lei fosse la mamma e i due fossero colpevoli di qualcosa, ma entrambi sembravano così maledettamente carini, come se avessero loro appena detto di andare a giocare di nuovo fuori.

Sospirò ad alta voce. «Signor Yadav, quanto mi costerebbe assumerla per avere la riservatezza professionale?

«Be'», iniziò Jakob, «anche se lo farei gratis, diciamo un dollaro così abbiamo una considerazione finanziaria in atto.»

Bethany Anne guardò Michael, che sgranò gli occhi e allungò una mano verso una tasca. «Ti avevo detto a Londra che portare contanti non era una cattiva idea.» Tirò fuori il portafoglio e le diede un dollaro americano. Lei lo ringraziò e spostò la mano di qualche centimetro per consegnarlo al ridacchiante Yadav.

«Allora, cos'è che ha bisogno della mia riservatezza?» chiese mentre tirava fuori il portafoglio per metterci dentro il dollaro.

«Bene, lasci che la presenti al Generale. Potrebbe notare qualcosa in lui che la incoraggerà ad ascoltare la proposta di iniziare come mio consulente interno.»

Con questo, i cinque partirono per andare a cercare suo padre.

4

Il dark web

>>MyNam3isADAM - Benvenuto.

  >>B33-DyRed - Salve.

  >>Ih8tuGeorge - Salve.

  >>ki55mia55 - Salve.

  >>luckyu11 - Ciao.

  >> MyNam3isADAM - Salve. Ho capito che vorreste aiutarmi?

  >>B33-DyRed - Sì! Amico, hai fatto parlare tutto il dark web. Come diavolo fai a fare queste cose?

  >>MyNam3isADAM - Perché dovrei spiegarlo?

  >>B33-DyRed – Scusa - buon punto.

  >>B33-DyRed è stato rimosso.

  >>MyNam3isADAM - E poi ne restarono tre.

  >>luckyu11 - Non sto mettendo in dubbio il come, mi sto solo chiedendo perché non pensi che tornerà online?

  >>MyNam3isADAM - Perché non siamo dove pensi che siamo.

>>luckyu11 - Bene. Presumo che tu ci abbia reindirizzato da qualche parte e lascio perdere.

>>MyNam3isADAM - Assunzione sicura. Perché vuoi aiutare?

>>luckyu11 - Non sono sicuro. Non posso parlare per tutti, ma noi tre rappresentiamo ciascuno un gruppo di hacking che vorrebbe affrontare alcune delle stronzate che vediamo accadere.

>>MyNam3isADAM - E voi altri due?

>>ki55mia55 - È lo stesso per il mio gruppo. Siamo in cinque.

>>Ih8tuGeorge - Siamo in otto, ma due sono solo neofiti con molto accesso al server.

>>MyNam3isADAM - E volete entrare dalla mia parte contro quelli che sto combattendo?

>>luckyu11 - Sì.

>>ki55mia55 - sì

>>Ih8tuGeorge - sì.

>>MyNam3isADAM – Vi rendete conto che sto affrontando degli Stati nazionali? Non si tratta solo di un gruppo di hacker contro un altro, ma di giocatori importanti. Non posso e non voglio promettervi la sicurezza. Se mai venissi scoperto, verrei attaccato fisicamente.

>>luckyu11 - Sì, ai Paesi piace fare agli altri senza che noi lo facciamo a loro.

>>ki55mia55 - fanculo.

>>Ih8tuGeorge - Sì, ne abbiamo già parlato tutti.

>>MyNam3isADAM – Va bene, allora due delle maggiori sfide sono la gestione dei diversi modi in cui la Cina e la Russia fanno la guerra informatica. I cinesi sono come il vuoto: attaccano ovunque e rubano il più possibile. Di conseguenza, stanno affogando nei dati rubati. I russi, d'altra parte, sono molto persistenti e molto mirati. Impiegheranno mesi, anche anni, per

attaccare un obiettivo. Sono furtivi e cercano di essere il più silenziosi possibile, e sono tecnicamente molto meglio dei cinesi. Vorrei chiedere alle vostre squadre di aiutare a condurre attacchi DDoS inversi contro gli esperti informatici russi. La Russia sta usando criminali informatici e hacker non allineati per effettuare operazioni per suo conto dall'Estonia, dalla Georgia e dall'Ucraina come ritagli. Ho bisogno che vi occupiate di questi hacker per liberare alcuni cicli per perseguire altri obiettivi.

>>ki55mia55 - Noi contro di loro? La Russia sta mandando questi coglioni contro di te, e tu hai bisogno di aiuto per difendere e liberare tempo per poter attaccare?

>>MyNam3isADAM - Sì.

>>luckyu11 - Un secondo, lasciami confermare.

>>ki55mia55 – Noi ci stiamo.

>>Ih8tuGeorge - Votato, noi ci stiamo.

>>luckyu11 - 100% sul sì. Noi ci stiamo. Portiamo 32 di noi da tutta Europa. Quando un paio di altri scopriranno chi stiamo cercando, scommetto che diventeranno di più.

>>MyNam3isADAM - Allora benvenuti nella rivoluzione di ADAM.

Costa occidentale, <u>**Stati Uniti d'America**</u>

«In questo momento, ho la responsabilità di quasi duecentomila persone sul mio libro paga.» L'amministratore delegato Sean Truitt era dall'altra parte del tavolo rispetto al suo capo del settore aerospaziale, Javier Fernandez. I due uomini erano in una zona esclusiva della caffetteria che era insonorizzata e in realtà una gabbia di Faraday, bloccando tutte le comunicazioni in entrata e in uscita.

«Allora dimmi di nuovo», continuò Sean mentre tagliava la bistecca, «perché i quattro miliardi in R&S che abbiamo speso lo scorso anno fiscale erano inadeguati anche solo per capire la loro tecnologia, tanto meno per copiarla?» Mise il pezzo di carne in bocca.

Javier era infastidito. I suoi "migliori e più brillanti" non avevano niente per lui. Infatti, uno di quegli stronzetti si era dimesso prima che potesse licenziarlo. Se non fosse stato per le indennità delle risorse umane che avrebbe dovuto pagare, avrebbe detto a Jeovanni che non poteva dimettersi da un lavoro da cui era stato licenziato.

«Non ho una risposta a questo», rispose Javier. «Sono stato loro col fiato sul collo per due settimane e non abbiamo ancora niente per andare avanti. Un ragazzo è stato licenziato.» Non c'era bisogno di essere troppo precisi su licenziato o dimesso. «E gli altri vivono al lavoro in questo momento. Eppure, nonostante tutto, non abbiamo niente», concluse.

Alcune scelte passarono per la mente di Sean. Poteva licenziare Javier in quell'istante, ma non gli avrebbe portato nulla, e l'azienda stava andando bene. Quella stessa discussione stava accadendo in tutto il mondo con altri capi. Se c'era qualche consolazione, era nel brusio delle voci di corridoio. Nessuno sapeva come la TRS facesse quello che faceva.

I rapporti dell'industria mostravano ogni sorta di ipotesi da parte di teorici di alto livello che sputavano una varietà di idee. La migliore era quella di un ciarlatano che usava la teoria dei quanti per passare attraverso un'altra dimensione, travasando energia.

Idiota.

Sean si chinò in avanti, guardò in faccia Javier e abbassò la voce. «Non mi interessa cosa devi fare per capirlo. Non mi interessa se ne assumi altri, ne licenzi altri, lo fai hackerare, attaccare o rubare. Ma devi assicurarti che siamo *noi* ad avere quella tecnologia. È chiaro?»

Javier fece una pausa, poi prese una decisione e annuì.

«Bene», gli disse Sean. «Fai in modo che accada. Lasciamo questo argomento per qualche minuto. Mi fa venire la nausea.»

Prese il suo tè e ne bevve un sorso prima di chiedere: «Allora, come stanno Helen e i bambini?»

Base Lunare Uno, Luna

«Va bene, *Gott Verdammt!*» Kris notò un leggero ticchettio dal contenitore numero 54. «John, datti una regolata! Giuro su Dio, se questo ha qualcosa a che fare con lo scotch di ieri sera, farò personalmente una passeggiata spaziale laggiù e ti prenderò a calci in culo.» Risate si sentirono attraverso la linea. Tutti sapevano che John non lasciava mai che il suo drink occasionale intralciasse gli affari.

Fino ad allora, la squadra era stata in grado di collegare settantadue contenitori. Il design piuttosto quadrato che avevano escogitato stava funzionando abbastanza bene. Avevano sette telecamere che riprendevano l'intero progetto. Sfortunatamente per il mondo, non stavano trasmettendo il video in streaming. Nessuno voleva rovinare qualcosa di così grande in televisione.

Adarsh stava dimostrando in fretta di essere il migliore nel manipolare i controlli più fini, e Penn lo aveva messo a capo delle regolazioni particolarmente difficili. Anche se i computer facevano la maggior parte del lavoro, c'era sempre un umano per assicurarsi che qualcosa di inaspettato non causasse un problema permanente.

Penn parlò. «Gente, concentriamoci. Abbiamo un'altra ora e mezza di lavoro da fare. Finora tutto bene, e sono sicuro che saremo tutti contenti delle nuove strutture che questi container ci porteranno.»

«Diavolo, sì!» esclamò Bree. «Bobcat mi ha promesso almeno un anno e mezzo di caffè su uno di quei contenitori, anche se il perfido piccolo bastardo non ha voluto dirmi quale fosse.»

Qualche risatina in risposta. ReaLea si fece sentire di nuovo. «Non vedo l'ora di vedere il contenitore della Jacuzzi.»

«Contenitore per l'allenamento», suggerì John.

«Salotto con contenitore di videogiochi», aggiunse Coach.

«Sarà uno dei posti preferiti di William», commentò Kris.

«Che è, credo, il motivo per cui c'è scritto " di William" all'esterno», fece notare Adarsh.

«Davvero?» chiese ReaLea. Un momento dopo, seguì con, «Parò! Poteva dipingere quelle lettere più grandi?

«Non senza farle girare anche di sopra», rispose John.

«D'accordo, ho capito dove si va a parare. Facciamo tutti una pausa e prendiamoci dieci minuti prima di continuare. Siamo quasi a tre quarti della strada, e non ci farà male rilassarci. Anzi, facciamo trenta minuti.»

Tutti gli mostrarono un pollice in su sul monitor. Le cose stavano andando secondo i piani. Fino a quel momento c'erano stati solo quattro piccoli intoppi, e Penn si sentiva bene con i risultati. Sapeva che Bobcat, William, Marcus e Jeffrey stavano osservando dalla Terra, ma non gli avevano mai dato una mano in quelle situazioni. Penn era l'uomo sul posto, e lasciavano a lui il compito di portare a termine il lavoro. Era bello sapere di avere il loro sostegno, e di sicuro non voleva fare un casino.

Diede un'ultima occhiata al feed video dall'esterno, osservando come i container mantenevano la posizione, in attesa che il suo equipaggio iniziasse a collegarli di nuovo.

La Space Station One stava prendendo forma.

5

———

CHERYL LYNN FECE un cenno a Eric, in piedi vicino alla porta a riscaldarsi. Si avvicinò a dove Bethany Anne stava eseguendo un kata e prese posizione vicino a lei per imitare lentamente le stesse azioni.

«Quindi ho una domanda», iniziò Cheryl Lynn. «E ha delle conseguenze di vasta portata.» Fece delicatamente girare il braccio in un arco mentre faceva un passo avanti sul piede sinistro.

«Lo immaginavo. Non ti capita spesso di programmare il tempo per allenarti con me solo perché stai cercando un motivo per sudare.» Bethany Anne fece perno sul suo piede sinistro a centottanta gradi, ed entrambe le donne ora erano rivolte verso la parete opposta. «Questa volta dammi prima la parte negativa e poi ciò che suggerisci di fare al riguardo.»

Entrambe le donne fecero un passo avanti e colpirono rapidamente l'aria con i pugni destri mentre tiravano il gomito sinistro verso di loro. «Abbiamo una grande fazione di persone in tutto il mondo che ci chiede a gran voce di condividere la tecnologia spaziale. Sto lavorando con sette agenzie su questo problema. Vorrei considerare altre opzioni al di fuori della tecnologia proibita dove potremmo almeno riorientare la loro attenzione, se possibile.» Ognuna aveva fatto tre passi in avanti e a quel punto bloccò con il braccio sinistro, poi calciò con il piede destro.

Bethany Anne annuì. «Sì, ho visto molte notizie e ADAM mi ha fornito un aggiornamento molto dettagliato. A quali tecnologie sei interessata?»

Entrambe le donne ruotarono le mani dietro di loro ancora una volta e bloccarono con il braccio destro, seguendo con calci a scatto, lasciandole con il peso in equilibrio sul piede destro.

Cheryl Lynn continuò: «C'è un modo per usare le tecnologie mediche che abbiamo a disposizione per sostenere allo stesso tempo le persone che hanno rinunciato a parte del loro corpo fisico per i loro Paesi e quello che stiamo facendo nello spazio?» Si fermarono con i piedi uniti e si inchinarono leggermente, poi si mossero e iniziarono a fare un po' di stretching, sedendosi sul tappetino per parlare mentre si stiravano. «Vorrei davvero essermi riscaldata di più prima di unirmi a te in questo kata. Lo sentirò più tardi», si lamentò Cheryl Lynn.

«Suggerisco quattro ibuprofene. È lo stesso che prendere una di quelle pillole da 800 mg, o almeno questo è quello che mi ha detto il farmacista una volta», le rispose Bethany Anne.

Cheryl Lynn gemette mentre si stirava i polpacci. «Pensavo che se ne fosse occupato TOM per te.»

«Oh, davvero? E quale uccellino te lo sta dicendo?» chiese Bethany Anne.

Cheryl Lynn arrossì. «Ehm, uno molto alto?»

Bethany Anne sorrise. «TOM non lo fa così spesso come John pensa. Sono nota per chiedere a TOM di alterare le mie emozioni o il livello di dolore di tanto in tanto. Ma se lo faccio troppo spesso, sono preoccupata che non solo la riduzione dei livelli di dolore potrebbe diventare un'abitudine, ma abbasserebbe la mia consapevolezza della situazione.»

«Quindi, senti davvero molto dolore quando esci in missione?» Cheryl Lynn chiese conferma.

«Oh, sì. Dico a TOM di regolare il dolore se non riesco a concentrarmi sul problema in questione. Ma non appena siamo fuori pericolo, lui lo riporta su in modo che io lo senta. Tranne quella volta che metà del mio petto era saltato in aria. Non volevo assolutamente avere a che fare con quella merda. Di tanto in tanto, mi sveglio ancora da un incubo in cui sto rivivendo quel momento. Se potessi riportare Petre dalla morte, lo farei solo per poterlo uccidere di nuovo.» Cheryl Lynn notò che Bethany Anne aveva inconsciamente iniziato a strofinarsi il petto.

Cheryl Lynn stava iniziando a capire quanto Bethany Anne avesse sofferto negli ultimi anni.

Quando era arrivata alla base, a Cheryl Lynn era sembrato che niente toccasse Bethany Anne. Più a lungo stava intorno alla donna, però, più diventava evidente che ogni piccolo problema era un'altra piccola pietra sulle sue spalle. Fortunatamente, sembrava che la sua relazione con Michael stesse lentamente iniziando a togliere i sassi. Magari un giorno lui sarebbe stato in grado di raggiungere la roccia che era la situazione con Petre e sollevarla per lei.

«Quindi stai pensando a qualcosa come il personale militare?» chiese Bethany Anne. «O stai parlando più come i primi soccorritori?»

Cheryl Lynn sollevò una spalla. «Ammetto che stavo pensando più al personale militare, ma i primi soccorritori o francamente chiunque abbia fatto qualcosa di straordinario andrebbe bene. Inoltre, se hanno già avuto citazioni o altri riconoscimenti per ciò che hanno sacrificato, ci permetterebbe di filtrare rapidamente chi entra nel programma.»

«D'accordo, mi sta bene dove stai andando finora. Ora

dimmi di più.» Bethany Anne iniziò ad allungarsi verso la gamba destra, piegandosi in modo che la testa toccasse terra.

I suoi capelli le nascondevano gli occhi, così Cheryl Lynn mostrò la lingua all'altra per la sua dimostrazione di atletismo. Cheryl Lynn si voltò verso la sua gamba sinistra e allungò la mano per afferrare il piede. Il dolore nei suoi tendini si intensificò.

Uno di quei giorni, sarebbe stata in grado di toccare il pavimento con la testa. «Allora, ho pensato di offrire assistenza a qualsiasi individuo che abbia sacrificato molto per una ragione altruistica. Mentre io pensavo ai militari, capisco il tuo punto di vista. Potremmo filtrare prima sui pompieri, sui poliziotti, o francamente, su chiunque abbia aiutato qualcun altro e abbia perso degli arti o sia rimasto sostanzialmente invalido fisicamente come risultato.»

Entrambe le donne cambiarono gamba e ricominciarono a fare stretching.

«Ho pensato che il secondo filtro dovesse essere qualcosa legato alla volontà di andare nello spazio con noi.» Cheryl Lynn grugnì quando uno dei suoi muscoli si contrasse. «Figlio di puttana, che male!»

«Il dolore è solo debolezza che lascia il corpo», borbottò Bethany Anne da sotto i capelli.

«Non credere a queste stronzate» sbuffò Eric dall'altra parte della stanza. «Be', non è solo quello. *È* la debolezza che lascia il corpo, ma il dolore è un bastardo totale quando se ne va!».

La voce di Bethany Anne eruppe da sotto i capelli. «Eric, brutto annusatore di culi raggrinziti! Smettila di lamentarti e continua ad allenarti. Se interrompi il mio lavoro per far sì che Cheryl Lynn sia tutto ciò che può essere dicendole di nuovo la verità, lascerò che Ashur ti usi come un giocattolo da masticare!»

Eric ridacchiò, ma non disse nulla.

«Come farai a gestire l'enorme numero di persone che si iscriverà al programma?» chiese Bethany Anne.

Cheryl Lynn si sedette con le braccia dietro di sé. «Penso che facciamo fare a Frank e Barb delle ricerche per cercare i migliori destinatari. In qualche modo, dovranno capire se sono disposti ad andare nello spazio. Personalmente, non sono sicura di come fare, ma penso che valga la pena provare. Forse potremmo trovare ritagli di giornale o altre informazioni sul loro eroismo.» Si morse il labbro per qualche secondo prima di continuare: «Ma devo ammettere che non ho la minima idea di cosa fare per non essere sopraffatti. Ho parlato con Kevin della base e lui è d'accordo che è abbastanza sicura, ma preferirebbe non avere cinquemila persone accampate davanti ai cancelli tutto il tempo.»

Bethany Anne si alzò a sedere e guardò Cheryl Lynn. «No, sarebbe preferibile non averlo. Io suggerirei una nave.»

Cheryl Lynn la guardò per un momento, cercando di capire dove stesse andando a parare. «Non abbiamo abbastanza navi?»

«In realtà, sto pensando a qualcosa come una nave da crociera di medie dimensioni. Farla riattrezzare il più rapidamente possibile e invitare a bordo le persone che verranno cambiate. Verrebbero fatti ruotare attraverso la *Ad Aeternitatem* in modo che possiamo iniettare loro il sangue con i naniti. Prima li addormentiamo, facciamo l'infusione, li lasciamo riposare qualche ora e li svegliamo in una stanza piena di macchinari, e poi li portiamo fuori.» Ruotò la testa. «In questo modo, tutti hanno il ricordo di una stanza medica sofisticata con un sacco di attrezzature.»

«Una falsa pista», commentò Eric. «Credi che se le navi vanno al largo, non ci sia così tanta gente che possa circondarle?», chiese.

Bethany Anne girò la testa verso Eric. «Sì, visto che non ci sono molte persone che possono camminare sull'acqua di questi tempi. Sono sicura che avremo abbastanza gente ricca che ha delle barche che cercherà di rintracciarli, quindi dobbiamo trovare un'altra soluzione nel caso in cui la situazione si faccia troppo movimentata proprio intorno alle navi.»

«Che dici di un metodo per partire in fretta? Qualcosa come un sistema di propulsione superiore?» chiese.

«Potrei avere una buona idea al riguardo. Va bene se mi metto in contatto con Marcus prima?» li interruppe Cheryl Lynn.

Bethany Anne si voltò di nuovo verso di lei. «Certo, non mi dispiace. Se Bobcat e Jeffrey danno il via libera all'idea, vai avanti e mettila in pratica. Sono sicura che qualsiasi cosa loro accetteranno sarà soddisfacente.»

Cheryl Lynn sorrise. Aveva appena ricevuto un assegno in bianco da Bethany Anne.

<u>Londra</u>, <u>Inghilterra</u>

Stephanie Lee uscì dalla Mercedes blindata ed entrò nella porta aperta. Quell'hotel aveva un'entrata speciale sul retro, così l'élite poteva entrare e uscire senza preoccuparsi dei paparazzi o delle molte telecamere a circuito chiuso che coprivano la città.

Il rango aveva i suoi privilegi.

Fece un cenno al signore che le aprì la porta e si tolse i guanti mentre camminava lungo il corridoio verso gli ascensori privati. Premette il pulsante di apertura e dopo qualche secondo entrò, si girò e premette il pulsante per l'attico.

Quando arrivò all'ultimo piano, le porte si aprirono e lei fece un cenno ai due uomini che stavano ai lati e verificavano tutti quelli che passavano.

L'ascensore si apriva su una stanza circolare di circa tre metri e mezzo di diametro con una porta sul lato più lontano che fu immediatamente aperta da un terzo individuo. La attraversò e fu chiusa dietro di lei.

Tenne lo sguardo di disgusto lontana dal suo volto. Non le piaceva Johann Pecora, ma lui rappresentava molte aziende incredibilmente potenti.

«Stephanie.» Johann annuì nella sua direzione.

«Johann», rispose lei, poi si avvicinò al bar. Prese dell'acqua e si voltò verso il gruppetto di persone. Accanto a Johann c'erano Beatrice Silvers, che rappresentava un grande contingente di aziende provenienti dall'Irlanda e dal Regno Unito, e Terrance Burrens, che rappresentava aziende in Francia, Spagna e Germania.

Insieme, loro quattro costituivano più del cinquantotto per cento del numero di imprese e più del settantadue per cento della forza finanziaria del Sub-Assemblea per il Progresso della Razza Umana. Con l'uscita di Anna Elisabeth, se ne erano andati anche il venticinque per cento del denaro e il dodici per cento delle imprese.

Lei aveva rappresentato una gran parte del gruppo, ma quando il piano attuale si fosse rivelato fruttuoso, avrebbe rafforzato i quattro, e la Svizzera avrebbe perso una notevole quantità di reputazione.

«Apprezzo che voi tre vi siate uniti a me così rapidamente. Ho avuto delle conversazioni con quelli che rappresento in Cina. Lasciatemi chiedere francamente, c'è qualche tipo di coercizione che i vostri membri non accetteranno?» Bevve un sorso d'acqua mentre aspettava le loro risposte.

Johan parlò per primo. «No, ma sarebbe preferibile che prima si tentasse la via diplomatica.»

Beatrice scartò l'affermazione con un cenno. «Questo è già stato provato. Abbiamo usato quarantadue strade diverse per implorare la RDS Enterprises di lavorare con altri riguardo alla loro tecnologia spaziale. Nessuna di esse si è rivelata fruttuosa. Infatti, le loro risposte sono fastidiosamente succinte. Dicono: "Ci scusiamo. Questa tecnologia non è disponibile al pubblico in questo momento. Conserveremo le vostre informazioni, e se questa decisione dovesse essere cambiata, ci metteremo in contatto con voi".»

«Quattordici per noi», aggiunse Terrance.

Stephanie Lee guardò Johann, che sembrava disgustato. «Centosettantadue», ammise.

Voleva schiaffeggiare quell'uomo! «Allora perché chiedi metodi diplomatici?»

Lui scrollò le spalle. «Abbiamo pensato che forse aveva a che fare con le compagnie americane. Sembra che lei abbia connessioni in tutto il mondo.»

Beatrice chiese un chiarimento. «Ma ha una base nel mezzo del vostro paese. La maggior parte del suo personale di punta sembra essere americano.»

Johann rispose: «Stiamo ancora cercando di capirlo. Potrebbe essere che la maggior parte delle sue relazioni si siano evolute in America, e ora si sta espandendo. Ma tutte le nostre risposte sembrano essere in linea con i vostri risultati. Breve, succinta e fastidiosamente banale.» Tirò su col naso. «Abbiamo fatto qualche tentativo con le sue società pubbliche. Non solo sono state bloccate le acquisizioni di azioni, ma i suoi banchieri, chiunque essi siano, sono stati in grado di prendere una posizione superiore durante i tentativi di manipolazione delle azioni. Abbiamo scoperto che hanno degli ottimi addetti alle opzioni.»

Bevve un sorso della sua bevanda ambrata. «Quando sembra che stiamo per far salire il prezzo per un calo delle azioni, hanno fatto soldi con le chiamate delle opzioni, e prima di poter far scendere il prezzo, le put sono già in posizione per guadagnare sul calo. Ogni volta che c'è una significativa attività e volatilità, ci sono spread a farfalla. La nostra gente ha cercato, e ogni volta che attacchiamo una società senza opzioni, troviamo attività in verticali simpatici che reagiscono ai nostri sforzi. Siamo stati in grado di mantenere le nostre perdite tra i sessantacinque e i settantacinque milioni al momento, ma siamo abbastanza sicuri che hanno acquisito l'interesse di maggioranza in quattro società aggiuntive, e hanno realizzato un surplus di quasi sessanta milioni.»

«Questo parla di un'intelligenza notevole» considerò Terrance. «E di un gestore di fondi che conosce incredibilmente bene il settore. Devono avere un'enorme quantità di potenza informatica. Cosa si sta facendo su quel fronte?»

«Cosa non si sta facendo?» chiese Johann. «Abbiamo più di duemilacinquecento vettori di attacco concentrati sulla loro base di Colorado, che cercano di entrare.»

«Quali sono i risultati finora?» chiese Beatrice.

«Più o meno come i vostri, immagino», scattò Johann. «Non provate a dirmi che nessuna delle vostre compagnie non sta cercando disperatamente di essere la prima a violare la loro sicurezza?

«Oh, noi ci stiamo provando», concordò Terrance. «E non abbiamo avuto successo. È diventata una sfida più che un progetto per molti dei nostri migliori e più brillanti.»

Terrence si rivolse a Stephanie. «Abbiamo notato un calo significativo degli attacchi alle nostre aziende. Vorresti darci qualche informazione?»

Stephanie sorrise. «Non posso confermare né negare che il governo e le corporazioni cinesi abbiano deciso che acquisire la tecnologia della RDS Enterprises sia un obiettivo superiore in questo momento.» Bevve un sorso della sua acqua. «Personalmente, credo che chiunque sia in grado di decifrare i dati per primo farà una strage, o condividendo la tecnologia o imparando cosa fare e poi portandola sul mercato.»

Johann scosse la testa. «Se non condividiamo la tecnologia e la RDS Enterprises ne ha l'opportunità, sono sicuro che faranno causa a chiunque si renda un bersaglio.»

Stephanie annuì. «Parlando di obiettivi, dobbiamo discutere di possibili attacchi fisici.»

Terrence sorrise. «Mi stavo chiedendo quando sareste arrivati a quel punto. Sembra che siate un po' più impazienti del solito.»

Stephanie voleva scagliarsi contro quell'uomo, anche se aveva ragione. Era solo scortese menzionarlo in una compagnia educata. «Crediamo che un attacco alle loro navi, la *Polarus* e la *Ad Aeternitatem*, siano le nostre migliori opzioni. Attualmente si trovano al largo della Francia, e alla fine entreranno in acque internazionali.»

Johann chiese: «Avete bisogno di supporto o ci state chiedendo di creare un diversivo?»

Stephanie sapeva che tutti loro avrebbero voluto limitare il rischio, ma sicuramente avrebbero voluto essere presenti quando avrebbero aperto gli scrigni. «No, l'aspetto militare non è un'operazione congiunta. Siete i benvenuti a provarci da soli.»

Beatrice sembrava disgustata. «Non noi. Gli svizzeri hanno completamente rovinato il coraggio di tutti in questo senso. Non so proprio perché la nostra gente li ascolti, ma è come se tutti avessero perso le palle o qualcosa del genere.»

Terrence sollevò appena il suo drink in direzione di Beatrice.

La Cabala era semplicemente un'altra relazione che i cinesi usavano, e fino ad allora avevano onorato tutti gli impegni e mantenuto tutto onesto come ogni altro membro. Poi era intervenuto il governo superiore e, a causa delle voci arrabbiate di molti dei massimi dirigenti d'azienda, le regole erano cambiate.

«Sarebbe una cosa legale per noi», spiegò Johann. «Dato che sono così legati a noi in America, potrebbero renderci le cose maledettamente difficili sia dal punto di vista legale che delle pubbliche relazioni. Se trovassero qualche americano in un raid e potessero fornire delle prove... rabbrividisco per i problemi che ne deriverebbero.»

Che peccato, pensò Stephanie, perché i gruppi mercenari con americani coinvolti erano parte integrante dei suoi piani.

6

____

<u>Costa Rica</u>

«QUELLO CHE VOGLIAMO, SIGNOR SIMMONS», la voce femminile arrivava nitidamente dal vivavoce, «è la sua direzione esperta, e una squadra che lavori con la nostra per infiltrarsi e consegnare i pacchi alla base in Colorado.»

Non era strano per Phillip Simmons lavorare con contatti esterni. A causa del suo lungo coinvolgimento nelle operazioni segrete sudamericane, aveva fatto funzionare diverse relazioni strane in passato.

Anche se quella sarebbe una delle più strane fino ad allora.

Aveva passato un paio di giorni a Washington con Terry, che era in un ospedale militare. Il suo cervello era stato fritto, e non era capace di riconoscere il suo stesso capo o uno dei suoi migliori amici.

Be', almeno il capo di Terry.

L'espressione di paura sul volto di Terry DeLeon quando Phillip era andato a trovarlo era stata eloquente. Phillip non sapeva cosa potesse averlo causato, ma sapeva che non era giusto che Terry si comportasse in quel modo. C'era qualcosa che non andava in quella base, e Phillip voleva sapere cosa fosse. Anche se dubitava che fosse un bene per l'America, a quel punto, era diventata un'ossessione per lui vendicarsi di quel gruppo.

Phillip aveva perso la possibilità di prendere l'analista a Washington, ma aveva trovato abbastanza informazioni per confermare i suoi sospetti fino ad allora.

Quelle persone avevano sparato ai suoi uomini, fermato le sue operazioni e ripulito la mente di Terry. Inoltre, ormai era in grado di collegare il socio dell'amministratore delegato ad alcuni affari sostanziali laggiù in Sud America. Sembrava che Michael, di cui non era riuscito a trovare un cognome, stesse lavorando in segreto con qualcuno per rimpatriare il denaro o, secondo la sua stima, usando il denaro per le tangenti. In ogni caso, stava cercando di influenzare tre diversi paesi lì in Sud America.

Quel gruppo era troppo dominante, secondo lui. Dovevano essere buttati giù di almeno un paio di pioli, se non di più, e lui si sarebbe occupato di persona per farlo accadere.

Per sfortuna, avrebbe dovuto essere nel segreto più assoluto. Non doveva essere possibile associarlo a qualcosa che risalisse a un'azione all'interno degli Stati Uniti.

«Mi rincresce molto, signora Lee, ma non sarò in grado di fornire alcuna risorsa fisica per realizzare qualcosa all'interno degli Stati Uniti. Detto questo, sono aperto a rivedere e aiutare a pianificare in prima persona un attacco diversivo che consentirebbe poi un attacco primario alla base. La mia aspettativa è che potremmo inserire dispositivi per l'acquisizione di dati e la distruzione delle infrastrutture.»

«E cosa richiederebbe in cambio del sostegno?» chiese la signora Lee.

«Voglio che i dati siano condivisi. Sono consapevole del

fatto che voi vorrete rinnegare questo accordo. Avrò un'assicurazione se ciò dovesse accadere.»

«Certo. È un bene che ci capiamo», affermò lei. «Dalle nostre immagini satellitari, sembra che in sostanza la base sia difesa da quelle che sembrano postazioni armate. Purtroppo non possiamo accertare il tipo di armamento difensivo.»

«Stavamo cercando di scoprirlo da soli quando la mia risorsa è stata neutralizzata», le disse Phillip. «Abbiamo provato a usare teleobiettivi a lungo raggio, e abbiamo visto abbastanza per credere che siano armi a canna di qualche tipo. Non hanno personale, e se non sapessi che non è così, direi che sono un tipo di tecnologia dei cannoni a rotaia.»

«Perché dice "se non sapessi che non è così"?», chiese lei.

«Perché le specifiche minime per cannoni a rotaia di quelle dimensioni richiederebbero l'energia di un impianto idroelettrico delle dimensioni della diga di Hoover. Bene, non hanno scavato la campagna abbastanza per alimentare tali dispositivi, né hanno un'unità di generazione di energia adatta», spiegò.

«E quei due container sulla collina?»

Phillip considerò la sua risposta a quella domanda. «Onestamente, non ne siamo sicuri. Potrebbero essere mezzi di sorveglianza e radar sofisticati, o potrebbe essere un tipo di unità di potenza superiore alla nostra, separata dalla base per motivi di sicurezza.»

«Quindi, in ogni caso, dobbiamo distruggere quell'obiettivo?» chiese.

«No. Potrebbe benissimo essere uno stratagemma, uno di quelli che è stato difficile da mettere in atto. No, immagino che non sia stata una sofferenza per loro, vero?»

«No, non lo sarebbe stato», rispose lei. «Sembra che finora siano stati piuttosto cauti. Anche se non escluderei che i loro consiglieri militari abbiano piazzato un'esca lassù, sospetto che abbia anche un valore.»

«Il meglio che avremo a disposizione potrebbe essere l'accesso in elicottero. Sarà troppo facile difendersi dagli aerei. Oppure, potremmo usare qualche opzione via terra con dei lanciarazzi. Sospetto che abbia ragione sul suo valore. Bisogna far sì che il formaggio abbia un odore delizioso, no?» scherzò Phillip.

La voce della signora concordò: «Sì, è così.»

Base **RDS, CO, USA**

Il Learjet era in avvicinamento a un chilometro di distanza. Su quel volo c'era Gabrielle, con quindici vampiri dal Giappone.

Gabrielle aveva portato alla Regina un nuovo clan, più o meno.

Quando la squadra aveva fatto fuori Kamiko Kana, era accettabile che i seguaci di Kamiko morissero o cambiassero fedeltà.

Tre dei vampiri rimasti avevano deciso di "accettare la morte attaccando gli umani". Era un'eccellente dimostrazione che i quattro uomini di fronte a loro non erano più semplicemente umani.

La loro morte rapida aveva dato a Gabrielle la possibilità di spiegare la situazione a Bethany Anne, i cambiamenti dei Figli della Regina, e perché erano lì per attuare la giustizia richiesta da lei stessa. In men che non si dica, Gabrielle stava accettando il giuramento di fedeltà di quindici vampiri come rappresentante di Bethany Anne.

Aveva esitato prima di fare la sua prima telefonata a Bethany Anne. Come si fa a chiamare il proprio capo e dirle: «Sai quella richiesta di più vampiri? Te li ho procurati.» Oppure: «Ehi, capo, ho quindici vampiri che mi seguiranno fino a casa. Possiamo tenerli?»

John aveva semplificato le cose e aveva semplicemente chiamato Bethany Anne. «Di' a Dan che abbiamo quindici membri per la squadra Elite TRS.»

Quando riattaccò il telefono, fece l'occhiolino a Gabrielle e le disse: «Ci stavi pensando troppo. Fallo sembrare una vittoria e manda il problema a Dan. Vali oro.»

Voleva prenderlo a schiaffi e anche abbracciarlo perché non era sicura di cosa Bethany Anne volesse fare con quindici vampiri che avevano appena attaccato la sua squadra.

Alla fine, avrebbe dovuto seguire il suo istinto. L'analisi eccessiva della situazione da parte di Gabrielle aveva portato alla "paralisi da analisi", e nulla era stato realizzato. Andò da John e sussurrò: «Grazie.» Lui non la guardò, rispose solo: «Ti copriamo le spalle.»

Le improvvise emozioni travolgenti minacciarono di infrangere la sua facciata esteriore. Gabrielle si avvicinò a una finestra per sbirciare fuori e darsi qualche momento per ricomporre il viso. Se avesse dovuto morire per proteggere uno qualsiasi di quei quattro uomini, sarebbe stato un pagamento che sarebbe stata disposta a fare, e lo avrebbe considerato un onore allo stesso tempo.

Fanculo l'uscita dalla porta sul retro. Nessun Figlio della Regina sarebbe mai stato lasciato indietro quando lei era nei paraggi.

Si girò con un rinnovato senso dell'obiettivo e sorprese John a guardarla. Quel maledetto uomo era troppo furbo. Si limitò ad annuire e continuò a prendere fogli, chiedendo a uno dei vampiri di tradurne il contenuto in modo da poter decidere quali prendere. Avevano solo poche ore per raccogliere informazioni, fare piani e fissare una data per prenderli.

Erano tutti d'accordo di incontrarsi in Giappone per il recupero. In quel momento, Gabrielle li stava portando alla base.

Il programma era stato pianificato per coincidere con l'arrivo del primo gruppo Wechselbalg di cento volontari accompagnati da Nathan ed Ecaterina.

L'obiettivo era quello di riunire i due gruppi, spiegare legge e fornire una dimostrazione del perché scuotere il paniere delle uova sarebbe stata una cattiva idea. Dan sarebbe arrivato via capsula dopo un'ora.

Le squadre sapevano che tutte le maggiori superpotenze dovevano modificare costantemente i loro satelliti e radar per catturare l'andirivieni delle capsule. Ciò solleticava la loro squadra, guidata da TOM, che trovava l'idea di una corsa tecnologica contro gli umani una sfida divertente. TOM lavorava con ADAM per vedere cosa stava succedendo e quali chiacchiere sui presunti ritorni del radar potevano essere intercettate.

Di tanto in tanto, c'era una quantità significativa di chiacchiere che TOM sapeva non essere nulla dei loro. In due occasioni, TOM era stato così coinvolto che stava cercando di capire se le firme radar fossero altri alieni. In uno dei due casi, si era intromesso in una riunione che Bethany Anne stava tenendo per spiegare che voleva inseguire un UFO in una capsula nel caso in cui non fosse veramente della Terra.

Bethany Anne si era scusata dalla riunione per saltare in una capsula. La sua attuale conversazione non era un argomento che richiedeva il suo contributo, ed era raro che TOM chiedesse qualcosa, quindi perché no?

Era stata entusiasta di scoprire che i segnali radar erano stati coerenti fino a quando non erano arrivati sopra l'orizzonte in un colpo dritto verso l'anomalia. L'UFO aveva lasciato l'area all'improvviso, ventidue secondi prima che arrivassero sfrecciando nell'atmosfera superiore all'inseguimento.

Poteva vedere gli aerei sottostanti che cercavano di rintracciare l'ingresso della capsula nell'area dalla striscia visibile che stavano generando nel cielo. Bethany Anne fece in modo che TOM impedisse alla capsula di disturbare l'atmosfera superiore abbastanza da non poter essere rilevato visivamente dai jet.

Sfortunatamente, l'UFO era sparito, e nemmeno la loro

tecnologia esistente focalizzata verso la Terra era adeguata a riacquisirlo.

Successivamente, entrambi scomparirono di nuovo nello spazio e rifletterono sulla questione.

Bethany Anne Mandò una nota a Marcus in cui gli indicava di iniziare a lavorare con TOM per aumentare l'efficacia del loro spionaggio sulla Terra di un ordine di grandezza. Erano stati così concentrati sullo spazio esterno che la saggezza di Marcus sul fatto che il posto migliore per cercare gli alieni fosse la Terra era stata sprecata.

Così, ogni volta che le superpotenze sulla Terra riuscivano a mettere a punto con successo le loro capacità per rintracciare meglio una capsula, TOM di norma aveva un aggiornamento entro ventiquattro ore. Con l'aiuto di ADAM e Marcus, avevano modifiche da apportare alle capsule entro quarantotto ore per ridurre ulteriormente la firma radar.

Fino ad allora, la maggior parte delle modifiche riguardavano la sostanza composita simile alla vernice che li rendeva così maledettamente difficili da rilevare per i sistemi radar. Il composito aggiornato veniva usato in fretta per riverniciare le capsule.

Una volta, TOM aveva dovuto richiedere una leggera modifica ai motori gravitazionali perché gli umani avevano iniziato a cercare cambiamenti nella corrente d'aria. Ormai, a seconda del piano di volo della capsula, il motore iniziava a disturbare l'aria con una minuscola puntura di spillo a circa trenta metri davanti a ogni capsula. Quelle modifiche permettevano alla protezione della cavitazione dell'aria di fluire intorno a loro e di ritirarsi dolcemente dietro di loro.

Le modifiche ai motori per le manovre rapide non erano ancora allo stesso livello di sofisticazione. Se una capsula aveva bisogno di fare molti rapidi cambi di direzione, la sua possibilità di essere individuato sui feed radar aggiornati aumentava.

Fino ad allora, TOM aveva lavorato per una settimana per superare quel problema.

Dan scese direttamente dall'alto, secondo un piano di volo dettagliato che permetteva alla capsula di ridurre al minimo la turbolenza dell'aria.

La squadra era convinta di avere occhi e orecchie sulla loro base, e l'oscurità, più la nuova protezione per nascondere l'andirivieni delle capsule, rendeva l'identificazione visiva maledettamente difficile.

Vide l'aereo con i vampiri atterrare mentre arrivava dall'alto.

Dan sospirò. Era stato molto più facile aggirarsi furtivamente prima che la base lunare arrivasse. Ormai, tutti e tutto si stavano intensificando. Sembrava che qualcosa di importante fosse all'orizzonte, e sperava che fossero buone notizie.

Poteva vedere le luci brillanti del jet che trasportava i Wechselbalg. La capsula di Dan scivolò dietro le enormi tende che circondavano la zona d'atterraggio e che permettevano alle capsule di rallentare senza che nulla registrasse il suo arrivo.

Quella notte sarebbe stata una festa, quello era sicuro.

Nathan non era preoccupato per i Wechselbalg che aveva sull'aereo con lui. Avevano tutti visto un video di presentazione che aveva richiesto a Dan. Includeva il filmato originale che gli Stronzi della Regina avevano usato per introdurre il personale della Marina tanto tempo prima, e poi i Wechselbalg che erano diventati il nucleo dei Guardiani della Regina.

Entrambi i gruppi erano maledettamente vicini a essere considerati l'élite ormai. Nathan si era assicurato che i volti di John, Eric, Darryl e Scott sarebbero stati riconosciuti. Una volta fatto quello, tirò fuori la foto di Gabrielle e disse che lei era il capitano. Lasciò che i fischi da lupo e i commenti continuassero per circa quattro secondi prima di far partire un video che la mostrava in azione contro i Guardiani Wechselbalg.

La dimostrazione della sua abilità marziale mise un freno alla loro esultanza. Quando Peter passò alla sua forma Pricolici e cercò di penetrare le sue difese, il loro rispetto per la sua abilità di combattimento aumentò di molto.

«Vi mostro questi video», li ammonì, «perché come mannari, avrete un problema a sottomettervi a qualcuno che non avete combattuto o che non ha battuto qualcuno che ha battuto voi. Siete programmati in questo modo e ci vuole uno sforzo per pensare oltre questa programmazione.»

Camminava lungo il corridoio. «Una volta usciti da questo aereo, la nostra prima fermata sarà un incontro dimostrativo dove potrete considerare chi sono i capobranco in questa organizzazione in uno di due modi.» Si girò per tornare verso la parte anteriore, sapendo che ogni persona sull'aereo poteva sentirlo benissimo. «La prima opzione è usare la vostra intelligenza. Ve lo dico subito: non fate cazzate con i Figli della Regina. Vi faranno il culo.»

Si fermò a guardarsi intorno prima di camminare di nuovo in avanti. «Il secondo è quello di alzare la mano a un livello che volete provare e giocarvi una possibilità di battere uno di loro. Vi ho detto prima che abbiamo un gruppo di vampiri dall'Asia che si unisce a noi.» Nathan fu sorpreso di sentire un «Figo!» femminile provenire da tre file dietro di lui.

Si voltò e alzò un sopracciglio verso la giovane donna dai capelli scuri e dagli occhi azzurri. «Jennifer, giusto?» Lei annuì. «Tu approvi?»

Lei scrollò le spalle. «Mi piacciono i vampiri fin dai tempi di *Twilight*.» Quelle parole le procurarono dei fischi da parte di alcuni ragazzi intorno a lei, e lei arrossì. «So che non è la stessa cosa, ma da quello che hai detto, siamo tutti umani modificati, giusto?» Lui annuì. «Quindi, non è come se fossimo i Montecchi contro i Capuleti.»

«Chi?» arrivò da quattro file dietro. Nathan guardò indietro. «Jason, giusto?» L'altro annuì. «Shakespeare. Avresti dovuto prestare più attenzione in inglese.» Ne ricavò qualche risatina. «Lei non ha tutti i torti, però. Questo incontro non è una specie di scontro tra noi e loro. Questi particolari vampiri sono ora considerati l'Elite della Regina. Devono il loro onore a Bethany Anne...»

Nathan fu interrotto da un punto a metà della prima fila. Una volta che aveva permesso un'interruzione, gli altri avevano trovato il coraggio di fare domande. «Perché? Li ha salvati o qualcosa del genere?»

Si voltò di nuovo verso la prima linea. «Be', in un certo senso», gli disse. «I Figli della Regina hanno dato loro la possibilità di cambiare lealtà.» Alzò una mano. «Prima che tu lo chieda, avrebbero avuto la possibilità di andarsene pacificamente, ma l'unico modo per andarsene con onore sarebbe stato combattere per mantenerlo... e tre sono morti. Lasciamo perdere, d'accordo?»

Riprese a camminare. «Quindi, vi state iscrivendo. L'unica differenza tra l'Elite della Regina e tutti quelli che si trovano su questo aereo è l'impegno.» Arrivò davanti al gruppo e si voltò verso di loro. «Vi siete impegnati a quattro anni di servizio con la Regina, a fare qualsiasi cosa ci serva. Vi siete impegnati a fare del vostro meglio, oppure mi direte perché un Wechselbalg che ho accettato come membro non si sta impegnando. Credetemi quando vi dico che quello non andrà bene.»

Si guardò intorno. «I membri dell'Elite della Regina hanno già impegnato il loro Onore, il loro Meglio e la loro Vita. Quindi, volete sfidarli? Cercate di capire quanto volete impegnarvi, capito?»

Tutti i Wechselbalg avevano visto un video che metteva in evidenza sia la *Polarus* che la *Ad Aeternitatem*. Uno spettatore aveva chiesto cosa significasse il nome della nave *Ad Aeternitatem* quando la frase era menzionata nel video, e Nathan aveva spiegato che gli uomini e le donne su quella nave si erano impegnati «Per l'Eternità.»

Tra la spiegazione di Nathan sui nuovi vampiri e la prova precedente dell'impegno delle persone sulle navi, molti si chiesero a cosa avessero mai tenuto con forza sufficiente da dare tutto di se stessi.

E cosa sarebbe servito per voler impegnare tutto quello che avevano?

7

———————

Akio stava fermo in silenzio con il resto dei vampiri. Quindici di loro erano tutto ciò che era rimasto dopo aver combattuto per Kamiko Kana non molte settimane fa.

Aveva parlato con Gabrielle e aveva appreso che era stato proprio suo fratello a disonorarsi e poi a coprire la sua vergogna con il sangue per procurare al resto del clan l'opportunità di cambiare la propria lealtà, dalla falsa regina a Bethany Anne.

I membri del gruppo stavano in silenzio, non solo perché non veniva loro richiesto nulla, ma perché era la scelta più saggia. Stare fermi e osservare era l'azione appropriata in quel momento.

Gli uomini si erano parlati quando Gabrielle li aveva rimandati alle loro case per sciogliere ogni legame. Aveva spiegato che a ciascuno di loro sarebbero state concesse due valigie con qualsiasi cosa avessero voluto portare. Il resto, comprese tutte le armi, sarebbe stato fornito dalla sua Regina.

Bethany Anne stava prendendo le sue responsabilità molto sul serio. Aveva fatto capire a Gabrielle che si sarebbe aspettata il meglio, e che loro, in cambio, avrebbero dovuto aspettarsi il meglio da lei.

Akio si guardò intorno. C'era un palco temporaneo nell'enorme hangar, sul retro, lontano dalle porte chiuse.

Vide che l'hangar era circondato da una passerella con un paio di porte che conducevano da qualche parte. Una sembrava portare nell'edificio successivo. Non riusciva a capire dove andasse la porta dall'altra parte della stanza.

Poteva sentire un secondo jet, più grande, che scendeva all'esterno. Gabrielle li aveva informati che un gruppo di Wechselbalg si sarebbe unito a loro per la presentazione quella sera. Aveva lasciato intendere che Bethany Anne sarebbe stata contrariata se al nuovo gruppo fosse stato mostrato qualcosa di diverso dal rispetto.

Era stato sufficiente per la sua gente.

Poi John aveva chiarito che i Figli della Regina permettevano ogni tipo di discorso su di loro personalmente, ma la mancanza di rispetto per Bethany Anne era un'offesa inaccettabile. Akio dovette soffocare un piccolo sorriso quando vide Gabrielle trasalire alle parole di John, ma lei annuì con la testa.

Chiese che la squadra di Akio permettesse ai Figli della Regina di attuare la punizione, almeno all'inizio, se fosse necessario.

I suoi uomini erano disposti su due file di sette elementi affiancati. Lui era in piedi davanti. Gabrielle si era assicurata che gli uomini di Akio fossero in posizione prima di scomparire.

Presto Akio sentì i passi che arrivavano sull'asfalto all'esterno.

JENNIFER PREFERIVA ESSERE CHIAMATA per nome. Il suo cognome, Ericson, non le piaceva da quando aveva capito che qualche antenato vichingo lo aveva usato per riconoscere un figlio e non una figlia. Si girò per prendere le scale che la portavano alla pista sottostante; era la sessantesima o settantesima persona a scendere dall'aereo. Continuò con gli altri fino alla porta interna.

Dopo una breve strozzatura mentre entravano nell'hangar, si trovarono in uno spazio abbastanza grande da contenere comodamente tre volte il loro numero.

Notò le luci brillanti e il piccolo palco sul retro, poi vide gli altri uomini.

I vampiri.

Continuò a muoversi in fila mentre li osservava con la coda dell'occhio. Il suo gruppo si stava disponendo in file di quindici, e lei finì per essere la seconda dalla fine più vicina all'altro gruppo. Erano tutti in abiti tradizionali completamente neri e i loro volti erano inespressivi. Non sembravano arrabbiati, ma sembravano pericolosi.

Sapeva che il vampiro per eccellenza era Michael. Merda, i suoi genitori e persino il capobranco dell'Ohio, per quanto fosse coglione, ammettevano che nessuno poteva mettersi contro di lui. Prese il suo posto e guardò in avanti.

Nathan Lowell non era quello che le voci dicevano che fosse. Be', lo era e non lo era. Era un altro nome che era stato usato per spaventare la sua generazione perché facessero i bravi. Aveva funzionato, per lo più. Jennifer voleva disperatamente girare la testa e fissare i vampiri e controllarli.

Alcuni dei ragazzi del gruppo ci avevano già provato con lei, ma lei era stanca delle idee che i licantropi avevano degli appuntamenti e voleva imparare quali altre opzioni ci fossero. Jennifer non voleva incasinare le regole che riguardavano il portare un umano nel Mondo Sconosciuto, il che significava che non poteva coinvolgere un umano normale in niente che non fosse una relazione a brevissimo termine. Restavano i vampiri.

Lanciò un'occhiata alla sua sinistra. Si chiese quanti anni avessero. Quello era uno dei problemi nell'uscire con i lupi mannari. Non sapevi mai quanti anni avessero finché non li guardavi bene negli occhi. La pelle poteva restare giovane, ma l'età e l'esperienza coloravano la vista nell'anima di una persona. Fino ad allora, Jennifer non aveva trovato nessuno che potesse nascondere la propria età dentro di sé.

Quando era andata a trovare Nathan Lowell, aveva avuto la possibilità di incontrare una delle altre rock star della comunità dei licantropi. Be', almeno per le donne della comunità. Volevano incontrare la donna che era stata in grado di accaparrarsi Nathan Lowell e toglierlo dal mercato. Anche se Jennifer aveva sentito un sacco di commenti maliziosi, Nathan non era qualcuno che le interessava. Se non riusciva a trattare con i mannari della sua età, non si aspettava di godere della compagnia di qualcuno vecchio come Nathan.

Ma ciò non significava che non le piacesse rifarsi gli occhi. Nathan era un bell'uomo, e lei provava un po' di gelosia perché... Merda! Quell'uomo era davvero splendido. Abbastanza perché, se non fosse stato fidanzato, Jennifer avrebbe dovuto riconsiderare la sua regola No Wechselbalg. Quando Ecaterina raggiunse il suo compagno pochi minuti dopo, Jennifer si disse che era felice di sapere che Nathan era off-limits perché lei non usciva con i mannari. Naturalmente, non era perché la sua compagna era di una bellezza sconvolgente e Jennifer non aveva neanche l'ombra di una possibilità con lui.

Jennifer non si considerava scarsa dal punto di vista dell'aspetto, ma c'era "sexy" e "Oh mio Dio". Jennifer era "sexy", Ecaterina era "Oh mio Dio", oppure "Oh, mio Dio, Cazzo!", a seconda che uno preferisse le bionde o meno.

Finché non parlò con il suo accento rumeno. Quello la spostò in "Oh, mio Dio, Cazzo!", indipendentemente dalla preferenza per le bionde.

Jennifer guardò Nathan inchinarsi e poi stringere la mano

ai vampiri in prima linea. Nathan si era cambiato ed era vestito tutto di nero. Sembrava che fosse pronto per un incontro in quel momento. La sua camicia era fatta di un tessuto elastico. Guardò meglio e riuscì a distinguere il logo UA. Indossava pantaloni adatti allo sparring, gli stessi pantaloni in stile arti marziali che indossavano i vampiri.

Qualcuno si aspettava delle risse quella sera, pensò.

Il rumore dietro di lei cessò, e Nathan finì la sua conversazione per alzare lo sguardo e guardare la porta dietro di lei. Si voltò indietro e fece un inchino al vampiro, poi si avvicinò per fermarsi davanti alle file dei Wechselbalg. Un leggero e piacevole profumo la raggiunse, e vide Ecaterina in piedi davanti a sé.

Ecaterina era cambiata ancora da così poco che di tanto in tanto usava il profumo nella sua forma umana. Era una piccola stranezza che a Jennifer piaceva molto. Le ricordava che tutti loro erano fondamentalmente umani, solo con dei miglioramenti.

Un'altra porta si aprì alla sua destra più avanti, ma lei non riusciva a vedere oltre il ragazzo due file davanti a lei. Lo avrebbe soprannominato TAC, che stava per "troppo alto cazzo".

In un attimo fu chiaro chi erano. Il primo era Dan Bosse, il capo dell'esercito di Bethany Anne, il secondo era Lance Reynolds, il padre di Bethany Anne, e poi sei dei Figli della Regina salirono sul palco. I primi due erano in tenuta da commando. Gabrielle era vestita come Nathan, ma quattro dei Figli non lo erano.

Quello la fece deglutire. Notò la toppa sulle loro spalle. Era un teschio di vampiro bianco su sfondo rosso con capelli nero scuro e occhi rossi. Era la toppa indossata dagli Stronzi della Regina.

Quelli erano i tizi che giustiziavano per mancanza di

rispetto, e ognuno di loro portava le armi. I suoi occhi si spalancarono quando riconobbe il quinto Figlio della Regina.

Era Peter Silvers, il primo Pricolici a uccidere un vampiro in centinaia di anni. Dovette chiudere la bocca. Era il cattivo ragazzo indiscusso della sua generazione, e quasi un ragazzo immagine dell'immaturità. Almeno, lo era secondo le voci che giravano intorno a lui prima che venisse coinvolto con quell'abito.

Di sicuro non sembrava immaturo in quel momento. Sembrava cazzuto e pronto a sparare a chiunque tra il pubblico. Be', se non avesse cambiato forma e avesse staccato loro la testa. Aveva una toppa dei Guardiani della Regina su un braccio, ma la toppa degli Stronzi della Regina era più in alto.

A quanto pareva, stronzo una volta, stronzo per sempre.

Dan Bosse salì sul palco. Tra il pubblico, non c'era un solo individuo che avesse bisogno che usasse un microfono.

«Buongiorno», iniziò. «Mi chiamo Dan Bosse. Sono responsabile delle operazioni sul campo per Bethany Anne. Mentre farò presto conoscenza con molti di voi, sappiate che conosco il Mondo Sconosciuto e vi combatto per diversi decenni, sia in schermaglie, sia come capo di uomini che combattevano i Nosferatu. È stato durante uno di questi episodi che Bethany Anne è arrivata e si è unita a noi per aiutarci a uscire da un'imboscata ben eseguita.»

Guardò il pubblico. «Sarà mia responsabilità attuare le tattiche e le strategie per realizzare le priorità che Bethany Anne mi mette davanti. Capitelo bene.» La sua bocca assunse un'espressione cupa. «Metterò in atto cose che vi metteranno in pericolo. Alcuni di voi moriranno nel tentativo di raggiungere questi obiettivi, ma ognuno di loro, alla fine, contribuirà a tenerci tutti liberi. Alcune di quelle cose saranno focalizzate sull'assicurarci di restare liberi. Liberi di procedere con i nostri piani per essere preparati per il futuro. Sarò in giro a parlare con le vostre squadre nei prossimi due giorni. Usate questo tempo saggiamente, così saprete com'è la vostra leadership».

Fece un passo indietro.

«Il mio nome...» arrivò una voce come la morte che galleggia sui gas di scarico caldi e sulfurei di un vulcano. Jennifer scosse la testa verso i vampiri, perché sebbene fossero stati quasi delle statue per tutto il tempo, ora ognuno di loro si guardava intorno. Vide almeno un paio di Wechselbalg in ogni fila girarsi fisicamente per cercare la fonte della voce. Le riverberò nelle orecchie e nella mente.

Puzzava di potere, di età, di comando.

«È Michael.»

«Ohhh, *merda!*» Jennifer si controllò la bocca; grazie a Dio non era stata lei a parlare! Sorprese il ragazzo accanto a lei che si metteva una mano sulla bocca.

Voleva ridere del suo spavento.

I vampiri sembravano fare fatica a restare in piedi così com'erano. Le avevano detto che Michael faceva parte di quel gruppo. Aveva persino visto foto e video di un ragazzo che dicevano essere Michael con Bethany Anne in giro per il mondo, ma la maggior parte della gente pensava che fosse solo un modello. L'uomo nero del Mondo Sconosciuto sembrava troppo giovane, troppo divertente e francamente troppo felice per essere il Michael delle storie.

La maggior parte della gente si sbagliava. Jennifer lo sentiva intorno a sé, parlava con tutti e con nessuno allo stesso tempo.

Poi, di colpo, si trovò davanti al palco con le mani dietro la schiena a scrutare il pubblico. Si voltò verso i vampiri e si inchinò leggermente in risposta ai loro inchini. «Per favore, assistete», ordinò, e ogni paio di occhi obbedì.

«Ho sentito i pettegolezzi sulle mie attività con Bethany Anne e che di tanto in tanto sono ripresi da telecamere e altri mezzi. A causa di questo, si è pensato che non potevo essere chi si diceva che fossi. Vi direi di chiedere a coloro che mi hanno disonorato in passato se sono chi dico di essere...»

Sorrise cupamente mentre continuava: «Ma sono tutti morti.»

Per un rapido istante, un'ondata di paura si sprigionò da lui. Jennifer riuscì a stento a bloccare le ginocchia e restare immobile.

Poi la paura e il desiderio di scappare svanirono, e Michael fece un ampio sorriso. «Le mie scuse. Bethany Anne mi ha detto che dovrei smetterla di fare la testa di cazzo reale.» Si guardò intorno. «Dopo un migliaio di anni, le vecchie abitudini sono difficili da infrangere.» Il sorriso restò sul suo volto, ma tutti notarono il rapido cambiamento del volto con gli occhi rosso fuoco.

Era un avvertimento, e tutti quelli che stavano guardando lo colsero.

«Sapete...» giunse una voce contralto da dietro a quelli sul pavimento. Vide Michael guardare dietro di loro, così tutti si voltarono per vedere una donna dai capelli scuri sulla passerella. Indossava pantaloni di pelle nera e pistole nelle fondine sui fianchi, e anche una katana. «Potrei lasciare che Michael continui il suo solito metodo di...» Poi scomparve, e Jennifer sentì il resto della frase dal davanti.

Si voltò e vide Bethany Anne sul palco che guardava il pubblico. «...intimidazione. È sufficiente dire che *non* volete farlo incazzare. Si sta impegnando molto per imparare la nuova realtà, ma ogni tanto sbaglia.» Lei lo guardò con una piccola smorfia sul viso. «Come adesso.»

Inferno del cazzo! pensò Jennifer. I video e le foto sul web non rendevano giustizia a quella donna. Bethany Anne aveva appena creato un nuovo livello sopra "Oh, mio Dio, Cazzo!". Jennifer si morse il labbro; stava permettendo al suo livello di paura di liberare la sua mente per farla vagare invece di farfugliare nella paura.

Concentrati!

Bethany Anne si voltò verso i vampiri. Iniziò a fare un passo e scomparve, solo per apparire di fronte al capo vampiro.

Akio fece di tutto per non inchinarsi a Michael. La pura quantità di potere che emanava da lui rispondeva alla domanda che la maggior parte dei vampiri aveva nella parte del mondo da cui veniva lui.

Michael era reale e il suo potere era innegabile.

Poi la pressione era sparita e Michael si stava scusando. Akio si voltò per vedere chi stesse guardando Michael, ed eccola lì.

La sua Regina.

Akio vide la spada attaccata alla sua schiena e le altre armi. Non era Kamiko Kana. Quella donna era prima di tutto una guerriera. Era quello il modo in cui aveva scelto di presentarsi alla sua gente, ai suoi combattenti.

E persino il mitico Michael era onorato di ascoltare il suo... comando? No, lei lo aveva chiamato "testa di cazzo reale". Akio non era sicuro del significato, ma aveva capito che non era un titolo appropriato.

Poi fu sul palco e di fronte a loro. Aveva fatto un passo e si trovava alla distanza di un braccio.

Akio si inginocchiò, come tutti i suoi uomini dietro di lui.

«Il mio nome è Bethany Anne», disse loro. «C'è una cosa che richiedo prima di ricevere la vostra promessa di fedeltà, ed è l'onestà.» Si voltò leggermente verso i Wechselbalg. «Nell'impegnarsi a servire un signore, c'è onore da entrambe le parti, dove l'onore è onestà, fedeltà e obbedienza. È costruito sulla fiducia, sulla confidenza e sulle azioni.»

Bethany Anne si voltò di nuovo verso i vampiri. «Kamiko

Kana non aveva nulla di tutto questo. Ha accettato pegni e si è comportata con malafede. Com'è richiesto quando il male commette il disonore, ho mandato i miei Figli a riequilibrare la bilancia della giustizia. Prendo la vostra promessa di vita, di onore, di abilità, in cambio della mia a voi.»

Guardò l'uomo di fronte a lei. «Alzati, Akio.»

Akio si alzò, mentre lei si slacciava il fodero della katana dalla schiena. Il *saya* era squisito, il legno inciso era splendidamente lucidato e antico. Gli occhi di Akio si aprirono per lo shock.

Quella era una spada leggendaria, che si credeva perduta. Era la spada che poteva decidere se uno meritava la morte o no.

«Questa è la mia spada, consegnatami dal mio servo Stephen, fratello di Michael.»

Gli occhi di Akio si aprirono ancora di più.

«La consegno all'Elite della Regina perché riposi nel vostro santuario e sia protetta e pronta all'uso quando la vostra Regina ne avrà bisogno. Deve essere sempre pronta, sempre affilata e sempre protetta. Questa richiesta è onorevole e l'Elite della Regina accetta questo incarico?»

Akio si inchinò profondamente e si rialzò. Tese entrambe le mani per prendere il saya e la katana sotto le sue cure. Si voltò verso i suoi uomini. «Nel nome della vostra Regina, alzatevi.» Tutti i quattordici uomini si alzarono in piedi, e tutti guardarono il saya mentre lo teneva all'altezza degli occhi.

«La nostra Regina ci affida la protezione della sua spada. Come noi useremo le nostre per proteggere lei e attuare i suoi decreti. L'onore ci viene restituito attraverso la fiducia. Onorabilmente serviremo, in onore, moriremo.»

Tutti i quattordici uomini si inchinarono ad Akio, che si voltò e si chinò verso Bethany Anne. «Mia Regina, siamo tuoi.»

Bethany Anne si rivolse agli altri vampiri. «Accettato.» Tutti loro si alzarono in piedi con le mani dietro la schiena. Bethany

Anne allungò un braccio per toccare Akio. «Vieni con me.» Tutti quelli che potevano vedere i due restarono scioccati quando Bethany Anne e Akio scomparvero, per riapparire sul palco. Lei si voltò mentre Akio si riprendeva dall'improvvisa scomparsa e riapparizione. «Gabrielle?»

Gabrielle fece qualche passo accanto ai due. Akio stava cercando di tenere lo shock lontano dal suo volto. «Per favore, organizza un posto qui sul palco per Akio.»

Gabrielle si inchinò leggermente ad Akio. «Benvenuto!» Akio restò momentaneamente stupito da tutti i sorrisi che lo circondavano. Scott e Peter si separarono per farlo passare tra di loro. Akio vide John che lo guardava e l'uomo enorme fece l'occhiolino. Girandosi sul posto, Akio guardò i suoi uomini.

Bethany Anne aveva appena restituito loro l'onore di cui avevano un bisogno disperato. Il suo petto era pieno della comprensione che quello era ciò che i samurai avevano conosciuto nelle epoche passate: il desiderio imperituro di fondere il religioso con il fisico. La consapevolezza che l'onore esisteva in due direzioni e che la vita era ora focalizzata ed equilibrata.

Peter si chinò verso di lui, e Akio poté percepire l'odore di mannaro su di lui. «Ecco.» Akio tenne la spada in una mano e allungò la sinistra in basso, dove sentì un piccolo pezzo di tessuto che gli veniva consegnato. Si prese un secondo per dare un'occhiata.

Era una toppa. La stessa che portavano tutti i Figli della Regina.

Il capo dell'Elite della Regina era ora un membro degli Stronzi della Regina.

«Ha un adesivo, quindi stacca il retro e premilo sulla spalla. Oh, merda.» Akio notò gli occhi di Peter concentrati davanti a sé, e si voltò per vedere Bethany Anne che guardava nella loro direzione. Si rese conto che aveva sentito la voce di Pete.

Fece un paio di passi verso di loro, ma sorrideva a Peter, che ricambiava il sorriso. «Sempre un piantagrane, Pete?» Tese la mano. Tutti sul palco si stavano chinando l'uno sull'altro per vedere cosa stava succedendo.

«Era... ahh, cazzo! Sono stato io!» Sorrise.

«Sì, ci scommetto.» Lanciò un'occhiata a John, che stava intenzionalmente guardando altrove. «Dammelo.»

Akio consegnò la toppa alla sua Regina. «Girati a sinistra, Akio.» Poteva vedere quelli di fronte a lui sorridere e decise di godersi la svolta degli eventi, anche se all'inizio sembrava che fosse un problema. Restò lì mentre lei staccava il retro della toppa e gliela attaccava alla manica. Lo premette con forza per farlo aderire bene. «Davanti al tuo clan, davanti ai Guardiani, ai Figli della Regina e a me stessa, ora tu sei Akio degli Stronzi della Regina.»

Akio sorrise alla sua Regina e fu sorpreso quando tutti sul palco iniziarono a gridare congratulazioni e a dargli pacche sulla schiena. Notò che quelli sul pavimento, in entrambi i gruppi, stavano facendo il tifo per lui.

Akio prese il suo posto nella formazione e aspettò la parte successiva della commedia.

⁓

Kurt Williams era stato un po' annoiato durante l'evento. Era in piedi proprio dietro e alla destra di Nathan Lowell, che aveva menzionato l'opportunità di combattere.

Il combattimento era il campo in cui Kurt eccelleva, ed era qualcosa in cui era molto, molto bravo. Anche se era stato rispettoso di Nathan, non credeva a tutte le chiacchiere che Nathan continuava a spargere sul gruppo di umani.

E, oh sì, *erano* umani! Poteva sentirne chiaramente l'odore. Kurt non era affatto irrispettoso, voleva solo combattere contro alcuni dei migliori e vedere cosa sapeva fare. Mentre avrebbe potuto combattere e avere buone possibilità di vincere se avesse sfidato l'alfa di un branco, non voleva le responsabilità che ne derivavano.

Amava solo combattere.

La scarica di adrenalina, il rallentamento della realtà, la contrazione del peso verso un'altra gamba che annunciava l'attacco a venire, e l'impeto per difendere o sottomettere l'avversario... viveva per quello.

Quando Kurt capì che Nathan gli stava chiedendo di iscriversi per un periodo di quattro anni in un gruppo che si concentrava sul diventare i migliori lottatori, fu come chiedere a un geek se voleva l'ultima scheda video per la sua console da gioco.

Quando gli si faceva una domanda semplice, lui dava una risposta semplice. «Dove mi iscrivo?» Kurt si era girato verso suo padre, che aveva sorriso e gli aveva detto: «Ci vediamo in licenza, figliolo.» Kurt aveva abbassato lo sguardo e visto la mano che suo padre gli stava porgendo.

Suo padre aveva capito. Kurt gli aveva stretto la mano, aveva fatto piangere sua madre sul suo petto, e gli era stato detto di «imparare qualcosa oltre a come fermare i pugni con la faccia!» Era arrivato il giorno di andare all'aeroporto e lui aveva preso il suo borsone. Suo padre lo aveva incontrato alla porta, e nessuno aveva parlato per tutto il tragitto verso l'aeroporto.

Suo padre lo capiva come se niente fosse. Si erano stretti, abbracciati nel modo maschile di darsi pacche sulla schiena, e suo padre aveva detto solo: «Ci vediamo in licenza, figliolo.»

E quello fu tutto.

Kurt era impressionato dal jet pronto per loro, e quando si accostò all'aereo, Nathan gli aveva indicato una zona al suo fianco. Si avvicinò per stare con lui mentre Nathan gli diceva di lasciare il borsone vicino agli altri bagagli a terra.

Nathan lo fece altre quattro volte con i nuovi arrivati, e alla fine, cinque reclute aspettavano insieme. Kurt capì cosa stava facendo Nathan quando la persona dopo di lui irradiò un desiderio a malapena controllato di combattere, e fu seguita da una terza persona con lo stesso atteggiamento. Era evidente. Ognuno dei cinque poteva vedere lo stesso fuoco che guardavano nello specchio ogni mattina riflesso dagli altri intorno a Nathan.

Tutti volevano mettersi alla prova. Nathan non imponeva il suo dominio su nessuno. Era così e basta. Il desiderio di mettersi alla prova contro chiunque avesse bisogno di combattere si piegava quando si scontrava con l'indomabile volontà di Nathan Lowell.

Intorno a Nathan regnava la pace.

Anche quando il suo compagno si avvicinò e gli parlò, nessuno di loro sentiva il bisogno di gonfiare il petto. Kurt fu sorpreso di scoprire più tardi cosa accadde quando si trovò da solo con Ecaterina. Il suo bisogno si assorbiva come un cucciolo intorno a qualsiasi alfa dominante.

Kurt conosceva le storie sulla capacità di Ecaterina di trasformarsi in una Pricolici, ma quella era la prima volta che capiva che portava in sé la stessa calma. Si chiese oziosamente che aspetto avesse quando si arrabbiava, poi sorrise quando gli tornò in mente una citazione di un vecchio programma televisivo. "Non farmi arrabbiare. Non ti piacerei quando sono arrabbiata!"

Era curioso. La calma intorno a Nathan stava facendo effetto, ma capì che presto sarebbe stato in grado di far uscire la sfida dalla sua gola.

∿

JOHN GRIMES GUARDÒ mentre Bethany Anne si voltava dall'aiutare Akio a mettere la toppa sul braccio. John era quello che si era assicurato che i vampiri sapessero che erano nel gruppo. Non avrebbe permesso a nessuna squadra di restare a bocca asciutta. O erano dentro, o erano fuori.

Michael aveva confermato il loro desiderio di sostenere Bethany Anne. Se qualcuno di loro fosse stato un problema, l'ingresso di Michael nell'evento sarebbe stato molto diverso. Sarebbe stato preceduto dalla morte improvvisa dei vampiri e da un Michael molto sanguinario che sarebbe apparso tra la carneficina.

Quello era un punto su cui Michael non era disposto a piegarsi. Non avrebbe assolutamente, in nessun caso, permesso un'ombra di dubbio sui giuramenti che Bethany Anne avrebbe accettato dai vampiri. Ognuno di loro sarebbe stato disposto a seguirla nella morte, o li avrebbe uccisi lui stesso prima che lei accettasse il loro giuramento.

Nessuno che fosse un rischio sarebbe stato intorno a Bethany Anne, per quanto Michael potesse sapere. John immaginava che Michael non le avrebbe confessato tutto quello che aveva fatto per assicurarsi che lei fosse al sicuro. John sapeva di un paio di volte in cui Michael si era limitato a gestire qualcuno, e come sua guardia, aveva approvato.

A John non importava che un paio di menti fossero state modificate e che la gente fosse stata mandata via. John pensò che era meglio essere mandato via che affrontare altre due morti. Michael era un uomo molto migliore di prima, ma l'armatura tra il nuovo Michael e quello vecchio era piena di buchi, e il vecchio era sempre a un soffio dal venire fuori.

Almeno per quanto riguardava Bethany Anne. Quanto a Michael, personalmente, si arrangiava molto meglio con i pugni. Peter era entrato nella sala riunioni un po' in anticipo, aveva teso la mano a Michael e aveva chiesto: «Allora, come sta il Signore Oscuro dei Sith questa sera?»

John avrebbe voluto schiaffeggiare Peter per la sua disinvoltura e, allo stesso tempo, coprirsi la faccia con le mani per non vedere la carneficina. Restò scioccato quando Michael strinse la mano di Peter e gli disse in un sussurro di scena con un sorriso: «Doveva essere un segreto, mio giovane apprendista!

John guardò Eric, la cui bocca era aperta, e poi Gabrielle, che si era voltata dalla sua conversazione per fissare Michael anch'essa sotto shock.

Peter alzò le spalle. «Va bene così, i pagani sconosciuti e non lavati non lo capiranno mai!». Peter si era poi guardato intorno e aveva chiesto: «Dove sono i biscotti e il latte?»

Michael indicò dietro di lui. «Cheryl Lynn li ha sistemati là dietro.»

Bethany Anne era pronta a parlare con loro, e John fermò la sua riflessione.

BETHANY ANNE GUARDÒ il gruppo e fece una pausa.

Pensieri, TOM?

Aspetta, cosa? Perché lo chiedi a me?

Da' un'occhiata là fuori. Cosa vedi?

Ehm, gente?

Vedo più di centoquindici persone modificate dai Kurtheriani in un modo o nell'altro. Vedo umani che sono in fila per morire, TOM. Vedo umani che devono affrontare modifiche ai loro corpi, alcuni per più di un secolo.

Mi... mi dispiace, Bethany Anne. Non mi sono fermato a considerarlo.

Lo so, TOM. Non ti sto giudicando. Sto ricordando a entrambi che stiamo preparando alcuni di quelli che abbiamo davanti a morire. Forse qui sulla Terra, forse nello spazio. Amici, fratelli, familiari e compatrioti. Temo che le chiacchiere che ADAM ha trovato e che Frank sta guardando confermino che ci troveremo di fronte ad agenzie potenti anche qui sulla Terra.

Tutto quello che posso fare è dirti quello che so dei Clan.

Be', questo e so che ci sono altre razze là fuori che amano combattere.

E allora? Anche gli umani lo fanno.

Bethany Anne parlò con chiarezza. «Siete stati presentati in un modo o nell'altro a tutte le persone quassù. Alcuni da Gabrielle, altri da Nathan.» Guardò i Wechselbalg.

«Le differenze tra vampiri e Wechselbalg sono un risultato della tecnologia, niente di più. La realtà è che entrambe le tecnologie aliene che ci riguardano sono state introdotte qui sulla Terra per una cosa: la *guerra*.»

Seguì una leggera agitazione dalla parte dei Wechselbalg. Vide Ecaterina in fondo al gruppo. Da quanto aveva capito, la nuova mannara aveva un effetto calmante sull'innato desiderio dei Wechselbalg di agire.

«Avete sentito la notizia e conoscete alcuni dettagli. Attualmente stiamo lavorando per espandere la nostra base sulla Luna, completare la nostra prima stazione spaziale, iniziare l'estrazione di materiali e costruire gli impianti di produzione per creare veicoli spaziali.»

Quella volta, i mormorii aumentarono un po' mentre i presenti comprendevano la portata di ciò che aveva appena detto. Avevano detto loro della base lunare, ma la stazione spaziale era un'informazione nuova, così come gli impianti di produzione.

Per fortuna, Jakob Yadav aveva già iniziato a gestire le "richieste del suo tempo" provenienti da una moltitudine di interessi. Alcune organizzazioni di notizie, alcune non-profit, alcune imprese, e alcune da qualche Stato nazionale.

Compreso il Paraguay. Mentre i paraguaiani erano orgogliosi che il loro paese fosse il primo ad andare nello spazio con la nuova tecnologia, non erano molto contenti di non saperlo prima di tutti gli altri. Funzionari del governo erano arrivati sul luogo dove si erano svolti i test della TRS con i loro elicotteri militari per trovare nient'altro che una vasta area di fango.

Molto, molto fango.

Bethany Anne continuò: «Faremo delle scelte. Non solo per noi stessi, ma per i nostri vicini. Quelli della porta accanto, quelli dall'altra parte della città, in altri Stati e in altri Paesi. Faremo delle scelte per coloro che amiamo e per coloro che odiamo.» Si guardò intorno. «Capite questo: combatterete per coloro che vi odiano, vi diffamano e vi sputano addosso. Be'», sorrise, «se potessero sputare fino allo spazio, comunque!

Suscitò qualche risatina. «Non ci arriveremo senza sconvolgere molte persone. Non capiranno, perché non dirò loro perché lo stiamo facendo. Stiamo lavorando su come gestire la cattiva stampa, ma la realtà è che la maggior parte sceglierà ciò che è facile piuttosto che ciò che è difficile. Soprattutto quando quello che hanno per andare avanti è un concetto vago del nemico nel migliore dei casi.

Difficile vuol dire maledettamente difficile!» Sorrise. «E se c'è una cosa che sappiamo, è che il difficile è ciò che facciamo meglio di chiunque altro.» Il suo sorriso si fece ferale. «E quando veniamo sfidati, noi reagiamo, e lo facciamo con forza. Se gli altri fanno i bravi, noi facciamo i bravi.

In caso contrario?» Sospirò forte, il peso del comando le pesava sulle spalle. «Allora sarà una scelta dura, ma io sceglierò il futuro invece del presente. Sceglierò l'opportunità rispetto allo status quo, e sceglierò la libertà rispetto alla sotto-missione.»

Proseguì: «C'è sempre la libertà di scegliere. La libertà di fare qualcosa di se stessi mentre andiamo avanti. Questo gruppo è composto da molti americani, e a causa di ciò, alcuni americanismi sono destinati a verificarsi. Il primo è che si rispetta il comando, ma la fiducia arriva con il tempo, con i test e con le prove.

Ho saputo che tutti i Wechselbalg qui presenti sono stati informati che potete mettere alla prova la vostra abilità contro la mia guida o quella del mio Guardiano, e se passerete, potrete mettere alla prova il vostro coraggio contro di me.»

Quello causò di nuovo un mormorio. Nessuno aveva detto loro che potevano salire abbastanza in alto da combattere contro Bethany Anne stessa.

«No?» Lei sorrise. «Questo perché da dove venite voi, combattere è uno sport. La mia squadra è stata messa alla prova nel fuoco, nel sangue, nei proiettili e nel caos. Abbiamo combattuto nelle Everglades della Florida e dai paesi dell'America Centrale alle montagne della Turchia, e oltre, in Asia. Sarò onesta: le vostre possibilità di battere qualcuno su questo palco sono infinitesime. Ma lascio aperta questa opzione. Se riuscite a vincere, potete combattere contro di me.»

Si rivolse ai vampiri. «Capisco che il vostro giuramento vi esclude da questo spettacolo. Sappiate che ci alleneremo più tardi. Vi farò capire i vostri limiti attuali e come mi aspetto che vi facciate avanti!»

Un silenzio completo cadde quando Bethany Anne permise al suo volto di cambiare e ai suoi occhi di brillare di rosso mentre guardava entrambi i gruppi. I vampiri si inginocchiarono di nuovo mentre le sue zanne crescevano, e lei spinse la sua mente verso tutti i presenti e mandò la sua voce in tutti quelli che la stavano fissando in quel momento.

Il mio nome è Bethany Anne. Sono la Regina delle Stronze. Sono l'unica a cui vi inginocchierete finché non morirete o lascerete il mio servizio. Per alcuni, questo significa sul vostro scudo. Per altri, quando il vostro accordo sarà scaduto.

Fino a quel momento, vi è proibito di rispondere a chiunque tranne che a coloro che io nomino. Nessun interesse esterno vi controlla, vi comanda o vi convoca.

È chiaro?

Anche i cinque in piedi dietro Nathan gridarono il loro «Sì!» con convinzione.

Nathan aveva difficoltà a fare i conti con il cambiamento

della sua Regina da quando era partito per andare a lavorare con i Wechselbalg. Allora, Bethany Anne era stata una leader, carismatica e decisa.

Ma in quel momento? In quel momento aveva tutti quegli attributi e una forza di volontà superiore a quella che aveva prima. Era veramente una Regina ormai; non era solo il suo titolo.

Era quello che era diventata.

8

Jakob la stava aspettando quando Bethany Anne entrò nel suo ufficio. Alzò lo sguardo e sorrise. «Com'è andata?»

Darryl aveva fatto capolino poco prima dell'arrivo di Bethany Anne. Jakob poteva sentirlo sbuffare da fuori la porta e dire: «Più o meno come un giocatore di football sconclusionato del liceo che decide di essere abbastanza bravo per giocare tra i professionisti. L'ultimo concorrente ha ammesso che non si aspettava molto, ma lui doveva sapere comunque. Così, questa volta, John non ha rotto nessuna delle sue ossa, lo ha solo preso e messo al tappeto. È finita così in fretta.»

«Ne deduco che tutti loro vogliano andare contro John?»

Bethany Anne sorrise mentre si sedeva sulla confortevole poltrona nera nell'ufficio di Jakob. «Era scontato.» Si mise comoda. «Una volta che Nathan ha piantato il seme che John era quello da battere, il primo tipo lo ha sfidato.»

«Cos'è successo?» Jakob era curioso, ma Bethany Anne gli aveva detto che non sarebbe stato un bene per i mannari sapere che erano stati umiliati di fronte agli umani.

«Be', John ha fatto un po' di esercizio e cinque mannari hanno fatto un pisolino. Ha spezzato gambe e braccia per assicurarsi che avessero capito che attaccare briga con lui era davvero una pessima idea. Non ha nemmeno sudato, ma permetteva loro di tirare qualche pugno, calcio o attacco. Andava avanti così fino a quando Michael non esclamava "tempo" a caso. Allora John passava all'offensiva. Di solito afferrava l'attacco successivo. Se era un pugno, fermava il pugno a mezz'aria, poi rompeva il braccio e lo buttava fuori a suon di colpi. Stessa idea se si trattava di un calcio.»

La voce di Darryl arrivò di nuovo dal corridoio. «Digli di te e Michael!»

Bethany Anne alzò gli occhi al cielo. «Una volta finito lo sfoggio di testosterone, io e Michael abbiamo preso il centro e ci siamo dati da fare. Prima l'abbiamo fatto a velocità normale, poi al doppio. Quando abbiamo preso il ritmo, l'abbiamo aumentato altre due volte.»

Darryl sbirciò dietro l'angolo. «Avresti dovuto vedere i vampiri dopo la terza accelerazione. Non riuscivano nemmeno più a vedere i colpi e giuro che hanno iniziato a parlare tra di loro. Erano stati in un silenzio inquietante per tutto il tempo, ma non volevano smettere di parlare. Alla fine, i due hanno aumentato la velocità un'altra volta, e persino Gabrielle faceva fatica a vedere cosa stava succedendo.»

Darryl si voltò indietro per assicurarsi che non stesse succedendo nulla nel corridoio prima di riportare la sua attenzione sull'ufficio. «Si è arrabbiata quando ha capito che non ti sei allenato con lei tanto veloce quanto avresti potuto!»

Bethany Anne alzò le spalle. «È stato Michael. Ho dovuto aumentare il mio impegno da quando l'ho affrontato solo per reggere il confronto. Potevo prenderlo a pugni, ma il più delle volte lui passava in modalità foschia e io non colpivo nulla. Dio, era frustrante!»

Il suo piccolo sfogo disse a Jakob tutto quello che doveva sapere su quanto fosse competitiva. Lei sarebbe stata all'altezza di ogni occasione. La sconfitta non era un'opzione.

Da parte sua, Bethany Anne non aveva intenzione di ammettere che aveva fatto esaminare a TOM ogni parte del suo corpo, e che erano tornati sull'astronave per implementare un aggiornamento delle attivazioni delle sinapsi per renderla il più veloce possibile.

Non riusciva a battere Michael, ma ora nemmeno lui era in grado di prenderla. Ogni volta che lui cercava di trasformarsi in foschia per coglierla di sorpresa, lei era troppo scaltra per restare in un posto. Anche quando provava a stare ferma, alla fine riusciva a percepire la sua materializzazione e a togliersi di mezzo in tempo.

Una volta si stava vantando tra sé e sé delle sue capacità, quando TOM le fece capire che c'erano altri nell'universo che sarebbero stati una sfida difficile per lei. Aveva spruzzato un secchio d'acqua ghiacciata sulla sua esultanza nel rendersi conto che le sue abilità attuali, pur essendo d'élite, la portavano appena all'altezza di un gruppo di forse trenta o quaranta dei migliori combattenti marziali della galassia vicina di cui TOM era stato a conoscenza ai suoi tempi.

Sperava che le sue squadre non dovessero mai combattere contro uno di quelli, finché non avessero capito come compensare. Una cosa che, si rese conto, avrebbe significato una difesa adeguata anche contro di lei.

Cazzo, cazzo!

Jakob riportò la conversazione al punto. «Ti ho chiesto di venire qui per discutere di quello che ADAM ha scoperto attraverso i satelliti spia.»

«Di chi?» chiese lei.

«Di tutti, a quanto pare, ma io sono più preoccupato per i satelliti degli Stati Uniti che non dovrebbero puntare verso il nostro paese. Da quello che ADAM può vedere, questi erano riposizionamenti approvati.»

Cosa stai facendo per i satelliti?»

>>Mando loro delle foto con l'area modificata in modo

che sembri quella di mesi fa. Sono anche leggermente fuori fuoco.<<

Perché non mandare loro delle foto più vecchie?

>>Facilmente dedotto, e una volta fatto questo, tutti cercherebbero di cambiare gli algoritmi di hacking difensivo. E, saprebbero che i loro satelliti spia sono stati violati.<<

ADAM, rintraccia quelle immagini.

>>Capito.<<

«D'accordo, cosa suggerisci di fare per quelli?», chiese lei.

«Be', far loro causa non è un'opzione praticabile. Ci genererebbe troppi altri problemi e poi saremmo sul radar di alcune persone molto influenti.»

«Non lo siamo già?» chiese lei.

«Be', certo. Ma non abbiamo avuto una richiesta di parlare davanti al Congresso, per esempio», rispose Jakob.

«E come mi costringerebbero a farlo, di preciso?» Lei gli sorrise e lui roteò gli occhi.

«Solo perché non riescono a capire chi sei, non significa che il tuo passaporto rumeno ti salverà da ulteriori controlli. Più a lungo rimani nascosta, meglio è.» Jakob si appoggiò all'indietro sulla poltrona e masticò la penna per un momento prima di chiedere: «Immagino che tu non sia brava a fare la svampita, vero?

Bethany Anne abbassò gli occhi per fissare il suo consigliere recalcitrante, e sentì Darryl sbuffare. «No.»

«Ehi, dovevo chiedere. Non pensavo che te la saresti cavata troppo bene, ma mi hai chiesto il mio meglio. Una o due interviste stupide, e alcuni dei ragazzi inizieranno a cercare il potere dietro il trono, per così dire. Diavolo, la metà di questa gente lo cercherà comunque.»

«Perché sono troppo giovane, troppo donna, o troppo...»

«Di bell'aspetto», aggiunse Jakob.

«Davvero?»

«Sì, certo. Gli uomini hanno problemi con una donna troppo bella. Non possiamo gestirla internamente, vedi. È già abbastanza brutto che tutte le nostre sostanze chimiche ci combattano quando ti avvicini. Quando apri la bocca ed esprimi la tua intelligenza, dobbiamo subito cercare di etichettarti come una paria, una stronza, o una... Be', non importa. Troppo potere nelle tue mani a quel punto. Alcuni, suppongo, ti troverebbero semplicemente una sfida in più, ma quei ragazzi non riescono comunque a immaginare qualcuno migliore di loro.» Scrollò le spalle senza compromettersi. «Loro sono i limiti, ragazza.»

Bethany Anne si appoggiò all'indietro, poi girò la testa verso la porta. «Darryl, cosa pensi di quello che ha detto Jakob?»

Darryl non mise la testa dentro la porta quella volta. Piuttosto, chiese: «Quale parte?»

Bethany Anne si masticò il labbro. «La parte del troppo bella. È un problema?»

A quel punto Darryl infilò la testa dentro la porta. «Con la squadra? Diavolo, no! Abbiamo visto il sangue. Problema risolto.»

Prima che Darryl potesse ritirare la tesa, lei insistette: «E altri?»

Lui si fermò a considerarlo. «La maggior parte dei ragazzi? Sì, per lo più è vero. Ovviamente, non i vampiri, e certamente non Michael. Ma per molti della popolazione generale, potrebbe essere una sfida. Ma in realtà, i ragazzi hanno capito le tattiche quando hanno a che fare con donne intelligenti e attraenti. Per la maggior parte di loro non sarà un problema perché sarai fuori portata, e quindi sarai una fantasia, non una realtà. Sono le donne di cui devi preoccuparti.»

«Sì, conosco quel lato. Grazie.» Lui annuì e tornò nel corridoio. «Allora, a proposito di signore, come vanno le trattative con Jennifer Tehgen?» Si era voltata di nuovo verso Jakob.

«Be', per ora sarà la mia rappresentante a Washington. In

questo modo, non possono chiederle nulla e se cercano di interrogarla, non è mai stata qui.»

«Non permetterò a nessuno portarmela via», affermò Bethany Anne.

Jakob alzò una mano per fermarla. «Ha già dei rinforzi. Frank Kurns ha trovato tre persone di supporto ravvicinato per starle dietro.»

«Chi?» Bethany Anne stava cercando di pensare chi potesse aver assunto e come li avesse controllati.

Jakob si sporse in avanti per prendere uno dei suoi tanti blocchetti gialli. «Vedo che ha fornito un certo Rickie Escobar, un certo Matthew Tseng, e uno dei marines Guardiani, un certo Scottie.»

Bethany Anne avrebbe voluto alzare il telefono e chiedere a Frank cosa diavolo stesse pensando. Aveva appena spedito fuori due lupi mannari e un umano che sapeva maledettamente troppo.

«Non saranno interrogati», le assicurò Jakob.

«Cosa?» Bethany Anne scrutò l'avvocato.

«Le tue Guardie non saranno interrogate oltre al classico "come va" perché hanno i fascicoli completamente puliti. Fascicoli di una società che mostrano che sono con lei solo per tenere lontani i non invitati. Non c'è nulla che indichi che fanno parte del tuo equipaggio.»

«Non può durare per sempre», argomentò lei. «Alla fine...»

«Alla fine, sarai fuori portata, e non sarà un problema, giusto?» la interruppe.

Per qualsiasi motivo, forse era il suo atteggiamento gioviale, a Bethany Anne non dispiaceva che la interrompesse sempre. Avevano condiviso un po' del suo sangue con lui per aiutarlo fisicamente, tanto che il suo interno era di almeno quindici anni più giovane, e un paio d'anni all'esterno potevano essere liquidati come un eccellente programma di dieta ed esercizio.

Ormai, lui si alzava prima di lei e finiva molto più tardi di quanto lei avrebbe ritenuto prudente.

Cambiò argomento. «Ti stai divertendo?»

«Alla grande!» Jakob arricciò le labbra. «Anche se ero un po' seccato di non aver potuto fare causa a Brimer fino all'oblio.»

«Sei riuscito a negoziare l'accordo con loro. Hai permesso loro di restare in affari.»

«Be', è stato divertente, ma io li avrei fatti chiudere.»

Bethany Anne fece spallucce. «Abbiamo ancora una leva. Porta via tutto e non c'è niente che impedisca loro di concentrarsi su di noi.»

«È per questo che Brimer resta impiegato con loro?»

«Sì. I suoi soci saranno costantemente preoccupati per Brimer, quindi lo vedo come una vittoria per noi.»

«Perché hai voluto che interrogassi Jennifer? Si è rivelata un ottimo partito, ma come facevi a saperlo?»

«Michael le ha letto la mente», gli disse Bethany Anne.

«Pensavo che sarebbe stato qualcosa del genere. Sembrava che si fosse fatto un'idea su di me piuttosto in fretta.»

«La cosa non ti disturba? Un avvocato intorno a qualcuno che può leggergli nel pensiero?»

Jakob allungò la mano. «No, ho imparato decenni fa a prendermi la responsabilità di tutto quello che ho fatto, o non lo farei. Non sto nascondendo nulla di prima... Be', la prescrizione è caduta su un paio di indiscrezioni giovanili.»

«D'accordo, e le altre preoccupazioni che hai menzionato?»

Bethany Anne se ne andò quasi quarantacinque minuti dopo, ed era contenta che Jakob avesse accettato di lavorare per lei. Era rimasto vedovo negli ultimi quindici anni, e gli ci erano voluti circa tre minuti per decidere che voleva trasferirsi alla base. Kevin McCoullagh gli aveva fornito una squadra per tornare indietro e chiudere la sua casa, e ora avevano qualcuno che la vendeva per lui.

Sarebbe stato un uomo molto, molto occupato per molto, molto tempo.

NRS *Polarus*, in navigazione verso la Francia

«In che modo, esattamente, dovremmo assicurarci che nessuno vorrà farci del male quando saliranno sulla nave?» chiese Bobcat. Stava guardando un messaggio che Bethany Anne aveva inviato loro.

Attualmente, la squadra comprendeva Jeffrey, Bobcat, William, Marcus e Cheryl Lynn, che aveva preso una capsula ed era venuta per la riunione. Suo figlio Todd aveva lavorato particolarmente sodo cercando di imparare di più sulla progettazione e l'ingegneria dei componenti, così John gli aveva suggerito di venire a parlare con William quando c'era una pausa.

Perciò, Todd era salito su una capsula. Aveva bisogno di parlare con William, e John disse che un incontro come quello avrebbe dovuto cementare la loro amicizia, se Todd fosse stato rispettoso. Lui aveva accettato di esserlo, e aveva cercato di comportarsi come se avere la possibilità di volare verso la *Polarus* non fosse una gran cosa. Cheryl Lynn poteva vedere dall'espressione di John che Todd stava facendo un pessimo lavoro per nascondere la sua eccitazione.

Al momento, Todd era in mensa a mangiare.

«Non lo so», ammise Cheryl Lynn. «Speravo che fosse una specie di cappello che indossano o qualcosa come un metal detector attraverso il quale passano.»

«Non è una cattiva idea», iniziò Jeffrey.

«Quale?» chiese Bobcat. «Il cappello di alluminio o la porta della vergogna?»

«Perché dovrebbero vergognarsi?» chiese Cheryl Lynn.

«Immaginate tutto ciò che un ufficiale della sicurezza dei

trasporti vede quando il vostro bagaglio passa attraverso il metal detector all'aeroporto», chiarì Bobcat.

«E quello è solo ciò che c'è nei bagagli», concordò William.

«Quindi, dobbiamo trovare un modo per dare loro luce verde o rossa senza vedere i loro pensieri interiori?», chiese lei.

Jeffrey considerò la domanda. «Potrebbe esserci un posto nel cervello dove possiamo concentrarci. Michael dovrà di certo cercare qualcosa quando fa il suo voodoo mentale.» Marcus sorrise. «Abbiamo bisogno di un modo per...»

Marcus lo interruppe. «TOM dice che i Kurtheriani ci hanno fatto casino per almeno sette generazioni prima che lui partisse con la sua nave, quindi le informazioni rilevanti sono conservate lì. ADAM probabilmente ha accesso se aiuta TOM, ma avremo bisogno di un algoritmo di traduzione.» Iniziò a digitare con furia. «Ah, dice che l'idea della porta va bene e che funzionerebbe per l'intenzione, ma non per i dettagli specifici, perché questo richiede concentrazione.» Marcus digitò di nuovo.

Jeffrey guardò Cheryl Lynn. «Tu ti occupi delle pubbliche relazioni. Cosa ne pensi?»

Cheryl Lynn ci pensò su. Si era finalmente abituata al fatto che, sebbene il tuo ruolo dettasse le tue responsabilità minime, qualsiasi cosa poteva essere e sarebbe stata scaricata sul tuo grembo, specialmente se suggerivi una "buona idea".

«Penso che preferirei che costruissimo una porta attraverso la quale arrivano tutti quelli che entrano nella nave. Farli fotografare e contrassegnare i documenti d'identità in qualche modo in quel punto. Dovremo comunque dare a tutti un documento d'identità. Alcuni avranno persone di supporto con loro, quindi tutti nel gruppo saranno contrassegnati a quel punto. Non si può mai sapere se qualcun altro è abbastanza abile per sfuggirci. Metti i piantagrane in un posto solo, e vedi se possiamo far venire un vampiro a controllarli a quel punto.» Si fermò e considerò. «Sì, è un buon inizio.»

Marcus stava ancora scrivendo, ma il resto degli uomini rifletté sulle sue parole. «Buon suggerimento», concordò Jeffrey e poi continuò: «La nostra nuova nave è in fase di ingegnerizzazione inversa all'Alstom Chantiers de l'Atlantique a St. Nazaire-Penhoët, in Francia. I precedenti proprietari l'avevano rimessa a nuovo, ma con la crisi economica dell'ultimo anno e mezzo, sono stati molto contenti di ricevere un'offerta che ha permesso loro di recuperare i soldi.»

Jeffrey distribuì alcune cartelle a ogni persona al tavolo. «Stephen ci fece virare verso ovest e ci sta portando da quella parte della Francia. Tra qui e lì, avremo bisogno di...»

«Porca puttana!» esclamò William e guardò Cheryl Lynn. «Vuoi davvero fare questo?» William batté il pugno con Bobcat mentre fischiava.

«Non solo farlo alla nave nuova, ma dobbiamo anche adattare la *Polarus* e la *Ad Aeternitatem*», disse loro Cheryl Lynn.

William guardò Jeffrey. «Bethany Anne è d'accordo?»

Jeffrey alzò le spalle. «Sembra che Cheryl Lynn abbia ricevuto carta bianca da Bethany Anne, e l'ho fatto confermare a Stephen in modo indiretto. È valido.»

«Ooohhhh.» Bobcat sorrise. «Sei appena salita nella mia stima, giovane PR.» Bobcat guardò di nuovo giù nella cartella. «Dovremo capire lo stress che questo causerà.» Guardò Marcus. «Ehi, dottor Miracolo.» Marcus continuò a digitare, così Bobcat batté le nocche sul tavolo. «Ehi, dottor Sordo!» Sollevò la cartella. «Sai cosa c'è qui dentro?»

Marcus guardò la cartella blu, poi la raccolse. La aprì, poi la chiuse per girarla e riaprirla. Tutti lo guardarono mentre iniziava a leggere in cima, poi i suoi occhi si spalancarono per l'allarme e mise giù la cartella. «Mi stai prendendo per il culo?» chiese Marcus a Jeffrey.

«No, per niente.» Jeffrey guardò Marcus. «Dalle nostre altre conversazioni, questo sembra del tutto fattibile. Qual è il problema?»

Marcus si fermò e alzò lo sguardo. «A parte la parte in cui le sollecitazioni vanno nella direzione completamente opposta? Nessuna.»

«Perché?» chiese William. «Non potremmo semplicemente usare motori gravitazionali opposti per aiutare a mantenere lo stesso stress?»

Marcus annuì.

«Va bene, signori.» Tutti si voltarono verso Jeffrey. «E signora. Abbiamo tempo fino al nostro arrivo al largo della Francia per essere pronti a preparare il nuovo transatlantico di medie dimensioni e queste due navi.»

Bobcat si strofinò le mani. «Questo farà davvero bagnare i pantaloni a qualche geek.»

9

«Ti sto dicendo», ansimò Jennifer, «che questo è uno schifo, non importa quanto tu sia in forma!»

Le nuove reclute, i Wechselbalg comunque, correvano attraverso le montagne intorno al campo ogni giorno, di mattina e di sera.

All'inizio, era solo una sessione di lamentele a piedi. Fino al terzo giorno, quando si scatenò l'inferno. C'erano quattro gruppi di venticinque persone che percorrevano diversi sentieri dentro e intorno alla zona, e anche con i loro sensi superiori, non avevano mai sentito, visto o annusato il gruppo di Peter o i loro attacchi. Personalmente, Jennifer pensava che le enormi bombe puzzolenti stessero andando un po' troppo oltre. L'odore non le sarebbe uscito dal naso per un'ora maledetta.

Quelli che non erano inabilitati dall'odore o dalle granate sonore venivano abbattuti da qualsiasi Guardiano del gruppo di Peter fosse incaricato di prenderli.

All'inizio, erano bastate granate sonore, bombe puzzolenti e un Guardiano per devastare un gruppo di venticinque novellini. Quando ognuna delle squadre si era riunita per inventare dispositivi di protezione improvvisati sul campo, la situazione iniziò a farsi un po' più interessante. Nel secondo attacco, la sua squadra ne aveva avuti tre in grado di reagire. Andarono giù, ma Joseph Greggs sembrava un po' malconcio alla fine.

Erano in piena allerta per il turno successivo, ma non successe nulla. Durante il terzo turno, proprio alla fine, quando la base era proprio sopra la cresta successiva e avevano iniziato a rilassarsi, furono colpiti di nuovo, duramente.

Erano stanchi, erano incazzati e, francamente, avevano perso la testa per la seccatura e la rabbia. Otto dei venticinque passarono direttamente alla loro forma di lupo più grande, mentre gli altri sette rimasti che avevano abbastanza concentrazione per attaccare tirarono fuori i loro manganelli di legno e caricarono nella direzione da cui erano arrivate le granate.

Vale a dire, oltre il crinale, dritto in un'imboscata.

I proiettili di aria compressa ricoprirono quelli che venivano dalla collina con dardi e inchiostro. I dardi avevano abbastanza prodotto soporifero infuso di nanociti da superare la capacità di resistenza dei licantropi.

Jennifer aveva visto il gruppo andare oltre la cima e si costrinse ad alzarsi e a iniziare a correre. Non aveva intenzione di restare indietro quando i suoi compagni di squadra erano lassù a finire dentro Dio sapeva cosa.

Lo scoprì un minuto dopo, quando raggiunse la cima, guadagnando slancio, e si schiantò contro una persona con un completo da caccia. Fu colpita tre volte con una pistola, una volta al collo e due al torso, prima di capire il suo errore. Si avvicinò e afferrò il dardo piumato, strappandolo via, e poi gli altri due. Si avviò verso di lui. «Figlio di puttana! Questa merda brucia...» Crollò sul terriccio.

Quello che le sembrò un attimo dopo, ma che era almeno un po' di tempo da quello che poteva capire dalla posizione del sole, sentì che le stavano scuotendo la spalla. «Svegliati!» Alzò lo sguardo verso... Timmons? Merda, non riusciva a ricordare.

«Che diavolo?», farfugliò.

«Ci hanno teso un'altra imboscata.» La faccia di Timmons sembrava rassegnata. «Abbiamo reagito esattamente come ci avevano suggerito di non fare. Non stiamo pensando affatto.»

Jennifer si girò per guardare il cielo. «Ehi, c'è un gruppo di noi oltre il crinale!»

Timmons sorrise. «Sì, e siamo finiti dritti in una cazzo d'imboscata. Il povero Williams-Jones laggiù è stato colpito da dodici dardi. Non si ricorda ancora se è un ragazzo o una ragazza.» Timmons guardò il crinale. «Alza il culo e aiuta qualcun altro a svegliarsi. Entriamo tutti nella base e portiamo chi non ce la fa da solo.» Dopo quelle parole, Timmons si alzò e si allontanò.

In seguito, la squadra scoprì che l'inchiostro era lì per infastidirli a morte, dato che quelli che erano sporchi strofinavano da matti per toglierlo. A nessuno fu permesso di trovare un metodo più facile.

L'apprendimento, fu detto loro, sarebbe avvenuto con ogni momento in cui si strofinavano.

Ogni volta che uscivano, imparavano. Per prima cosa, mandarono fuori degli esploratori per far scattare qualsiasi imboscata. Per sfortuna, servì un'altra imboscata per rendersi conto che avevano bisogno di una linea di vista sui loro esploratori o gli abbattimenti silenziosi riducevano la loro efficacia.

Avevano chiesto un'armatura migliore e l'avevano ricevuta. La loro squadra aveva imparato da un'altra che potevano chiedere qualsiasi cosa che potessero considerare utile. «Questo non è l'esercito dove tutto ti viene consegnato. Improvvisate e adattatevi!» fu la frase che ebbero in risposta.

Quel giorno, a tutti era stato detto di andare alle docce, mangiare e riunirsi alle 14:00 nell'hangar numero 1.

Aveva sentito i mormorii prima di raggiungere le porte per entrare nella stanza. Quando entrò, fu sorpresa come tutti gli altri da chi li stava aspettando.

Vampiri.

Indossavano una mimetica e gli stessi vestiti che indossavano loro. Erano i vampiri che avevano partecipato alla prima riunione. Jennifer andò al suo posto e si sedette.

Dan Bosse stava parlando con Kevin McCoullagh sul palco quando Dan si avvicinò alla sua spalla per comunicarle qualcosa. Gli lesse le labbra: «Ripeti?» Lui annuì e poi interruppe la sua conversazione con Kevin, che fece un passo indietro sul palco.

Dan si fece avanti e la folla si calmò. «Buon pomeriggio.» Guardò tutti i presenti. «Apprezzo l'impegno con cui state lavorando per migliorare le vostre abilità fisiche e affinare la vostra capacità di controllare l'animale che è in voi.» Fece una smorfia. «Pessima scelta di parole, ma il sentimento è giusto. Per diventare un'unità di combattimento, dovete restare nella vostra migliore mentalità per il lavoro. Di solito, sarà la vostra forma umana per i Wechselbalg.»

Iniziò a camminare avanti e indietro sul podio. «Ammiro i progressi che avete fatto e che vi siete resi conto che non si tratta di quattro squadre l'una contro l'altra, ma piuttosto di quattro squadre che raggiungono lo stesso obiettivo. Per ora, il vostro obiettivo è stato quello di respingere gli invasori.»

Si guardò intorno nella stanza. «A dire il vero, ve a siete cavata piuttosto male su quel fronte.» Sorrise. «Ma ora faremo qualcos'altro, oltre a mandarvi a correre e a difendere. La corsa era la parte importante. La difesa serviva a farvi dimenticare tutto l'esercizio concentrato che stavate facendo. Avete vinto o perso tutti insieme, avete imparato che le quattro squadre possono condividere i dati e avete imparato a fidarvi di ciascuna delle altre squadre. Ora inizieremo a creare una squadra estratta tra i quattro gruppi.»

A quel punto, le enormi porte dell'hangar iniziarono a sobbalzare, preparandosi ad aprirsi, lasciando entrare il sole di metà pomeriggio mentre infilzava la prima fessura di qualche centimetro che separava le porte. Per un secondo, nessuno si mosse, poi Jennifer urlò: «Maledizione! I vampiri!» Ruppe i ranghi e iniziò a correre verso le porte. Presto la maggior parte della sua squadra e molti altri corsero per unirsi a lei. Alcuni dei ragazzi capirono che potevano cercare di proteggere i vampiri con i loro vestiti. Si spogliarono delle maglie e si avviarono verso i vampiri, che erano disorientati.

«FERMI!»

Le porte massicce smisero di muoversi, i Wechselbalg che erano riusciti a raggiungerle smisero di cercare di richiuderle, e quelli che stavano venendo in soccorso dei vampiri con le loro camicie si resero conto che i vampiri li stavano guardando con curiosità.

«Questo era un test autentico.» Il contralto fluttuò dall'alto verso le persone nell'hangar. Tutti alzarono lo sguardo e videro Bethany Anne sopra di loro. Come l'ultima volta, era sulla passerella sopra le porte. «La prova per vedere se vi importa di tutti e di ciascuno sotto il mio vessillo.»

I Wechselbalg si resero conto di aver risposto come una squadra. Avevano sentito il grido, visto la risposta e si erano seguiti a vicenda.

«La mia Elite», chiamò con un tono di comando. «Onore!»

Quindici vampiri si inchinarono profondamente ai Wechselbalg. All'inizio, i Wechselbalg non sapevano cosa fare. Poi quelli intorno a Jennifer videro la sua risposta, e la reazione sgorgò dalla sua area come increspature su uno stagno.

Cento Wechselbalg si inchinarono di nuovo.

«In piedi!» gridò Dan. Parlò perché altrimenti Wechselbalg non avrebbe saputo quando smettere. Alcuni di coloro che erano venuti in aiuto dei vampiri tesero la mano, e ben presto ci fu un enorme gruppo di uomini e donne che si stringevano la mano e parlavano. Il primo Wechselbalg chiese ai vampiri perché non avessero paura del sole.

Ammisero che la regina li aveva modificati.

«Oh, *diavolo*, sì!» urlò un tipo basso e tarchiato di nome

Barson. «Possono uscire al sole.» Indicò il vampiro, che rispose: «Lo voglio nella mia squadra!» Le risate si fecero più forti e iniziarono le suppliche affinché i vampiri si unissero alle squadre separate.

Dan sentì una voce nella sua testa. *L'hai chiamato tu.* Sorrise guardando verso il punto in cui si trovava Bethany Anne.

Ma non c'era più.

Dan sorrise e si concesse qualche istante per godersi i risultati.

CHERYL LYNN ENTRÒ nella seconda stanza della sua suite di quattro container. Lei, Todd e Tina stavano testando la configurazione per vedere se aveva tutto ciò di cui una piccola famiglia come la loro avrebbe avuto bisogno per vivere nello spazio.

I bambini avevano ciascuno una stanza in un container. Non furono contenti di scoprire che tutte le stanze per l'uso dell'acqua, compresi i bagni e la doccia, erano in un unico container. Tina aveva a che fare con Todd di tanto in tanto, e Cheryl Lynn non disse a sua figlia che c'era una configurazione con due bagni a cui sua madre aveva rinunciato.

Avrebbe spinto Tina a imparare ad affrontare un po' meglio i vincoli dello spazio.

I container che avevano l'acqua erano per un terzo bagno e lavaggio, per due terzi cucina. Il fornello a induzione era efficace, efficiente, facile da comprare e facile da installare. Ci fu una discussione su quanti bruciatori mettere sul piano di cottura e il numero finale fu tre, in base allo spazio e alle necessità. Si poteva camminare attraverso il centro della cucina fino alla zona pranzo e poi oltre nella stanza successiva.

Si decise che ogni unità familiare aveva la responsabilità di aiutare a coltivare il proprio cibo. Oppure potevano produrre un tipo di cibo e scambiarlo con altri. In entrambi i casi, a meno che la compagnia non stesse pagando la spesa totale per un professionista nello spazio, fu concordato che sarebbero state aggiunte piccole cose per sottolineare la necessità che le persone fossero autosufficienti e autosufficienti.

L'area idroponica non era molto grande, ma era in grado di coltivare diversi tipi di frutta e verdura. Cheryl Lynn sapeva che Michelle Brown-Williams, la scienziata responsabile di tutta la crescita degli alimenti, stava costruendo container unici progettati per sostenere alimenti specifici. Uno dei primi progetti era per le patate. Invece del solo terriccio, stava lavorando su un metodo che usava paglia finta. L'acqua veniva aggiunta automaticamente, ma la pacciamatura della paglia finta (o "messa a terra" come la chiamava lei) veniva fatta a mano mentre le piante crescevano. L'illuminazione all'interno del contenitore era una delle migliori tecnologie disponibili al momento, e ce n'era molta.

Cheryl Lynn era stata intervistata non meno di dodici volte sulla metodologia di produzione alimentare. Di solito spiegava che non era super avanzata, ma che invece utilizzava le conoscenze disponibili a chiunque avesse i soldi per andare a comprare dei container prefabbricati.

Se il giornalista era particolarmente fastidioso, Cheryl Lynn faceva notare che alcuni dei più eccezionali passi avanti nella comprensione di come coltivare le piante in un ambiente a contenitori chiusi erano attualmente intrapresi da chi coltivava marijuana.

Si sedette sul divano. «Casa, accendi la tv e fai vedere i filmati delle notizie scelte. Prima fammi vedere quelli di Bethany Anne.»

Prese il suo taccuino e bevve un sorso di tè quando comparve il primo filmato.

«Qui è Michael Eaves, CNN News, Africa. L'inafferrabile CEO della RDS Enterprises è stata vista entrare in un edificio governativo in Sudafrica. Per coloro che potrebbero aver vissuto sotto una roccia, la RDS Enterprises è il conglomerato internazionale che ha messo una base sulla Luna circa sei settimane fa.»

L'uomo guardò dietro di sé per indicare un edificio bianco con la faccia di pietra. «L'ipotesi è che stia discutendo le opportunità di collaborare con i governi locali in Africa per combattere l'AIDS. Parte della ragione, sospettiamo, è che l'Africa ha il novantuno per cento dei bambini sieropositivi.

La maggior parte dei progetti governativi ha protocolli di sicurezza inadeguati, e generalmente ci sarebbero già molte fughe di notizie. Ma questi colloqui sono diversi. Una persona, che ha voluto restare anonima, ha ammesso che lo Stato aveva incluso quattordici persone in una precedente riunione, ma tre, tra cui un membro di gabinetto di alto livello, sono stati buttati fuori.»

Il giornalista guardò di nuovo nella telecamera. «Ho saputo che il membro del gabinetto è stato arrestato. Ormai è il terzo caso di qualcuno a cui è stato chiesto di lasciare uno di questi incontri e che poi è stato arrestato. Ci si chiede se la RDS Enterprises abbia una propria agenzia di spionaggio o una tecnologia di lettura della mente per assicurarsi che ci si possa fidare di chi è nella stanza. Qui è Michael Eaves, CNN News, Africa.»

Un altro sorso di tè e un altro filmato partì. «Salve, sono Kerry Shea di France 24 News. L'amministratore delegato della RDS Enterprises, Bethany Anne, è stata sorpresa mentre lasciava una struttura di assistenza ieri sera tardi, dopo aver visitato le vittime che si stavano ancora riprendendo dagli ultimi attacchi terroristici. Nessuno sapeva che stava visitando questa piccola struttura fino a quando non è stato menzionato sul social network Viadeo, un sito di social media di networking professionale, nientemeno. Il post, messo lì dal manager notturno, non è stato raccolto dai giornalisti per quasi ventidue minuti, offrendo alla CEO solitaria più tempo prima che i giornalisti potessero avvicinarsi.»

Cheryl Lynn mormorò alla tv: «Scommetto che eliminerai tutti i siti di social media invece che solo i grandi nomi la prossima volta che dici a qualcuno di non fare la spia, Bethany Anne.»

Il filmato finì e ne arrivò un altro. «European Financial News Today ha scoperto che la RDS Enterprises ha acquistato più di quarantamila container negli ultimi mesi prima del successo del lancio della Base Lunare. Quello fece sì che i container, che di solito si vendono usati a un prezzo compreso tra i milleottocento e i duemilacinquecento dollari l'uno, siano saliti di prezzo del venti per cento. Il prezzo dei container usati è salito alle stelle dopo la notizia del progetto Base Lunare. Si dice che l'azienda li userà per costruire una città sulla Luna basata su container per il trasporto navale. C'è una piccola azienda che vende ancora i container a meno di tremila dollari a coloro che desiderano usarli per scopi personali, ma l'affare è limitato a un container per persona in questo momento.»

«Questo perché stiamo facendo una fortuna con tutti voi acquirenti speculatori e Bethany Anne non vuole danneggiare i piccoli finanziariamente», rivelò Cheryl Lynn alla tv.

Prese nota di ricordarsi di far trapelare quell'informazione quando avessero venduto circa diecimila container. Con il denaro proveniente dall'aumento dovuto all'acquisto speculativo di container, il Team BMW ne aveva fatti costruire di nuovi, basati sui loro disegni unici.

Cheryl Lynn mise da parte il taccuino. «Casa, metti in pausa il filmato.» Andò in cucina e aprì il frigo più piccolo, poi tirò fuori un paio di carote e chiuse la porta. Prese il burro di arachidi dalla dispensa, poi tornò indietro e si mise di nuovo comoda sul divano. «Casa, continua il filmato.»

«Qui è Kieron Colan con tutte le notizie che contano in Inghilterra. Nel gruppo di notizie etichettate, "CEO Sventolone" stiamo parlando di Bethany Anne e del suo focoso, focoso fidanzato Michael. Uno degli aspetti più interessanti di questo ragazzo è che non ha un cognome. Nessuno, zero, niente, *nada*. Questo delizioso toyboy sembra avere occhi solo per la sua compagna principale, ma Signore Onnipotente, se è disposto a battere in entrambi i sensi, mi metto in lista! Diavolo, ho già un poster a grandezza naturale di questo ragazzo che mi saluta ogni mattina.» Il giornalista giovane e di bell'aspetto iniziò a sventolarsi il viso. «Scusate, sono andato un attimo fuori strada, ma immagino che l'altra metà dei nostri spettatori sappia perché ci piacciono le storie su Bethany Anne, vero?»

«Casa, metti in pausa questo filmato e contatta ADAM.» Cheryl Lynn aspettò il secondo necessario perché la voce di ADAM arrivasse dagli altoparlanti della TV.

«Sì, Cheryl Lynn?»

«ADAM, etichetta questo video dall'Inghilterra e cerca di spostarlo dove Bethany Anne non potrà vederlo. Questa è solo altra roba del filone "voglio Michael", e francamente, non ha bisogno di vederlo adesso.»

«Fatto. Posso chiedere qual è la logica dietro tutto questo?» chiese ADAM.

Cheryl Lynn socchiuse le labbra. «È una risposta emotiva, ADAM. In questo momento, Bethany Anne non sta pensando chiaramente a Michael con alcune delle sostanze chimiche che scorrono nel suo corpo. È già consapevole che ci sono molte donne che lo vogliono per vari motivi, alcune solo perché lo ha Bethany Anne.»

«Una donna vorrebbe un uomo per nessun'altra ragione che un'altra donna?»

«Sì. Aggiungi che lei è una donna bella, potente e ricca, e lui deve essere un buon partito. Le stronze sono stronze, e se non possono avere Michael, cercheranno di separare i due se l'opzione diventa disponibile.»

«Questo non ti dà fastidio?» chiese ADAM a Cheryl Lynn.

«Sai, è una buona cosa che tu abbia un cervello sintetico», iniziò lei.

«Il mio cervello non è sintetico. È in realtà un cervello organico alieno che si trova per lo più in un'altra dimensione», chiarì l'altro.

«Come vuoi. Non sei un maschio umano. Altrimenti potrei essere infastidita dalla tua domanda.» Fece una pausa. «La risposta, e questa risposta è meglio che rimanga tra di noi, è che mi sento un po' gelosa. Sono felice per entrambi, ma devi capire che la logica e i sentimenti non sempre coincidono negli umani a causa di queste stupide emozioni. Sono la nostra componente più forte e la nostra più grande fragilità. Ci spingono oltre ogni aspettativa e ci fanno fallire miseramente per le ragioni più stupide. In ogni caso, aiuterò a proteggere Bethany Anne non facendole affrontare tutta questa merda che non farà altro che scuotere le sue emozioni già deboli. I ragazzi la proteggono fisicamente e noi donne cerchiamo di sostenerla emotivamente.»

«Capisco. Qual è la base della sua sofferenza emotiva?»

«Sei proprio un uomo, ADAM.» sbuffò Cheryl Lynn. «È innamorata, stupido.»

Costa Rica

Dato il lavoro di Phillip Simmons, per decenni aveva collaborato con il ventre molle della società. Di tanto in tanto, ciò significava relazioni che si estendevano dal Sud America fino agli Stati Uniti.

Di norma, non era un vero vantaggio per il suo lavoro in Sud America, ma in quella circostanza si stava rivelando maledettamente utile.

Aveva esaminato le ultime informazioni che stava ricevendo, e dato che la RDS aveva lanciato il suo progetto spaziale nel suo cortile, aveva tutte le giustificazioni necessarie per seguirli.

Soprattutto perché aveva ricevuto una bella pedata nel culo

per non aver saputo dei container spaziali, in primo luogo. Aveva replicato che nessuno sapeva dell'evento e chiesto come avrebbe dovuto realizzare un miracolo quando si trattava di aziende legittime che operavano legalmente in un Paese che aveva due abitanti per chilometro quadrato.

Il suo capo aveva risposto che era merda che erano stronzate e di occuparsene.

Sì, aveva seriamente intenzione di occuparsi di loro. Aveva un sacco di seccature personali e professionali con quel gruppo e stava per usare le sue risorse per un'operazione molto, molto, fuori dalle regole.

Phillip Simmons aveva oltrepassato da troppo tempo ormai il limite di usare ciò che era sbagliato da ottenere in nome di ciò che era giusto per preoccuparsene.

Stava guardando un filmato sui bambini di quella cazzo di base in Colorado e su come la scuola avesse le migliori menti del paese come insegnanti e i giorni di dimostrazioni presentavano esperimenti di dottori del cazzo del gruppo di ricerca e sviluppo della base.

La giornalista menzionò che entro un mese la scuola avrebbe fatto la sua prima gita fuori dalla base per andare al Denver Museum of Nature and Science, e poi a un incontro privato in una struttura di ricerca genetica di fama mondiale per gli studenti più grandi.

Phillip si sedette in avanti e riavvolse di nuovo il filmato. Tirò fuori il telefono e controllò il calendario per vedere quanti giorni aveva per pianificare.

Perfetto!

10

––––––––

<u>Costa Rica</u>

PHILLIP STAVA ESAMINANDO le risposte che aveva ricevuto dai mercenari.

Non era come fare acquisti su Amazon. Le relazioni erano tutto e la fiducia non era qualcosa di realmente dato, anche se Phillip aveva lavorato con alcuni di quei contatti per ben oltre quindici anni. I soldi parlavano, le stronzate se ne andavano, e si era bravi solo quanto il proprio ultimo lavoro.

Hai fatto quello che hai detto che avresti fatto? Sì? Be', finché l'hai fatto e sei stato pagato, la vita andava avanti.

Fino alla grande fregatura.

La grande fregatura era l'aspettativa che a un certo punto, anche il tuo contatto più stretto potesse cambiare la sua lealtà ed essere disposto a bruciare tutti mentre lasciava gli affari.

In modo permanente.

O perché erano morti, o sarebbero morti non appena qualcuno avesse scoperto dove il viscido bastardo era andato, o perché erano scomparsi con successo, o, in quei casi super-rari, perché erano troppo pericolosi per essere inseguiti. Se si trattava dell'ultima opzione, allora tutti erano d'accordo sul fatto che, finché non restavano scomparsi, era vivere e lasciar vivere.

Il più delle volte.

Phillip scorse le risposte che aveva ricevuto per i mercenari disposti a operare all'interno degli Stati Uniti, e i suoi occhi si aprirono molto con il nome del contatto della terza e-mail.

Vassily.

Vassily era un collegamento russo. Era una bella cosa, dato che i mercenari russi avrebbero allontanato qualsiasi dito puntato verso di lui. Inoltre, Vassily aveva delle connessioni... connessioni sorprendenti.

Phillip cliccò sull'e-mail di Vassily, trattenendo il respiro mentre leggeva il primo paragrafo e poi scoppiando in un sorriso da stronzo.

Boris era disponibile.

Non un Boris qualsiasi. Oh, no. Quello era *il* Boris. Era probabile che, come Dread Pirate Roberts, quello fosse un nome che veniva tramandato da una persona all'altra. Contribuiva a mantenere la voce che era impossibile da uccidere e che di certo non era qualcuno da ingannare.

Phillip pensò a quella decisione. Guardò con occhio distratto altri mercenari con disponibilità, e gli piacque il numero di opzioni negabili che gli urlavano. Con i soldi che avrebbe ottenuto per farlo in nero, sarebbe stato a posto.

Ma continuava a tornare da Boris. C'era qualcosa nell'averlo nella parte dell'operazione che riguardava l'autobus per i bambini, che lo faceva sentire un po' a suo agio. Non importava quanto buona fosse la squadra della RDS, se Boris l'Orso era seduto dentro con i bambini, gli altri quattordici membri della squadra sarebbero stati di seconda scelta.

Phillip passò in rassegna le altre persone e diede un'occhiata a quello che Boris chiedeva per fare il viaggio. Diavolo, avrebbe dovuto chiedere più soldi o fare a meno di molti elementi. In ogni caso, Boris sarebbe stato nella squadra.

Phillip sorrise. Fanculo, non avrebbe detto ai capi che stava assumendo Boris, e avrebbe preso quanti più mercenari di alta qualità e senza coscienza possibile.

Si chinò a sinistra e aprì il cassetto inferiore, dal quale estrasse una bottiglia di scotch di quindici anni e il bicchiere della festa. Chiuse il cassetto, appoggiò il bicchiere sul tavolo e ne versò due dita.

Alzò il bicchiere in un brindisi silenzioso al suo amico che soffriva ancora di problemi mentali negli Stati Uniti.

«Questo è per te, Terry.» Finì il suo drink e posò il bicchiere. Chinandosi in avanti, fece sapere a Vassily che il denaro sarebbe stato trasferito quella sera.

Base RDS, CO, USA

Jakob stava rivedendo gli appunti sul suo portatile quando apparve un messaggio di chat di ADAM che gli chiedeva se aveva tempo per parlare.

Jakob si stava abituando a parlare con ADAM. All'inizio, aveva pensato che Bethany Anne lo stesse prendendo in giro a proposito dell'essere artificialmente senziente. Alla fine, lei gli aveva chiesto di accompagnarla in un viaggio in capsula.

«Hai paura delle altezze?», gli aveva chiesto. Quando gli aveva fatto cenno di seguirla, aveva fatto seguito la sua prima domanda con: «Ti piacciono le montagne russe?» Lui aveva ammesso che finché non era diventato troppo vecchio fisicamente, gli erano piaciute abbastanza.

Non vide mai arrivare la corsa di accelerazione che faceva sanguinare gli occhi. Dopo essere stato parte di un'esperienza in cui Bethany Anne si era comportata come se stesse solo facendo conversazione prima di sorprenderlo in modo così efficace, Jakob decise che lei non lo avrebbe più colto alla sprovvista in quel modo.

Ma il viaggio verso l'astronave gli aveva aperto la mente, come di certo lei sperava che accadesse. Mentre guardava un'astronave aliena, lei lo fece comunicare con ADAM fino a quando non si sentì a suo agio con l'idea che stava parlando con un essere senziente artificiale usando una tecnologia che allo stesso tempo non era di quel mondo e fuori da quel mondo.

Ogni mattina, si dava un pizzicotto per assicurarsi di non aver vissuto un'allucinazione da quella fatidica mattina. Quella in cui aveva deciso di fare il viaggio speciale per far parte del più incredibile colloquio aziendale a cui fosse mai stato invitato a partecipare.

Jakob digitò di nuovo nella sua chat box che era disponibile, e un secondo dopo il suo telefono squillò. Si avvicinò e premette il pulsante per parlare. La comunicazione era tutta telefonia-IP (usando connessioni dati per la voce) che correva attraverso l'eterico. L'NSA non avrebbe intercettato quella chiamata.

«Buongiorno, Jakob», lo salutò ADAM.

«Buongiorno, ADAM», rispose Jakob. «Cosa ti porta a chiamarmi oggi?»

«Mi hanno informato che ci sono indagini per utilizzare l'Agenzia per la protezione dell'ambiente come mezzo per entrare nella base e richiedere una revisione significativa di tutti i luoghi e le attrezzature.»

Jakob serrò le labbra. «Un metodo piuttosto subdolo per ottenere l'accesso, in effetti.» Pensò per un momento. «Per favore, mandami il tuo rapporto, così posso esaminarlo mentre parliamo.»

Jakob aveva appena finito la richiesta quando il suo portatile suonò per avvisarlo che aveva una nuova e-mail. Dopo averla aperta e mentre leggeva, Jakob iniziò a parlare con

ADAM. «Qui nella seconda pagina, questa richiesta proviene da un dipendente che abbiamo licenziato. Quindi, qualcuno lo ha usato per iniziare una finta indagine dell'EPA. Facciamo qualche controllo per vedere se è entrato in possesso di denaro, o chi potrebbe averlo assunto di recente. Questo non è...»

ADAM lo interruppe. «L'impiegato, Percival Lewis, di recente ha ricevuto duemila dollari sul suo conto bancario e lavora per una società di bonifica e pulizia che è una filiale del terzo fornitore di armi militari del Nord America.»

«Oh.» Jakob restò perplesso per un minuto, quindi fece semplicemente la domanda che gli passava per la testa. «Come hai fatto a rispondere così in fretta?»

«Ho fatto delle ricerche sulle persone di questo rapporto e ho costruito un piccolo file su ciascuna di esse. Le nostre interazioni in passato mi dicono che hai l'ottantotto per cento di probabilità di richiedere informazioni su almeno due degli individui in questo rapporto.»

Jakob pensò per un secondo. «Quali due?»

ADAM rispose: «Mentre il numero precedente era una statistica, ho calcolato che sarebbero stati Percival Lewis e il CEO Sean Truitt.»

«Perché Sean Truitt?»

«La stessa ragione che Bethany Anne mi dà ogni volta che cerca di scoprire il perché di tanti attacchi. Mi dice che sta seguendo i soldi. Mentre i soldi, in questo caso, potrebbero provenire da un capo di livello inferiore, la possibilità che stiano cercando di causare problemi ad un'azienda delle dimensioni della RDS Enterprises senza un'autorizzazione di livello superiore è statisticamente piccola. Pertanto, calcolo che la prossima persona è il CEO Sean Truitt.»

Jakob annuì. «Penso che tu sia ufficialmente la mia nuova IA preferita, ADAM. Mi dispiace di aver dubitato che tu fossi reale.»

«Grazie, Jakob.» ADAM fece una pausa di qualche secondo. «Volevi che questi documenti andassero persi?»

«Come, scusa?» chiese Jakob. Stava pensando a come affrontare l'EPA alle porte.

Quei barbari.

«Ti ho chiesto se vuoi che i documenti vadano persi.»

Jakob sorrise. «No, non persi, ma potresti cambiare la dicitura su alcuni di essi mentre otteniamo la corretta documentazione di supporto per legittimare ciò che hai trovato? Non sto suggerendo che quello che sai non sia corretto, ma forse la gente si chiederà come lo abbiamo ricevuto.»

«Capisco. Credo che avremo bisogno di almeno due professionisti della ricerca informatica, e di uno, forse due, investigatori privati da affiancare per la gente sul posto.»

Jakob fissò il telefono per un momento mentre raccoglieva i suoi pensieri. «D'accordo, ecco cosa voglio fare...»

I due parlarono per altri cinque minuti prima che Jakob riattaccasse, soddisfatto di se stesso e della possibilità di farla pagare a quel ciccione dell'amministratore delegato Sean Truitt.

Bethany Anne entrò nella Fossa e scoprì che Jakob l'aveva già preceduta per il loro incontro. Controllò l'ora.

Due minuti alle due. Lei era in anticipo, quindi Jakob lo era ancora più di lei.

Si scambiarono dei convenevoli, poi Bethany Anne iniziò: «Mi sembra di capire che sei preoccupato?»

«Be', non tanto preoccupato quanto confuso.» Si strofinò il collo. «Non è strano che un'azienda chieda ai dipendenti di firmare clausole di non concorrenza e altri accordi per evitare che la tecnologia lasci l'azienda quando un dipendente viene assunto.»

Passò in rassegna le cartelle davanti a sé e aprì la seconda dall'alto. «Ecco. Ho tre dipendenti che dicono di aver avuto ottime offerte da altre aziende, di solito, per almeno il quaranta per cento in più di denaro.» Guardò Bethany Anne. «E voi pagate già stipendi eccellenti, quindi questi sono decisamente fuori dalla norma.»

Bethany Anne alzò le spalle. «Sono sicura che stanno cercando di portare via la conoscenza del prodotto tentando con le assunzioni.»

«Non sei preoccupata che i segreti se ne vadano legalmente?» Jakob era un po' confuso. Capiva che il suo gruppo principale non l'avrebbe lasciata, a prescindere dall'offerta. Ma quelle erano persone di alto livello che di solito ricevevano i maggiori aumenti di stipendio quando cambiavano posizione.

«No, sono liberi di andare. Intendiamoci, quelli che sanno davvero qualcosa non se ne andrebbero, e anche se questi tre che hai menzionato sono competenti, vogliono due cose che l'altra azienda non può fornire.»

«Oh? Cosa sarebbe?»

«Etica ed entusiasmo», rispose lei. «La nostra gente ha livelli superiori di etica e le aziende che hanno cercato di assumerli sono gestite da noti stronzi. Il secondo è che siamo l'azienda leader in tutta la tecnologia più eccitante. In più, paghiamo già tariffe superiori al mercato. Quindi, sono più soldi, ma lavorare per un'azienda che non rispetti in un gruppo che avrà lotte intestine e politiche di pugnalate alle spalle. Alla nostra gente non piace.» Scrollò le spalle.

Jakob ci pensò per qualche secondo. «Come l'hanno scoperto?»

«Be'», gli disse Bethany Anne, «per puro caso, abbiamo volutamente messo insieme una tonnellata di libri di ricerca aziendale sulle trenta aziende che, con più probabilità, cercherebbero di assumere la nostra gente. In più, abbiamo aggiunto una nota che questi rapporti sono stati richiesti in modo anonimo, e quando succede, stampiamo cinque copie delle informazioni sull'azienda e andiamo a metterle sul tavolo.»

«Che cosa succede se sono legittimi?» chiese Jakob.

Lei scrollò di nuovo le spalle. «Allora il rapporto lo dimostra. La maggior parte di quelle aziende non può permettersi un premio così alto per il mercato per le loro conoscenze, a meno che non le sostenga qualcun altro. Noi siamo onesti su tutti i modi in cui ciò avviene e siamo schietti su come paghiamo. Tutto è alla luce del sole e tutti coloro che fanno parte di una squadra con tecnologia commerciabile ricevono una piccola percentuale del reddito. Quindi, per alcune persone, non è possibile offrire abbastanza soldi per farle andare via.»

«Come puoi offrire così tanto denaro?», chiese.

«Facile. Non ci interessa.» Lei sorrise. «Non fraintendetemi; ho bisogno di soldi per continuare a finanziare tutto questo. Ma cominceremo a stampare soldi quando inizieremo a distruggere gli asteroidi e a estrarne i minerali. In primo luogo, perché i nostri costi di materie prime e di trasporto saranno ridotti di circa il settantadue per cento, ma anche perché riporteremo sulla Terra metalli di alto valore. La nostra spesa per portare qualcosa sulla Terra è minuscola.»

«Pensavo che non foste in competizione con le aziende di Terra.»

«Non lo siamo. Gli asteroidi sono significativamente al di fuori del punto Lagrange. Non c'è modo per loro di arrivarci, e noi non offriamo di sollevare qualcosa nello spazio a pagamento.»

«E il lancio della settimana scorsa?»

Le sopracciglia di Bethany Anne si aggrottarono. «Intendi il satellite Opscat 4?»

Jakob aprì un'altra cartella e guardò il foglio giallo all'interno. «Sì.»

Lei agitò una mano. «Era un volo urgente. Il fornitore originale ha chiamato e chiese se lo avremmo fatto come favore. Gli abbiamo detto che l'avremmo fatto, ma che avrebbero dovuto condividere le entrate con una lista di quindici organizzazioni non profit che abbiamo fornito.»

«Non ricordo di aver ricevuto quel promemoria», commentò Jakob.

«Il fatto che tu lo sappia mi dice che hai ricevuto il promemoria!» Lei sorrise. «Quindi non fare il finto tonto con me, Jakob. Abbiamo chiesto alla compagnia di tenere segreto che abbiamo fatto questo per loro, e sono stati felici di accettare.»

«Chiedere a un avvocato di non fare il finto tonto è togliermi l'ottanta per cento delle mie armi», replicò lui.

«Cioè che molte persone danno per scontato che un avvocato esperto e affermato sia davvero stupido?», chiese.

Quella volta Jakob sorrise solo un po'. «Le persone credono a ciò che si adatta alla loro visione del mondo, il più delle volte, indipendentemente dai fatti che hanno davanti agli occhi.»

Si mosse per prendere un'altra cartella. «Ecco perché fingersi meno intelligente funziona così spesso. Chi non vuole credere di essere più intelligente dell'avvocato che ha di fronte?» Bethany Anne indicò se stessa, così lui rispose: «Questo perché vuoi essere pigra e far fare a me tutto il tuo lavoro.»

«Avere la persona appropriata che è ben versata nella sua professione con decenni di esperienza che fa il suo lavoro è leadership, non pigrizia», insistette lei.

«Punto alla difesa», concesse Jakob.

IL GIORNO DELLA LAUREA. BE', era così che tutti lo consideravano. Ormai le squadre erano addestrate al livello di principianti.

Tutti sapevano correre, saltare, sparare ed eseguire gli

ordini. Alcuni preferivano la terra, altri l'acqua. Quasi tutti amavano lo spazio.

Nelle ultime settimane, erano stati tutti fatti ruotare. Erano stati su nello spazio, ed erano stati assegnati per una settimana sulla *Polarus* e sulla *Ad Aeternitatem*.

Si erano allenati nel deserto, nelle paludi e al freddo, e poi avevano imparato cosa significasse davvero il freddo. Nuotavano, correvano, imprecavano e poi facevano flessioni. Tante e tante flessioni.

Dopo le flessioni, impararono piano a imprecare come si deve. Vale a dire che lo facevano secondo gli standard di Bethany Anne. A Jennifer, sembrava che la Guardia dei Figli della Regina di nome Eric avesse apprezzato più di tutti l'opportunità di infliggere la punizione delle flessioni. Si diceva che fosse quello che aveva ricevuto più flessioni da fare da parte di Bethany Anne, e che desiderasse che gli altri migliorassero le loro capacità linguistiche.

Dottore, guarisci te stesso, pensò Jennifer.

Non era molto propensa a imprecare, quindi non era un vero problema per lei, mentre gli altri ogni tanto si sforzavano di superare la seconda e a volte la terza serie di flessioni della giornata. Jennifer si chiese se fosse proprio quello il punto di Bethany Anne. Se stavi imprecando solo per essere volgare, non era accettabile. Ma se era necessario imprecare (e anche Jennifer ammetteva che a volte lo era), allora fallo con creatività.

Trasformare qualcosa di volgare in una forma d'arte.

Fino ad allora, Eliot Debose era l'indiscusso vincitore delle imprecazioni senza parolacce con "tu, demente scorbutico, annusa-lama". Aveva ammesso di aver passato metà della sua colazione e tutta la corsa mattutina per inventarsela. Diceva che avesse un modo particolare di rotolare fuori dalla sua lingua, uno che gli piaceva.

Jennifer indossava l'uniforme che avevano ricevuto i Wechselbalg. Raggiunse la sua posizione e aspettò. Qualcuno aveva tolto le sedie per la riunione di quel giorno.

Alle quattordici in punto, la porta si aprì e Dan Bosse, Peter Silvers dei Guardiani, Kevin McCoullagh della base e, sorprendendo tutti, Stephen della *Polarus*, entrarono a grandi passi e salirono sulla piattaforma.

Dan Bosse non perse tempo, ma si recò dritto davanti al piccolo palco. Fece un cenno sia ai vampiri che ai Wechselbalg.

«Signori e signore.» Sorrise. «Che è quello che siete in pubblico. Qui dentro, insieme, siamo compagni e confidenti. Abbiamo le nostre missioni, abbiamo le nostre priorità, e abbiamo i nostri ordini.» Prese in mano una cartella gialla di formato legale. «Qui dentro, ho i vostri ordini.»

Lasciò cadere la mano. «Dietro di me, avete le persone che stanno per accettare i vostri ultimi giuramenti. Alcuni di voi vogliono unirsi, non solo per quattro anni, ma per tutta la durata del conflitto. Avete imparato abbastanza su Bethany Anne, su questo gruppo e su voi stessi da sapere che siete adatti.»

Lanciò un'occhiata ai vampiri. «Alcuni di voi hanno fatto un giuramento d'onore. Onore che vi è stato insegnato per decenni.» Si voltò indietro, guardandoli tutti. «Sappiate che questa richiesta, questo giuramento finale è per quattro anni, o la vostra vita fino a quando non ne sarete svincolati.»

Jennifer iniziò a guardarsi intorno. Diventò evidente chi tra i Wechselbalg aveva deciso di impegnarsi. Erano quelli che si sforzavano di *non* guardarsi intorno.

«Bethany Anne non sarà qui per un po'. Purtroppo è in Australia al momento. Dato che abbiamo delle tempistiche da rispettare, ho chiesto a Stephen, il fratello di Michael, di sostituirla.» Sorrise mentre si guardava alle spalle. «Stephen?»

Stephen si fece avanti, indossando un'uniforme di una

vecchia guerra. Le toppe non c'erano più, ma si poteva dire che era stata curata con attenzione, e si potevano immaginare le scene di cui quei vestiti potevano parlare.

Stephen parlò piano. «Quando si tratta di Bethany Anne, sarei la persona peggiore a cui potresti chiedere un parere obiettivo.» Jennifer trovò la sua voce ipnotica. Non era predicatoria e non era forte. Sentiva solo le sue parole imprimersi nella sua mente. «Quando mi svegliai quella fatidica mattina con il campanello di casa mia che mi faceva uscire dal mio torpore, non avevo idea che la vita sarebbe cambiata così drasticamente.»

Fece una pausa e annuì tra sé prima di continuare. «Quando mi costrinsi ad alzarmi, era ovvio che dopo aver aspettato per venti minuti, l'idiota alla porta d'ingresso non avrebbe accettato il fatto che non ci fosse nessuno in casa. Così, ho forzato il mio corpo, che in quel momento era distrutto dall'età, verso la porta d'ingresso. Ogni passo, man mano che mi avvicinavo, diventava più facile, e sapete perché?»

Tutti erano ora coinvolti intensamente nella storia di Stephen. Jennifer sapeva che era stata Bethany Anne a svegliarlo. Da quando era entrata nel circolo, aveva trasformato in un hobby imparare tutto quello che poteva sui vampiri. Aveva iniziato con una cotta per Akio, il nuovo Figlio della Regina, ma lui era gay.

Un bel modo per spezzare il cuore di una ragazza. Perché quelli buoni dovevano sempre essere interessati all'altra parte?

Così aveva cercato di scoprire di più sull'altra squadra fino alla sua prima notte sulla *Polarus*. Stava camminando sul ponte verso la poppa, quando una figura solitaria era praticamente scivolata attraverso l'oscurità per fermarsi in fondo alla nave, e lei si era bloccata. Aveva cercato di non interrompere quello che capiva essere un momento particolare per la figura.

Le ci era voluto un attimo per smistare gli odori dal vento e capire che non era un Guardiano, né un umano. Restava un vampiro, e per quanto ne sapeva lei, ce n'erano solo due sulla nave: Barnaba, che sembrava sempre andare in giro in abiti da monaco, e Stephen.

Era trasalita quando lui si era girato leggermente e aveva parlato da sopra la spalla. «Va tutto bene, puoi respirare là dietro.»

Jennifer aveva avanti e indietro, cercando di capire come allontanarsi con rispetto quando lui l'aveva chiamata, dicendole di raggiungerlo a poppa. Non aveva potuto fare altro che prendere la sua medicina. L'unico problema era che se parlare con Stephen era una medicina, avrebbe voluto essere malata per il resto della vita.

Aveva una cotta pesante. Molto pesante. Aveva perso la testa per il secondo vampiro più vecchio al mondo. Un modo per rovinare il suo futuro. Almeno non si stava struggendo per Michael, che era il più vecchio vampiro esistente *e* totalmente innamorato del suo capo.

Be', lei aveva richiesto o lo spazio o la terra, e stava dedicando quattro anni al gruppo. In nessun caso avrebbe sofferto per il resto della vita desiderando di poter avere con Stephen più di quanto avesse il diritto di immaginare.

Conoscendo la sua fortuna, probabilmente stava emanando abbastanza feromoni intorno a lui che avrebbe potuto anche scuotere i capelli sulle spalle e guardarlo timidamente. O meglio ancora, dire qualcosa di estremamente stupido.

E poi sbuffare.

Si concentrò di nuovo su Stephen mentre lui rispondeva alla sua stessa domanda. «Mi stavo avvicinando alla porta con ansia, perché chiunque fosse la femmina umana dall'altra parte, aveva un odore delizioso!»

Sorrise mentre tutti si rendevano conto di quello che stava dicendo. Lui, completamente ignorante ed essendo un vampiro di vecchia data, aveva pensato che Bethany Anne fosse uno spuntino. Forse uno da cui non avrebbe bevuto, ma era attratto da lei.

«L'unico problema con la mia merenda, come avrete già capito, è che colpisce duro e non ha nessun rispetto per l'età e la saggezza.» Fece una smorfia. «Soprattutto per i vecchi vampiri che cercano di darle un morso.» Le risate aumentarono.

«Allora, sapete cosa succede? Lei nutre la mia anima.» Si voltò a guardare Peter. «Lei tende a trovare la parte in te di cui hai più bisogno, e ti mostra come rivendicarla di nuovo.» Si voltò di nuovo verso il gruppo. «Per alcuni di voi, è il rispetto per se stessi, o la fiducia negli altri. Forse è la speranza, forse la pace.» Stephen scrollò le spalle. «Quello che posso dirvi è che la vostra posizione, il vostro lavoro, il vostro ruolo è necessario. Il bisogno è più grande di voi, di me, o anche di Bethany Anne. È per il futuro. I vostri figli, forse. Forse i figli dei vostri fratelli o delle vostre sorelle. Può darsi anche per quelli con cui lavori o con cui potresti morire. È una possibilità. Un altro giorno non è mai promesso.»

Fece una pausa, introspettivo. «Posso dirvi che se Bethany Anne non fosse arrivata alla mia porta e non avesse suonato quel campanello a oltranza, io oggi non sarei davanti a voi. Mi mancava solo un ultimo sonno per camminare nel sole.» Abbassò lo sguardo sui suoi piedi e poi lo alzò di nuovo, e in qualche modo fece sentire a Jennifer come se fosse l'unica a cui stava parlando. «Ma ora, non vedrò mai uno spettacolo più glorioso di qualcuno di nuovo che entra nella mia vita, perché il mondo può cambiare in un istante quando accade.»

Interruppe il contatto visivo e concluse: «State per uscire. Che siate di stanza qui, in mare o nello spazio, porterete con voi un piccolo pezzo della vostra classe. Siate risoluti, proteggete le persone e difendete ciò che è giusto, perché Bethany Anne non si aspetta niente di meno e niente di più da voi.» Si alzò in piedi e salutò la classe. Jennifer poteva immaginarlo sui campi della seconda guerra mondiale mentre salutava un ufficiale.

«Ad Aeternitatem.» Mantenne il saluto.

Centoquindici saluti furono eseguiti con precisione e centoquindici voci gridarono: «*Ad Aeternitatem!*

11

—————

LA STAZIONE SPAZIALE UNO stava arrivando in vista. Jeo Deteusche si era preparato per quel viaggio nelle ultime quattro settimane ed era più che eccitato.

La sua precedente compagnia aveva impiegato esattamente diciassette minuti e quarantatré secondi per scortare il suo culo irrispettoso fuori dai locali dopo aver finito di sparare al suo superiore con entrambe le canne.

Dio, era stata una bella sensazione.

Ci erano voluti diciassette minuti perché Javier, il braccio destro di Sean Truitt, suo capo e amministratore delegato, aveva deciso di passarne cinque a rispondergli per e rime con tutto il vetriolo che il suo stress aveva creato. Per quanto lo riguardava, Jeo Deteusche non sarebbe stato in grado di trovare una sola azienda sulla faccia della Terra che lo avrebbe assunto, non se quell'azienda aveva *qualche* legame con loro.

A Jeo non importava nulla. Stava lasciando la Terra, quindi Javier aveva assolutamente ragione da quel punto di vista. In meno di trentasei ore, i documenti finali per assumerlo erano stati firmati e restituiti. Aveva letto il documento due volte ed era rimasto sull'ultima pagina, fissando solo la firma finale.

Bethany Anne, amministratore delegato.

Era in uno stato di torpore e stava ammirando il fatto che il suo documento da impiegato avesse la firma di lei (in rosso, nientemeno) quando ricevette una telefonata personale dalla CEO in persona, che lo ringraziava personalmente per essersi unito a loro e gli chiedeva quanto presto avrebbe potuto fare i bagagli.

Si era guardato intorno al suo appartamento, aveva considerato ciò di cui avrebbe avuto bisogno in una base o su una nave, e le aveva detto: «Lasciami abbracciare i miei genitori e far loro sapere quanto mi permetterai di dire, e poi ho solo bisogno di un posto in cui presentarmi.»

La sua risata lo aveva colto alla sprovvista. «Ti dirò una cosa. Sono consapevole di quanto hai passato quando ti sei licenziato. Chiederò a Cheryl Lynn di aiutarmi con i dettagli dell'imballaggio dell'appartamento, e tu andrai dai tuoi genitori per, diciamo, tre giorni, a meno che non ti serva di più, va bene?»

Jeo considerò tre giorni interi con sua madre e fece una smorfia. «È probabile che si tratti del tempo più lungo in cui riesca ad amare mia madre in una sola volta, ma immagino che non tornerò per un po'.»

L'amministratrice delegata gli rispose. «No, io prenderei in considerazione di stare via per un minimo di tre e più probabilmente sei mesi. Se vuoi impressionare i tuoi genitori, fa' loro sapere che ti manderò un passaggio al loro indirizzo alle nove di sera di giovedì. Può andare bene?»

Concordò che sarebbe stato perfetto. Parlò con Cheryl Lynn, che lo mise in contatto con una compagnia di traslochi e lo aiutò a sbarazzarsi della sua auto, dato che non ne avrebbe avuto bisogno a breve.

Il suo primo giorno e mezzo con i suoi genitori era stato un po' teso. Avevano creduto ai conduttori televisivi che avevano attaccato la RDS Enterprises con notizie negative, mettendo in dubbio che la loro tecnologia fosse reale mentre, allo stesso tempo, l'accusavano di trattenere la tecnologia di cui il mondo aveva disperatamente bisogno. Jeo fece notare che erano due prospettive che si escludevano a vicenda.

Suo padre non ci mise molto a capire il punto di vista di Jeo, dato che tendeva a credere che la RDS fosse sulla Luna, e sua madre finalmente si convinse che l'azienda doveva essere a posto.

Quando, giovedì sera, ricevette il messaggio che il suo passaggio era fuori nel cortile ad attenderlo, restò scioccato. Poi, si rallegrò.

Suo padre gli chiese cosa ci fosse scritto nel messaggio, ma Jeo era già saltato in piedi e stava prendendo le due valigie che erano davanti alla porta. Iniziò a dirigersi rapidamente verso il cortile.

Sua madre gli chiese: «Resti?» Suo padre lo rincorse e quasi lo precedette alla porta di servizio.

Tuttavia, proprio prima che aprissero la porta, bussarono. Il signor Deteusche aprì la porta e trovò un uomo ispanico piuttosto grosso e imponente che gli sorrideva. «Salve, sono Eric. Bethany Anne mi ha chiesto di venire a prendere il signor Deteusche in questo posto per portarlo in Francia stasera.»

«Oh, mio Dio!» esclamò la signora Deteusche da dietro il figlio e il marito. Entrambi si voltarono mentre lei continuava: «Sei uno di *loro*!».

La donna alzò lo sguardo verso l'espressione interrogativa di suo figlio. «Non lo sai, vero?» Jeo scosse la testa. «Ti sta prelevando uno dei Quattro.» Si voltò di nuovo verso Eric. «Tu *sei* uno dei suoi Quattro, vero?»

Eric sembrava pensieroso. «Be', potrei esserlo. Ma di quali *Quattro* stiamo parlando?»

La signora Deteusche diede una gomitata al marito e

allungò la mano per stringere quella di Eric. «Tu la proteggi, vero? Ho visto uno speciale sui quattro uomini che sembrano starle sempre intorno. Sei sempre con quel tipo davvero grosso, James? No, John!» Guardò Eric con un sorriso raggiante.

«Sì, sono uno di quei Quattro», rispose Eric. «Sto andando a una riunione sulla *Polarus,* e Jeo qui ha bisogno di acclimatarsi un po' prima che lo portiamo al suo posto.»

«E dove», chiese il signor Deteusche, «sarà il posto di Jeo?» Si voltò a guardare suo figlio. «Sostiene di non saperlo.»

«Davvero?» Eric si rivolse a Jeo. «Nessuno ha detto al capo delle operazioni minerarie e della produzione di metalli nello spazio dove sarà il suo posto?»

Jeo scosse la testa. «No. Ho pensato che sarei stato in Colorado, o forse sulle navi di cui parlano al telegiornale.»

Eric sorrise. «Jeo, c'è una cosa con cui Bethany Anne non scherza, ed è l'inefficienza. Dove credi *tu* che avrebbe messo il suo nuovo capo dell'Estrazione e Produzione Industriale dello Spazio Esterno?» Si fermò un attimo, poi lo aiutò. «L'indizio è nel titolo.»

Gli occhi di Jeo si illuminarono. «Spazio esterno!»

Eric annuì. «Diavolo, sì! Amico, stai andando alla *Polarus* solo per incontrare, salutare e fare un po' di lavoro. La tua destinazione finale tra qualche giorno è il tuo nuovo ufficio sulla Stazione Spaziale Uno.»

Suo padre sembrava confuso. «Non intendi dire Base Lunare Uno? O c'è una nuova stazione spaziale lassù, come lo Skylab?»

Jeo voleva fare una smorfia di imbarazzo. «Quella è la ISS, papà. La stazione spaziale internazionale.»

Suo padre si limitò a fare l'occhiolino a Eric.

Eric sorrise. «Be', spero che lei si renda conto che se divulga queste informazioni, potrebbe mettere in pericolo la vita di suo figlio, ma abbiamo una stazione spaziale a L2, cioè al punto di Lagrange 2, oltre la Luna. La casa e l'ufficio di Jeo saranno lì all'inizio e poi si sposterà il più velocemente possibile per aiutarci a entrare in produzione nella zona mineraria.»

«Oh», rispose sua madre. «Allora quella è sulla Luna?»

Eric guardò la donna bassa. «No, signora. Anche se non lo so per certo, immagino che Jeo conosca i luoghi più probabili per le miniere. È *la* sua occupazione, dopotutto.»

«Porca miseria», respirò Jeo. «Sto andando nella fascia degli asteroidi, vero?» Prima che Eric potesse rispondere, Jeo continuò: «Con la vostra tecnologia, non dobbiamo preoccuparci del delta-V o dell'attraversamento dell'orbita terrestre e nemmeno dell'acqua, giusto?» Eric annuì. «Quindi, tolte queste cose dall'equazione, vogliamo andare a caccia di asteroidi di tipo M per i metalli e la produzione spaziale. Non c'è da stupirsi che la signora Bethany Anne mi abbia detto un minimo di tre mesi. Quanto tempo ci vorrebbe per raggiungere la fascia degli asteroidi?»

Eric scrollò le spalle. «Non lo so. Dubito che la distanza e il tempo siano un fattore. Probabilmente si tratta più di un breve lasso di tempo per questo progetto.»

«Breve... lasso di tempo?» chiese Jeo.

Eric guardò il suo orologio. «Ecco, andiamo a caricare le tue cose, poi parleremo. Dobbiamo essere sulla *Polarus* tra trenta minuti.»

«Giusto, certo!». Jeo abbracciò sua madre e strinse la mano di suo padre. Prendendo le valigie, uscì in giardino. Anche con la luce del portico posteriore accesa, la capsula nera che restava sollevata a trenta centimetri da terra era difficile da vedere. «Sta risucchiando la luce?»

Eric rispose: «Be', posso dirti che non riflette la maggior parte dei raggi di luce visibili, quindi se questo equivale a risucchiarli, allora sì.» Aprì il portello anteriore. «Metti la tua roba lì dentro.»

Il signore e la signora Deteusche guardarono mentre i due uomini salivano sulla capsula. Prima che il portello fosse chiuso, il signor Deteusche chiese: «Hai appena detto che state andando alla nave, la *Polarus*?» Quando Eric confermò, chiese: «Non hai detto che era vicino alla Francia in questo momento?» Eric confermò di nuovo e l'altro arrivò alla sua vera domanda. «Come pensi di arrivare in Francia in trenta minuti?»

Eric premette il pulsante per chiudere il portello. «Scorciatoia!»

Il signor Deteusche sentì la risata del figlio interrompersi. Pochi secondi dopo, la capsula salì senza intoppi per una ventina di metri, poi entrambi sentirono il pesante fruscio dell'aria quando scomparve nel cielo notturno.

JEO SI TROVAVA nel suo ufficio. Era effettivamente grande come un container. Un quarto della parete del suo ufficio era un'enorme lavagna digitale. Ogni volta che lui e William lavoravano insieme, qualsiasi cosa lui disegnasse sulla sua lavagna lì veniva automaticamente duplicata su una che William aveva sulla *Polarus*, e viceversa.

Fu bello fino a quando William non iniziò a scrivere parole sulla sua lavagna quando non si aspettava che ne apparissero. Quello era spaventoso da morire.

William lo trovava divertente da morire.

Jeo trovò i comandi per spegnerlo, tranne quando lavoravano insieme. Ormai non gli sembrava più che nel suo ufficio ci fosse il fantasma di William a guardargli sopra le spalle.

Personalmente, era in paradiso. Il tempo trascorso sulla *Polarus* per conoscere Bobcat, William, Marcus, TOM e ADAM era stato fantastico. Lì aveva un canale vocale con ADAM e TOM. C'erano solo quattordici persone sulla stazione spaziale in quel momento e dieci di loro erano lì per protezione.

Non ne aveva idea da chi, però. Nessuna delle maggiori superpotenze aveva la capacità di far arrivare una navetta spaziale fin lì e bussare alle porte, dopotutto. Diavolo, lui doveva saperlo, considerando il suo capo precedente.

ADAM lo aveva informato che il suo precedente datore di lavoro si era presentato al suo appartamento mentre la sua roba veniva spostata. Non erano contenti di scoprire che aveva già un lavoro, e le persone sul posto non sapevano dove fosse andato.

Poi aveva contattato i suoi genitori con una documentazione apparentemente legale che affermava che doveva tornare negli uffici e aprire alcune aree chiuse. Ufficialmente, nessuno aveva capito che lui era l'unico ad avere la combinazione.

Jeo aveva sorriso tra sé e sé. Si era dimenticato delle casseforti. L'impiegato prima di lui gli aveva dato la combinazione e se n'era andato. L'ultima volta che Jeo l'aveva sentito, stava facendo surf da qualche parte in Asia.

Quando i suoi genitori avevano fornito alla RDS il documento, l'avvocato interno Jakob Yadav aveva sparato una risposta che poneva fine a qualsiasi molestia nei confronti dei suoi genitori, e Jeo ricevette un'e-mail ben formulata dall'azienda che chiedeva quanto voleva in una liquidazione per fornire la combinazione. Un anno di stipendio sarebbe stato sufficiente?

Jeo inviò la conferma che l'importo sarebbe stato meraviglioso e, allo stesso tempo, fornì la combinazione al signor Yadav.

Una settimana dopo, aveva ricevuto con piacere un'e-mail con le informazioni sul deposito.

CHE BELLO! Sorrideva ancora pensando a come doveva essersi sentito quel fiammeggiante sacco di gas di Javier a dover autorizzare il pagamento.

In quel momento stava lavorando all'inizio dei parametri di raffinazione, e come avrebbero estratto il minerale e dove nella cintura.

«ADAM, qual è lo stato della tecnologia di modifica delle piattaforme?»

«Bene», la voce dell'alieno TOM uscì dall'altoparlante. «Potresti chiedere a me.»

Jeo fece una smorfia. «Scusa, TOM. Dipendo sempre dall'IA.»

La voce di TOM rispose. «Non mordo, Jeo.»

«Non è questo. Be', per lo più non è questo», tentò Jeo. «È più che altro che ho sempre voluto lavorare con le IA e immagino che lui sia sempre disponibile. Non sono mai sicuro di quello che stai facendo, quindi non voglio interrompere.»

Ci fu una pausa da parte dell'oratore. «D'accordo, non l'ho mai considerata da questo punto di vista. ADAM può contattarmi con molta facilità, dato che siamo più vicini l'uno all'altro di quanto si possa credere. In ogni caso, sono quello che Bethany Anne fa lavorare a questo progetto con Marcus e William. Jeffrey si occupa della produzione e dell'assemblaggio da diverse sedi.»

Jeo lo interruppe: «Perché vengono fatti in luoghi separati? C'è un problema di materie prime?»

«No, sicurezza», rispose TOM. «Non vogliamo che si sappia ancora. In origine, le sollecitazioni sulle piattaforme sono state progettate per l'implosione, non per l'esplosione. Quindi, questi rivestimenti saranno applicati per cambiare la forza sottostante delle travi e del supporto operativo, indipendentemente dalla direzione in cui la pressione sta spingendo sul telaio e sugli altri membri strutturali.»

«Questo lo cambia per sempre?» chiese Jeo.

«Abbastanza a lungo, ma non prevederei che le applicazioni durino più di dieci anni per quelle che stiamo cambiando attualmente. Per le piattaforme di nuova costruzione, dove l'applicazione può essere applicata a tutti i componenti man mano che vengono costruiti, mi sentirei a mio agio nel pianificare almeno cinque decenni di servizio.»

«Accidenti, è impressionante», mormorò. «Bobcat non stava

scherzando quando ha detto che Bethany Anne voleva iniziare le operazioni di estrazione mineraria in mesi, non in anni.»

La voce di TOM interruppe i pensieri di Jeo. «No, lei vuole iniziare in settimane, non in mesi. Bobcat stava cercando di aiutarla a far fronte alla tabella di marcia aggressiva.»

I pensieri originali di Jeo lo abbandonarono mentre fissava l'altoparlante sulla sua scrivania. «Scusa, TOM, hai detto che Bethany Anne vuole iniziare tra *settimane?*»

«Posso confermare con lei, se vuoi, ma l'ultima volta che io e lei abbiamo parlato di questo argomento, lei sperava che saresti stato operativo in ottantaquattro giorni. Sono circa tre mesi all'esterno», gli disse TOM.

Jeo aprì il tablet da lavoro e guardò il calendario. «Sono dodici settimane.» Iniziò a calcolare le soluzioni nella sua testa. «Avremo bisogno di una settimana per spingere le piattaforme verso le zone minerarie, inoltre devo confermare quali asteroidi andremo a scavare per primi. Ciò significa che le navicelle da modificare per la ricerca devono partire martedì. Quando aveva intenzione di farmelo sapere Bobcat?» chiese Jeo, senza aspettarsi una risposta.

«Da quanto tempo sei sulla stazione?» chiese TOM.

Jeo guardò l'altoparlante. «Non molto. Forse dodici ore, ma cosa c'entra con le mie domande?»

«Perché Bobcat crede che tu debba controllare i tuoi dintorni e goderti lo spazio prima di chiamarti.»

«E quando sarà?» chiese Jeo, pensando a tutto quello che ora doveva fare.

TOM rispose: «Tra dodici ore.»

«Quando me l'avrebbe detto Bethany Anne?» si chiese Jeo, non aspettandosi davvero una risposta.

«Dodici ore fa», fu la risposta di TOM.

«Oh.» Jeo rifletté. «Immagino che non le piaccia vivere il momento?»

«Certo, se intendi il momento in cui stai spingendo verso

l'obiettivo di rendere sicura la razza umana. Lei tende a essere piuttosto concentrata su quella parte. Non fraintendetemi, lei sa che Bobcat non te l'ha detto dodici ore fa e sta permettendo che ciò accada. Prima che tu lo chieda, lo permette perché può capire che i suoi metodi potrebbero aver bisogno di ammorbidirsi di tanto in tanto.»

Jeo si guardò intorno nel suo ufficio. «TOM, discutiamo i requisiti delle piattaforme e come le faremo modificare. Vuole tre mesi? Facciamo in modo di iniziare in due.»

Jeo tirò la seconda tastiera verso di sé e uno schermo monitor fu proiettato sulla parete di fronte a lui. C'erano dodici telecamere incredibilmente potenti posizionate sulle quattro pareti del suo ufficio che potevano proiettare schermi multipli o unirsi per schermi ancora più grandi. Il Team BMW ne stava usando quattro per un proiettore olografico come quelli che si vedevano nei film di fantascienza. Era incredibile, ma finché non ne avesse avuto bisogno, Jeo pensava che fosse un po' troppo, e del tutto inutile per il suo foglio di calcolo.

Ogni proiettore poteva anche "vedere" dove lui metteva le mani per manipolare lo schermo come se fosse un touchscreen, e anche rilevare i gesti delle mani nell'aria davanti allo schermo. Jeo si avvicinò al monitor da quindici pollici visualizzato sul muro e aprì due dita da circa tre centimetri a circa sei. Il display sul muro passò istantaneamente da quarantacinque centimetri a novanta.

«Computer, ho bisogno di un piano di progetto. Chiamalo "Destino Zero Zero Uno".»

«Capito, signor Deteusche.»

«Computer, sostituisci "signor Deteusche" con "Jeo".»

«Capito, Jeo.»

«Computer, sostituisci la tua designazione con "Samantha" e passa alla voce femminile.»

Una voce femminile calda e invitante salutò Jeo. «Capito, Jeo.»

Jeo rabbrividì. «Samantha, cambia la tua voce in femminile, pragmatica. Non ho bisogno che la tua voce faccia vagare la mia mente.»

Una voce femminile molto più fredda e tagliente rispose: «Capito, Jeo.»

«Samantha, proietta un timer per il conto alla rovescia nell'ufficio del quadrante A-1 per cinquantasei giorni e avvia il conteggio.» Guardò la parete che avrebbe visto ogni mattina entrando nell'ufficio. «Cambia il testo del timer in azzurro.» Soddisfatto del risultato, tornò al suo monitor attuale. «Samantha, apri un'applicazione diario, e ogni volta che dico "Diario del Capitano", voglio che copi i miei commenti nell'applicazione diario. È chiaro?»

«Capito, Jeo», rispose la voce femminile.

Jeo iniziò a digitare. «Eccellente. Facciamo la storia, Samantha.»

12

<u>**Costa Rica, Sud America**</u>

IL MAGAZZINO ERA SICURO. Phillip Simmons lo aveva usato l'ultima volta circa tre mesi prima. Si trovava in una parte più squallida di San Jose, ma ancora abbastanza vicino all'aeroporto principale per essere utile.

Con il sole di metà pomeriggio, non c'erano molti posti per nascondersi mentre si avvicinava alle porte. Era arrivato lì due minuti prima e sapeva di avere almeno tre paia di occhi addosso, se non quattro. I mercenari che stava assumendo non erano tipi da poco. Erano tutti nel settore da almeno cinque anni, e ognuno di loro aveva almeno otto progetti importanti all'attivo, oltre a Dio solo sapeva quanti progetti minori o personali.

Aveva cercato di sbloccare la pesante catena che teneva chiuse le porte e aveva dovuto tornare alla macchina in preda al disgusto. Aprì il bagagliaio, tirò fuori una bomboletta di lubrificante, tornò alla serratura e schiacciò la bomboletta abbastanza da far cadere un po' d'olio al suo interno. Lo lasciò agire per qualche secondo, poi spostò la serratura, tenendola a testa in giù sulla catena in modo che l'olio scendesse nei cilindri. Dopodiché, mise la lattina nel bagagliaio e tirò fuori alcune cianografie arrotolate.

Aspettò altri dieci secondi prima di riprovare con la serratura e finalmente riuscì ad aprirla. La catena iniziò a scivolare fuori dalla maniglia, e lui allontanò rapidamente le mani per evitare che la catena si muovesse e gli rompesse le nocche.

Spinse una delle due porte scorrevoli per qualche metro prima che si fermasse, probabilmente con una ruota danneggiata. Non importava, non aveva bisogno che si aprisse di più. Si voltò quando sentì dei passi dietro di sé. Phillip tirò giù gli occhiali da sole e vide un maschio bianco sorridente con un cappello da cowboy marrone, occhi azzurri e fossette.

«Birk Muller.» Phillip lo salutò con un sorriso sul volto. «Com'è vero che vivo e respiro. Non c'è mai stato uno stronzo più simpatico di te!». Phillip allungò la mano e Birk gliela strinse.

«Phillip, spina nel fianco reale, cosa stai architettando questa volta?» chiese Birk dando un'occhiata all'interno mentre teneva la mano di Phillip.

«Entriamo e te ne parlo un po'. Forse riuscirai a perfezionare il piano prima che arrivino tutti.» Birk gli lasciò la mano e permise a Phillip di entrare per primo.

L'aria all'interno odorava era ancora di muffa perché il posto era stato chiuso durante le recenti piogge e per l'umidità. Phillip andò verso un paio di piccole stanze con un ritaglio nel muro per delle finestre che permettevano di vedere all'interno e girò un interruttore per accendere le luci fluorescenti. Ci sarebbero voluti alcuni minuti per raggiungere la piena luminosità.

«Ho capito che stiamo andando negli Stati Uniti, ma qual è lo scopo?» chiese Birk mentre camminava per il posto. Per assicurarsi che nessuno gli sarebbe saltato addosso, probabilmente.

«Voi ragazzi dirotterete uno scuolabus in gita, poi lo guiderete in un edificio che ha un livello inferiore e cancelli di sicurezza tra i livelli. Una buona sicurezza, tra l'altro. Le squadre SWAT dovranno passare attraverso tre passi carrai, e c'è un accesso con scale per il livello inferiore da affrontare.»

Phillip si avvicinò e mise le chiavi e i progetti sul tavolo polveroso che usava ogni volta. Srotolando i piani, mise le chiavi su un angolo e usò le rocce che aveva messo sul tavolo per gli altri tre angoli. Indicò l'angolo in basso a destra. «Il livello inferiore è accessibile attraverso la tromba delle scale e l'ultimo cancello di sicurezza, che tra l'altro è solido, e c'è un tubo di drenaggio di trentasei centimetri.»

Birk diede un'ultima occhiata in giro mentre si avvicinava al tavolo. «Trentasei centimetri non è una porta posteriore molto grande, Phillip. Non voglio davvero cercare di combattere per uscire dal davanti.» Guardò la mappa. «Allora qual è la vera via di fuga?»

«Perché pensi che ci sia una vera via di fuga?» chiese Phillip. «E se volessi che il tuo culo restasse là fuori come un grande e brutto bersaglio cowboy?»

Birk alzò lo sguardo e sorrise. «Perché hai sempre fatto bene con chiunque tu assuma e dubito che questa sia la grande fregatura.»

Phillip alzò le spalle. «Sì, c'è un'uscita. Avrete anche ventiquattro ore per controllare tutto da soli prima di fare la corsa.» Indicò l'angolo in basso a destra del piano. «Ho fatto lavorare delle persone per costruire un tunnel di quindici metri fino al muro, proprio qui. È pronto perché andiate a controllare entrambi i lati. Uno di voi può restare sul lato d'uscita, il che vi permette di andare nelle fogne o di entrare nel parcheggio sotterraneo attraverso un'altra strada a due isolati di distanza e uscire con i furgoni. A voi la scelta.»

«Tu non ci vai?» chiese Birk.

«Mi stai prendendo in giro?» rispose Phillip. «Se il mio culo è da qualche parte vicino agli Stati Uniti e un accenno di questo viene fuori, mi chiameranno per un interrogatorio. Se resto qui e mi assicuro di essere con qualcuno quando succede, altri garantiranno per me. Inoltre, voi ragazzi non siete l'evento principale.»

«No?» Birk lanciò un'occhiata a Phillip.

«No, devi solo distogliere l'attenzione e la sicurezza, si spera, da una sede aziendale ben protetta nelle montagne a ovest di Denver. Ecco perché si tratta di bambini. Tutti nella base staranno correndo verso il luogo in cui vi trovate o saranno concentrati sulle notizie in arrivo.»

Una voce profonda e rocciosa li salutò dalla porta. «Non mi piace un'operazione con i bambini, Phillip. *Njet*» Entrambi gli uomini si voltarono, ma Birk fu più veloce, e Phillip vide i suoi occhi spalancarsi vedendo qualcuno che lo sorprendeva, oltre a indovinare chi fosse l'uomo.

Phillip lasciò il tavolo e si avvicinò all'enorme russo con la mano tesa. «Boris! Figlio di puttana! Com'è vero che vivo e respiro...»

«Ehi, l'hai già detto», chiamò Birk da dietro di lui.

Phillip lo ignorò. «È bello lavorare con te!»

Il grande russo aveva una barba massiccia e occhi vispi, di un marrone scuro che sembrava quasi nero mentre la sua mano stritolava quella di Phillip dopo che era entrato nella stanza. «I sei in giro qua fuori si uniranno a noi, *pravda*? O aspettano un invito alla festa?» Il suo inglese accentato poteva confondere una persona. A volte non si capiva se Boris stava scherzando o era serio.

Birk sorrise. «Ah, be', quelli sarebbero i ragazzi che hanno scelto il mio culo come sacrificio per confermare che Phillip era in regola.» Tirò fuori il telefono e mandò un messaggio di testo. «Saranno qui tra pochi minuti.»

Phillip era impressionato e depresso allo stesso tempo. Impressionato dal fatto che Boris fosse con loro, e depresso per aver perso gli altri. Poteva essere il momento di lasciare quel settore prima di perdere il vantaggio che gli rimaneva. Be', quel progetto avrebbe rimpolpato il suo fondo pensione a sufficienza da permettergli di vivere in Sud America per almeno trenta o quarant'anni senza progetti collaterali.

Boris era un uomo enorme, ma sembrava agile. Aveva l'aspetto di un segugio, qualcuno abituato a stare nella boscaglia. Phillip non aveva intenzione di giudicare male l'uomo basandosi sul suo parlato lento e attento. Aveva fatto abbastanza controlli su eventuali progetti precedenti di Boris di cui gli Stati Uniti volevano sapere che probabilmente quello non era il Boris originale. Per prima cosa, l'uomo enorme sembrava avere circa trent'anni, e *il* Boris compariva nei registri dal 1952. Tuttavia, la descrizione nei documenti che aveva potuto leggere lo dipingeva come un russo gigante, peloso e con gli occhi scuri.

Phillip scrollò le spalle mentalmente; forse era una famiglia che manteneva l'attività con generazioni successive. Forse era la ragione per cui aveva la reputazione di non poter essere ucciso.

Ben presto, altri sei mercenari si erano uniti al gruppo, e Phillip strinse loro la mano. Aveva lavorato con un altro dei presenti, Patty McKingsly, in un'operazione che si era estesa dal Sud America all'Europa tre anni prima. A parte un occasionale desiderio di morte, Patty era un diavolo con le pistole e non gli importava quale fosse il lavoro. Era amorale come si deve, tranne che per l'amore per sua madre. Se si parlava male di lei, di solito era una rissa all'istante, proprio sul posto. Se ci si avvicinava a lui con qualcosa di diverso dai pugni e forse da una bottiglia di birra, di solito si ricevevano due colpi d'amore calibro 22 allo stomaco dalle pistole che aveva sempre con sé.

Si divertiva a lasciar soffrire le sue vittime. Se lo si faceva incazzare di nuovo mentre si era a terra, ci si beccava una .38 alla testa.

Personalmente, a Phillip piaceva Patty. Strinse la mano

dell'uomo mentre gli guardava la barba. «Vedo che hai lasciato crescere un po' il rosso questa volta, Patty.»

«Sì. Mi dà la possibilità di restare nel mio paese senza far scattare le telecamere, non lo sai?» Fece l'occhiolino a Phillip. «Alle ragazze piace lunga, ho scoperto. Dicono che fa il solletico.»

Phillip sgranò gli occhi. «Posso immaginare.» Si avvicinò alla porta e la tirò con forza per farla partire prima di chiuderla.

Al tavolo, la maggior parte degli uomini era dallo stesso lato di Birk, con Boris in piedi dall'altro, a braccia incrociate, intento a studiare la mappa.

Phillip si avvicinò. «Non si tratta tanto di bambini quanto di usarli come esca, Boris», spiegò, riferendosi al commento precedente del russo. «Dobbiamo distogliere l'attenzione dal vero luogo dell'attacco, la sede centrale della società, e indirizzarla a Denver. Una volta che li abbiamo concentrati sulla città, un secondo gruppo guidato da una seconda squadra si infiltrerà e lascerà i dispositivi elettronici. Ci sarà anche un secondo pacchetto più grande, qualcosa che causerà loro una quantità significativa di danni, in modo che i dispositivi spia abbiano la possibilità di perdersi nel trambusto.»

Fece una pausa, poi proseguì: «Prima che l'operazione inizi, devi aumentare la pressione sul tuo lato.»

«Come?» chiese Boris, in piedi accanto a Phillip. Boris si stava strofinando la testa come se gli dolesse.

Phillip iniziò a rispondere alla domanda. «Vi daremo gli strumenti per inviare video diretti all'amministratrice delegata della RDS Enterprises...»

«La ragazza sexy che si vede sempre in tv?» chiese Patty interrompendo.

Phillip si voltò verso il chiacchierone irlandese. «Sì, la ragazza sexy della tv.» Continuò: «Una volta che avrete bloccato tutti a Denver, la seconda squadra finirà la sua incursione. Speriamo che non vengano visti e che entrino ed escano senza troppi problemi. Sfortunatamente, il pacco farà un gran casino. Quando esploderà, dovrete uscire attraverso un passaggio che è già stato costruito, e come uscire da lì dipende da voi.»

Birk intervenne. «Ci sono due modi, ragazzi: il furgone e la partenza in auto, o la passeggiata nelle fogne.» Birk ricevette cinque "Furgone" e un "Oh Dio, non una passeggiata nelle fogne!" in risposta, che prese come un voto per il furgone. Si rivolse al russo. «Boris?»

Boris alzò lo sguardo. «Non preoccuparti per me. Uscirò camminando. Forse le fogne, forse camminando per strada.» Scrollò le spalle. «Sarebbe utile avere due gruppi che se ne vanno, come minimo. A quanti veicoli stai pensando?»

Phillip rispose: «Sto pensando a tre o quattro, come minimo. Ma se ne volete uno per ciascuno di voi, il budget è sufficiente.»

Birk indicò ogni uomo, che annuì o scosse la testa. «D'accordo, mi va bene andare con qualcuno, quindi avremo bisogno di quattro macchine. Tre singole, una congiunta e un pedone.»

«Armi?» chiese Boris.

«Datemi le vostre richieste e le avrò pronte quando sarete negli Stati Uniti. Ho dei contatti che possono fare una corsa da Las Vegas a Denver per incontrare qualcuno lì. Vi incontrerete, scambierete le chiavi e porterete via il veicolo con gli armamenti. Prezzo massimo, niente stronzate. Li ho già usati in passato.»

Birk parlò di nuovo. «Avremo almeno ventiquattro ore per confermare che il piano e la strategia di uscita siano a posto. Dodici ore prima di doverci impegnare ad andare o no. Una volta che abbiamo detto che andremo, siamo impegnati, o avremo tutti dei segni neri sui nostri fascicoli.»

«Se lo annullate per una buona ragione, lo segnerò come approvato», disse loro Phillip. Se quello non avesse funzionato, avrebbero potuto trovare un'altra soluzione, e lui non voleva che quei ragazzi fossero incazzati con lui in cambio.

Tutti gli uomini fecero un cenno di intesa. Erano cose come quella che facevano capire a tutti che l'operazione era legittima.

«Allora, niente bambini?» chiese Boris.

«No», rispose Phillip. «I bambini sono lì per distogliere l'attenzione dalla base. L'obiettivo, in ogni momento, è quello di mantenere la gente concentrata su di voi fino a quando non vi diremo altrimenti.»

«Servirà un modo per bloccare quella scala, *da*?» Boris la indicò sul progetto.

«Avrò abbastanza esplosivo per far crollare gli interni e bloccare la porta. Assicurati solo che la porta non ti si apra addosso», lo avvertì Phillip.

Si guardò intorno. «Vi darò tutta la tecnologia che vi serve e le istruzioni quando vi incontrerete a Denver. Ognuno ci arriva con il proprio metodo, se volete, o posso aiutarvi a mettervi su un aereo privato sicuro che parte da Città del Messico tra due giorni.»

«Perché questo aereo è sicuro?» chiese Birk.

«Perché appartiene a un amministratore delegato di alto livello. Il suo aereo non è mai controllato in entrata e in uscita dagli Stati Uniti, e lui o qualcuno di questo Paese fa questo viaggio ogni mese. Purtroppo, il lacchè che va questo mese sarà trattenuto dal governo messicano, e l'aereo sarà necessario per un viaggio del CEO il giorno dopo. Voi saltate su, volate, atterrate e partite un paio d'ore dopo indossando una tuta da lavoro con il logo di un'azienda di pulizia di jet sul retro.»

Birk alzò la mano. «Io sono per andare con un jet privato.» Sei mani si alzarono intorno a lui, e tutti guardarono Boris.

Lui scrollò le spalle. «Di solito sono piccoli, ma mi va bene questa idea. Mi va bene volare con un jet personale, sì.»

Sudafrica

Bandile Annane si asciugò la fronte. Faceva caldo lì nella

miniera. Erano in profondità, sottoterra, e Bandile era infelice. Non per il suo lavoro, dato che amava le miniere, ma piuttosto per quello che stava diventando di nuovo un supporto approssimativo da parte della loro compagnia. Le unità di refrigerazione che raffreddavano l'aria prima di iniettarla in profondità nei pozzi della miniera non funzionavano nemmeno alla metà dei livelli necessari, e i minatori stavano commettendo errori.

Era solo una questione di tempo prima che dei minatori perdessero la vita.

«Kagiso.» Bandile chiamò il suo secondo. «Kagiso!» Ottenere l'attenzione di Kagiso era difficile. La gente non faceva attenzione. Finalmente, il suo secondo camminò lungo il pozzo e si avvicinò. «Sì, capo?»

«Di' agli uomini di fare i bagagli, voglio tutti in superficie adesso.» Il suo secondo lo guardò con occhi spalancati. «Cosa? Avremo un altro incidente alla Elandskraal, ma questa volta causato da uno di noi, se non facciamo uscire questi uomini da questo caldo. Hanno lavorato troppo a lungo.»

«La compagnia ti licenzierà!» Avvertì Kagiso. «Non dico che non debba essere fatto, ma sappi che non lavorerai più.»

«Possono baciarmi il culo!» dichiarò Bandile con calore. «Mio padre mi ha insegnato a proteggere il popolo e i metalli non vanno da nessuna parte. C'è sempre stato un Annane che lavorava in una miniera da qualche parte. Non tutte le compagnie sono motivate dal denaro come questa, e apprezzeranno la sicurezza prima di tutto.»

Kagiso tirò fuori la sua radio e diede le indicazioni per iniziare a tirare fuori gli uomini, poi la rimise alla cintura. «Non so da quale pianeta tu venga, ma non ho mai sentito parlare di questo "la sicurezza prima di tutto", a meno che non si traduca in scavate di più.» Entrambi gli uomini sorrisero. Era una battuta standard che tutto ciò che era scritto nel manuale di sicurezza si traduceva in "scavate di più!".

«Sì, forse non su questa Terra, hai ragione, amico mio. Ma

non posso permettere che questi uomini restino qui sotto, ora che la compagnia mi ha mentito tre volte. Le promesse valgono soltanto quanto le azioni, e la loro promessa non significa nulla.»

«Anche il governo non sarà contento», aggiunse Kagiso.

Bandile fece un cenno ad alcuni dei primi gruppi che lo superarono nel pozzo. Erano tutti sudati e alcuni avevano già l'aspetto di uomini che non sapevano dove si trovavano. «Al governo piacerebbe ancora meno un altro sciopero Lonmin o, Dio non voglia, quattrocento morti. Questo danneggerebbe sostanzialmente i record di sicurezza di cui continuano a parlare.»

Kagiso alzò di nuovo la sua radio. «Aaron, dove siete tu e i tuoi uomini?» Ascoltò per un momento. «Bene, ne hai cinque, poi voglio vedere la tua brutta faccia e i tuoi uomini che mi passano davanti nel pozzo quattro, capito?» Ascoltò prima di voltarsi di nuovo verso il suo amico. «Vero. In ogni caso, verrai castigato tu, giusto?» Bandile annuì e gli diede una pacca sulla spalla. «Fa schifo essere te, amico mio.»

Bandile alzò le spalle. «Non è così difficile. Quello che è difficile è affrontare una moglie che capisce che ho bisogno di fare questo ma teme per la famiglia e i bambini quando torno a casa.»

«Dova capirà», rispose Kagiso.

«Oh, lo so, ma posso sentire la preoccupazione nel suo corpo quando mi abbraccia.» Bandile si rivolse al suo amico. «Ho tre mesi da parte, per allora potresti dovermi assumere come tuo cugino scomparso da tempo per lavorare di nuovo quaggiù.»

Kagiso si mise a ridere. «Finalmente potrò dire a un Annane cosa fare quando si estrae! Questo farà sì che i cieli si aprano e gli angeli cantino "Alleluia".» Gli uomini risero prima che Kagiso continuasse: «Ehi, non hai condiviso con me una e-mail da quegli americani nello spazio?»

Bandile salutò il gruppo di uomini che passava davanti a loro. «Cosa? Sì, quelli della Luna. Perché?»

«Be', se vogliono parlare con te, forse stanno estraendo sulla Luna, e tu sarai il primo Annane a scavare lontano da questo mondo, no?» Kagiso indicò un uomo con un cappello di sicurezza giallo con l'adesivo di un pipistrello. «Era ora, Aaron. C'è qualcuno dietro i vostri culi pigri?» Kagiso ottenne uno scuotimento stanco della testa di Aaron. «Bene. Saremo operativi alla prossima corsa.»

I due uomini aspettarono per un altro paio di minuti, e quando non passò nessuno, si avviarono verso l'ascensore. Kagiso fece l'appello alla radio. «Ci sono tutti, e quattro sono già scesi dall'ufficio aziendale nel pozzo due.»

Bandile alzò le spalle. «Lasciali venire. Finché Abrie è lassù come ha promesso, la notizia non può essere nascosta.»

Kagiso fissò il suo capo. «Hai già l'amica giornalista che ti aspetta lassù?»

«Certo. A cosa serve tirare tutti fuori da un pozzo se la compagnia può nasconderlo?» Sorrise. «Ora non devo una cena ad Abrie. Lei si becca una storia, invece.»

Ci vollero sei ore perché le interviste finissero e lui tornasse a casa. Come c'era da aspettarsi, l'azienda aveva promesso di muovere cielo e terra per riparare le unità di refrigerazione in tutti i pozzi e conformarsi alla supervisione del governo per i prossimi tre mesi.

Gli fu anche detto senza mezzi termini di non tornare al lavoro perché doveva soffrire di un esaurimento da calore. L'azienda gli avrebbe fatto sapere se avevano bisogno di lui.

Era buio quando entrò nel vialetto della piccola casa a un piano in cui viveva con sua moglie e i tre figli. Per fortuna, era stata pagata da suo padre, che aveva guadagnato qualche rand su una piccola concessione di sua proprietà.

Dova uscì dalla porta d'ingresso e lo incontrò a metà strada verso la casa. Lui la avvolse in un abbraccio schiacciante, che lei ricambiò.

La scostò trattenendola con le braccia tese. «Dova, cosa c'è?»

Lei gli diede un'occhiata strana. «Cosa? Una moglie non può abbracciare suo marito quando è orgogliosa di lui? Ho guardato tutti i telegiornali e sono felice che tu ti sia preso cura dei tuoi uomini.»

Lui la tirò a sé, più delicato quella volta. «Sì, certo, e ti ringrazio per questi sentimenti. Posso sentirti, Dova. Sei felice. Felice e orgogliosa. Non c'è preoccupazione nei tuoi muscoli.»

La sua voce ovattata proveniva dal suo petto. «Com'è che puoi abbracciarmi e raccontare le mie emozioni, ma quando ti parlo sei sordo?»

Lui fece la sua risata sommessa. «Questo perché ascoltare i commenti sui miei calzini non mi interessa.»

Lei si staccò da lui e gli prese la mano. «Vieni, marito, ti ho rubato abbastanza tempo.» Lo tirò avanti, e lui notò un enorme uomo scuro in piedi nell'ombra a sinistra della sua casa. Dova gli disse: «Quello è Darryl, ed è qui per proteggere la nostra ospite.»

«La nostra ospite?», chiese. Si voltò di nuovo verso sua moglie. «Quale ospite?»

13

<u>**Base RDS, CO, USA**</u>

IL FURGONE del notiziario lasciò Denver, viaggiando verso ovest sulla Highway 70. All'interno, Mark Billingsly stava leggendo alcuni dei tweet che erano arrivati dalla manifestazione che si stava svolgendo fuori dalla sede della RDS Enterprises nella vecchia base dell'esercito.

Anche se non si aspettava che diventasse un'enorme notizia, quasi tutto ciò che riguardava la RDS veniva smontato. Si aspettava che il suo pezzo sarebbe stato venduto ad altri mercati, o che sarebbe stato chiamato direttamente per la sua esperienza se fosse successo qualcosa in quel posto.

Dio, ti prego, fa che succeda qualcosa!

Mark si guardò allo specchio e decise che avrebbe lasciato perdere la cravatta e tenuto la giacca sportiva blu scuro. Si passò una mano tra i capelli e controllò i denti per assicurarsi che non ci fosse rimasto nulla del pranzo. Se si fossero sbrigati in fretta, avrebbero potuto montare un rapporto per le sei, o fare un servizio in diretta, a seconda di come sarebbe andata la conferenza stampa del Presidente sulla RDS.

Mark si girò sulla sedia per parlare con il suo cameraman. «Sia, siamo a posto? Batterie?» Sorrise quando lei gli mostrò la lingua. Sia era una delle migliori, ma gli piaceva trattarla come se fosse appena uscita da scuola.

Fece scoppiare una bolla di gomma da masticare e rispose: «Continua così, Mark, e mi assicurerò di lasciare la telecamera spenta se decidono di picchiarti. Niente video, niente crimine!».

Mark le fece l'occhiolino. Condividevano un buon cameratismo, e nonostante gli piacesse scherzare, aveva detto a Sia prima che l'avrebbe presa in un istante rispetto ad alcune delle persone con più esperienza, perché lei aveva "ciò che serviva".

Lei lo aveva guardato con aria dubbiosa fino a quando Mark non si era reso conto che pensava che intendesse qualcosa di fisico. «No, sciocca! Sto parlando di fame e curiosità. Non tutti i presentatori maschi sono degli stronzi!», le disse.

Era stato ferito e aveva cercato di lasciarsi il passato alle spalle, ma era stato fastidioso essere accusato di qualcosa che non aveva fatto. Specialmente quando stava cercando di sostenere una nuova operatrice alla telecamera nel loro settore pieno di squali. Immaginò che il cupcake con la scritta "Scusa" trovato sulla sua scrivania due giorni dopo fosse stato da parte di Sia.

Da allora, erano stati una buona squadra.

Ci vollero trenta minuti per arrivare al bivio. C'era un grande cartello blu scuro con il logo RDS in bianco che indicava la strada per la vecchia base. In basso, il cartello diceva: "Solo su appuntamento". Per quanto ne sapeva Mark, tutti i siti RDS richiedevano un appuntamento.

Le auto parcheggiate sul lato della strada iniziavano ad almeno un chilometro dall'ingresso, e Mark notò che Sia stava fotografando anche tre autobus parcheggiati sul lato.

Qualcuno era ben organizzato.

A mezzo chilometro dal cancello, c'era parcheggiata una Hummer H2 dall'altra parte della strada, con due uomini davanti a essa, in una tuta con la toppa della RDS sul davanti delle uniformi. Entrambi stavano in piedi come probabilmente avevano fatto quando erano in servizio. Uno allungò la mano e si stava avvicinando al lato del conducente.

Sul suo taschino c'era scritto Barrins, e parlò con il loro autista, Kevin. «Salve, Channel 4. Come state oggi?»

Mark parlò prima che potesse farlo Kevin. «Come fai a sapere che siamo Channel 4?» Avevano un furgone per il notiziario, ma quello su cui si trovavano era solo dipinto di bianco all'esterno.

«La sua targa, signor Billingsly, dice "CHNL4-12". Consideri quello, più la grossa attrezzatura di comunicazione satellitare sulla parte superiore, e vi riconosco visto che vi guardo quasi tutte le sere.» Guardò verso l'altra guardia e fece un cerchio con la mano. «Voi salite pure, ma andate piano e non fate male a nessuno. «

«Aspetta», chiese Mark. «Perché state bloccando la strada se ci state facendo passare senza problemi?»

«Ci è stato detto dal comandante della base di lasciar passare la stampa e di avvisarlo quando finalmente si presentava qualcuno, in modo da poterlo trasmettere.»

«Trasmettere a chi?» chiese Sia dal retro.

«Al capo, a chi altro?» L'uomo fece l'occhiolino a Mark e si allontanò dal furgone.

Sia commentò: «Be', è stato del tutto generico! Quale capo? Il capo di chi?»

«Nooo...» le disse Mark mentre Kevin guidava intorno all'enorme Hummer, mantenendo la velocità sotto i trenta. «Da quello che ho capito, il comandante della base qui, o il capo della base, o qualunque sia il suo vero titolo al di fuori dell'esercito, risponde a Lance Reynolds, che è incaricato della supervisione di tutte le compagnie. Spesso viaggia per il mondo. Era il vecchio comandante della base, e ho capito che sembra molto più giovane di prima. Lo stesso vale per sua moglie.»

«Allora», continuò Sia, «pensi che potremmo avere la possibilità di intervistarlo con i picchetti sullo sfondo?» Fece una smorfia. «Pensavo che quei tipi dell'esercito fossero tutte interviste di merda.»

Mark scrollò le spalle. «Non lo so. Io intervisto soprattutto l'aeronautica, ma spero che non mi abbia fatto l'occhiolino per dirmi che sarà Lance Reynolds. Voglio il *suo* capo.»

«Vuoi dire Bethany Anne?» chiese Sia.

«Sì, la signora stessa. Dio, sarebbe eccezionale!» esclamò Mark. Prese il suo telefono e iniziò a mandare un messaggio al suo produttore mentre Kevin parcheggiava il furgone.

Uscì e premette "Invio" mentre Sia apriva la porta laterale e Kevin si occupava di sistemare gli uplink e i segnali.

Mark guardò a un centinaio di metri lungo la strada la piccola folla con cartelli che scandivano qualcosa come "Condividere è curare" e "Accaparrare è sbagliato!". Sembravano esserci più di trecento persone di etnie miste. C'era un gruppo più piccolo a lato e Mark poteva vedere almeno quindici tende sparse sotto gli alberi fuori dal cancello d'ingresso dall'altro lato della folla.

Sia gli si avvicinò. «Mi chiedo cosa farebbero le guardie se tutti cercassero di arrampicarsi o di correre dentro.»

Mark rivolse il suo sguardo al recinto. «Vedi quei fili in cima al recinto?» Lei annuì. «Elettrificati. Nessuno va lassù senza tornare indietro tutto formicolante.»

Sia si appoggiò la videocamera sulla spalla e iniziò a fare delle riprese per l'introduzione. «Quello è divertente», commentò.

«Cosa?» chiese Mark.

«Ci sono cartelli sulla recinzione che dicono "Attenzionelupi in zona". Deve essere il peggior modo di tenere lontane le persone che abbia mai visto.»

Mark finì di preparare e le chiese: «Hai fatto abbastanza riprese?» Quando lei annuì, lui continuò: «Bene, andiamo.»

I due si diressero verso la folla di persone, che copriva la strada e almeno sei metri su entrambi i lati. Da lì, non si poteva andare a destra a causa di una parete a strapiombo che saliva di qualche decina di metri. A sinistra, gli alberi erano piuttosto fitti per dieci metri, e Mark sapeva che da quella parte c'era una caduta improvvisa di una sessantina di metri. Uno schifo se non lo sapevi e provavi a fare qualcosa al buio.

I due avevano finito di registrare tre presentazioni molto in fretta, quando Mark vide Barrins arrivare dietro di loro con i pollici infilati nella cintura, sorridendo.

Mark alzò un sopracciglio verso il tizio. Era bello che fosse un fan o almeno uno spettatore del loro show, ma non voleva che gli si restasse col fiato sul collo mentre stava lavorando.

«CHERYL LYNN, questa deve essere una delle tue peggiori idee di sempre!» brontolò Bethany Anne. Non si sentiva a suo agio in gonna, camicetta e cappotto nella capsula. Si stava avvicinando veloce alla base del Colorado dopo una sosta in Francia. Le scarpe nuove erano belle. Ashur era con lei. Eric e John l'avevano preceduta ed erano già in posizione, non visti tra gli alberi.

La voce di Cheryl Lynn arrivò attraverso l'altoparlante. «Ammetto che è un rischio calcolato e potrebbe ritorcersi contro, ma ascoltami. Sappiamo che la maggior parte dei dimostranti è stata pagata. Faglielo ammettere davanti alla telecamera e il sostegno a questo tipo di stronzate sparirà.»

«E gli altri?» chiese Bethany Anne.

«È allora che viene fuori l'arma segreta. Ho parlato con John e lui è completamente d'accordo che non fallirà», rispose.

«Be', di che si tratta?» si chiese ad alta voce Bethany Anne.

Cheryl Lynn rispose: «Ehm, non posso dirtelo. Se lo facessi, rovinerei l'arma. Fidati di noi, d'accordo?» Bethany Anne voleva lamentarsi, ma la base era in vista. Cheryl Lynn aveva ancora una cosa da dire. «E per favore, per l'amor di Dio, non dire parolacce!» Una pausa, poi aggiunse: «E non uccidere nessuno.»

Il soffio di fastidio di Ashur all'ultima osservazione di Cheryl Lynn divertì Bethany Anne. «Lo so, amico. Lei ha buone intenzioni, ma ci toglie anche tutto il divertimento.»

Sia stava scattando qualche altra foto ai dimostranti, quando fu toccata sulla spalla. «Sia, girati!» sibilò Mark. Sia lanciò un'occhiata sopra la spalla e vide Mark che guardava verso l'alto.

I suoi occhi si spalancarono, e cercò di girarsi il più velocemente possibile per preparare un'inquadratura, poi alzò lo sguardo appena in tempo per vedere un... qualcosa di nero che scendeva veloce e si fermava a mezzo metro da terra. Mark voleva fare un passo avanti, ma la guardia allungò una mano per bloccarlo. «Mi dispiace, signor Billingsly. Per favore, aspetti che l'amministratrice delegata esca.»

Sia puntò la telecamera verso l'oggetto, che si aprì sul davanti, dividendosi a metà. Un grande pastore tedesco bianco saltò fuori, e Sia fece un involontario passo indietro prima di rendersi conto che il cane stava aspettando a pochi metri davanti al velivolo. Lo tenne a fuoco mentre scendeva una donna in abito da lavoro dirigenziale. Aveva i capelli neri e la pelle bianca. Era molto bella e sorrideva mentre usciva.

Si allontanò di qualche passo dal velivolo, poi le porte si

chiusero ed esso risalì in aria, viaggiò rapidamente verso la base e scomparve dietro gli alberi.

Lei fece un passo avanti e il cane restò al suo fianco. Non era un cane qualsiasi. Quel pastore tedesco era enorme.

La donna fece un passo verso Mark. «Signor Billingsly. Salve, sono Bethany Anne.» Il suo sorriso illuminò lo schermo. Mark esitò e Sia quasi si schiarì la gola, ma alla fine riprese coscienza di quello che stavano facendo lì.

«Piacere di conoscerti, Bethany Anne. Ti prego, chiamami Mark» rispose lui con un sorriso. Sia voleva prenderlo a calci. Stava già passando alla modalità "sono un ragazzo e sono cotto". Idiota, pensò lei.

La donna si girò verso la telecamera. «Ciao, Sia. Adoro il tuo lavoro. Sono contenta che tu sia la persona che riprende con Mark in questo servizio.» Sia fece quasi oscillare la telecamera. Nessuno aveva mai accennato al suo lavoro in quelle interviste! Sia fece un cenno di riconoscimento da dietro la telecamera, ma non riuscì a trattenere il sorriso dalla faccia.

Tuttavia, cercò di inquadrare Bethany Anne un po' più da vicino, e fece un passo di lato in modo che la luce la catturasse nel modo giusto.

Sia puntò la sua telecamera verso i manifestanti, che avevano appena capito che l'azione era dietro di loro, non al cancello.

Bethany Anne iniziò a camminare verso di loro, poi serrò le labbra e si fermò. Il cane continuò qualche passo davanti a lei prima di fermarsi.

C'era un uomo bianco dall'aspetto bellicoso, con capelli brizzolati e uno stomaco paffuto che il suo vestito grigio chiaro fuori moda conteneva a malapena. Le scarpe di pelle nera sembravano nuove di zecca.

Un buon numero di dimostratori lo sosteneva, ma rimanevano indietro di qualche metro quando lui faceva un passo avanti.

«Tu sei lei!», urlò. Sia fece uno zoom sul suo viso. «Stai nascondendo questa tecnologia al resto di noi!»

«Quale tecnologie?», gli chiese la CEO con voce da contralto.

«Tutto!», balbettò. «Potete andare sulla luna, il vostro operatore sembra essersi fatto un lifting e... e...»

La voce della CEO si fece un po' più dura, sembrava un velluto sull'acciaio, pensò Sia, quando gli chiese: «E *cosa*, signore? Cosa vuole da noi?»

«La vostra tecnologia, naturalmente!» I suoi occhi si fecero rotondi per la sorpresa.

Bethany Anne alzò un sopracciglio. «Perché vuole la nostra tecnologia, signor...». Lasciò la domanda sospesa per aria, ma usò lo stesso tono esigente che aveva adoperato appena un secondo prima.

«Silvens-Werner», rispose lui, poi fece una smorfia di disgusto, come se non avesse voluto dirlo. Sia si spostò rapidamente su Bethany Anne, ma credeva che la vera storia avrebbe riguardato quel dimostrante.

«Bene, signor Silvens-Werner. Visto che ha dichiarato di volere la nostra tecnologia, perché non ci dice chi la paga per dimostrare qui?»

L'uomo si guardò velocemente intorno, ma Bethany Anne aggiunse: «Oh, no, signor Silvens-Werner, lei è venuto nella mia sede aziendale per parlare con me o con qualcuno della mia azienda. Adesso mi ha trattenuta dalle operazioni che avrebbero potuto usare la mia attenzione per parlare con lei. Non sia scortese e non cerchi di andarsene prima che il suo colloquio con me sia finito. Perché non lascia che io e i telespettatori che guardano Channel 4 News, rappresentati dalla squadra di Mark Billingsly e Sia Fortinouet, sentiamo la sua risposta? Per favore, ci dica: chi la paga per dimostrare qui?»

Mark restò scioccato quando l'uomo tirò fuori tre nomi importanti, uno dell'industria della difesa e due delle grandi case farmaceutiche. Restò sorpreso quando Bethany Anne estrasse una busta dalla sua giacca e la aprì. Tirò fuori un pezzo di carta color crema, lo aprì e lo porse a Mark. «Mark, ecco il curriculum del signor Silvens-Werner. È noto per promuovere un gran numero di sforzi diversi e variegati a pagamento. Da questa mattina, la nostra azienda sta indagando su questo signore e sugli autobus di dimostranti che ha assunto per stare davanti al nostro cancello.» Si voltò di nuovo verso l'uomo dall'aria scontrosa. «Sono sicuro che vorrà rispondere a tutte le domande di Mark, vero, signor Silvens-Werner?»

La donna guardò le persone dietro l'uomo pignolo. Percependo un altro scoop, Sia spostò la telecamera da Bethany Anne alla folla che guardava mentre parlava. «Quanti qui sono stati assunti per venire a dimostrare oggi?» Tutti i presenti, tranne due, alzarono la mano. «Se siete venuti in autobus, per favore dirigetevi verso l'autobus e preparatevi a partire. Questa farsa non vale il vostro tempo e, francamente, non è degno di voi.»

Sia continuava a girare il video mentre il gruppo si divideva intorno alla CEO e al suo cane. Spostò la telecamera per riprendere una giovane donna che fissava Bethany Anne con stupore mentre le camminava intorno.

Sia girò la telecamera verso Mark, che colse l'imbeccata. «Signor Silvens-Werner, questo documento dice che lei vive appena fuori Washington, DC. È vero?» L'uomo annuì. «È vero che lei è stato pagato per assumere questi dimostranti?» Annuì di nuovo. «Mi scusi, può rispondere alla domanda ad alta voce?» chiese Mark.

«Sì», grattugiò fuori. «Sono stato assunto per farlo.»

«Perché, signor Silvens-Werner?» chiese Mark.

«Per aiutare a generare l'affluenza di base necessaria per dare ai membri del Congresso la forza di volontà per costringere la RDS Enterprises a consegnare la sua tecnologia.»

«Affascinante, signor Silvens-Werner.» Mark gli offrì un

sorriso benevolo. «Qual è il suo budget?» L'uomo borbottò qualcosa, così Mark chiese di nuovo: «Mi dispiace, ma non sono riuscito a sentirla. Qual è il suo budget?»

«Il successo», balbettò, «non ha un budget.»

«Quindi, sta ammettendo che fino a quando fornirà il sostegno popolare che permetterà al Congresso di costringere la RDS Enterprises a divulgare i suoi segreti tecnologici, non ha un budget?» chiese Mark.

Se l'uomo poteva uccidere con gli occhi, Sia era sicura che avrebbe sparato a Mark in quel momento. «Sì.»

Bethany Anne parlò di nuovo. «Le informazioni di contatto del signor Silvens-Werner sono su quel modulo, Mark. Forse vorrà parlare di nuovo, o forse no. È una sua scelta.»

Il pastore tedesco iniziò a ringhiare quando l'uomo fece un passo verso Bethany Anne. «Ah, no», gli disse lei. «Mettermi una mano addosso andrebbe molto male per lei, signor Silvens-Werner. Non solo perché sarebbe ripreso in diretta, ma perché finirebbe in terapia intensiva. Inoltre, lei è sul terreno della mia azienda. Questa non è una proprietà pubblica.» Indicò dietro di sé con la mano. «La proprietà pubblica, se aveste prestato attenzione, finisce dietro la nostra insegna sulla strada principale.»

«Se non fosse per quel cane, stronza, io...»

La risata improvvisa di Bethany Anne ha colto tutti di sorpresa.

«Il cane è qui per la *tua* protezione. Se vuoi un pezzo di me, vai avanti e provaci.» Improvvisamente, il pastore tedesco sbuffò forte e fissò Bethany Anne, che guardò il cane e sgranò gli occhi. «Bene, basta dire che romperò qualsiasi cosa mi tocchi.»

L'uomo fece una smorfia a lei e al cane, poi li aggirò entrambi e si diresse verso gli autobus lungo la strada.

Bethany Anne disse: «Fatti da parte, Ashur. Lasciami parlare con questi altri.» Iniziò a camminare verso uno dei due dimostranti rimasti che erano vicini. Sia vide che il grande gruppo vicino ai cancelli si era assottigliato notevolmente. Ormai, c'era un piccolo gruppo di circa venti persone in piedi vicino alle tende improvvisate. Sia guardò Mark, che sembrava combattuto tra il seguire l'uomo o Bethany Anne. Le fece un cenno verso Bethany Anne.

«Ti dispiace?» chiese Mark a Bethany Anne, che lo guardò.

«Cosa? Oh, certo. Venite. In realtà non sono ancora sicura del perché questi individui siano qui.»

Mark fece un pezzo di corsa per raggiungerlo. Bethany Anne aveva fatto cenno ai due ragazzi sconosciuti di raggiungerla, e Sia scattò una foto di tutti e quattro mentre camminavano verso le tende.

Alcune persone si ritirarono come se ora che avevano la sua attenzione, non volessero incontrarla faccia a faccia. Mark chiese: «Aspetta, non sapevi che questo gruppo fosse qui?»

«Oh, sapevo che erano qui. La nostra squadra di sicurezza li ha visitati ieri sera, inoltre ci siamo assicurati che nessun lupo potesse far loro del male. Ma non ho parlato con nessuno qui, e sono curiosa.» Si fermò nel fango. Sia fece attenzione a ingrandire il video abbastanza da mostrare che Bethany Anne non stava prendendo alcuna precauzione per tenere le sue scarpe nuove lontane dallo sporco. Anzi, erano già abbastanza rovinate.

«Allora, chi può parlare per voi?» chiese. Guardò i due che erano stati al confronto di poco prima e alzò un sopracciglio. I due uomini sembravano piuttosto giovani. Nessuno dei due, pensò Sia, poteva avere più di venticinque anni.

Il primo indossava una vecchia giacca di *Members Only*. Il suo compagno sembrava essere di origine mista, con capelli neri e una tonalità leggermente asiatica della pelle. «Io.»

«E tu sei?» chiese Bethany Anne.

«Sono Jin Tompson, e questo è il mio compagno, Dillan.» L'altro uomo le fece un cenno. «Siamo venuti qui sperando di vedere se avete qualche progetto per cui possiamo essere utili.»

«In che modo, signor Tompson?» chiese Bethany Anne. «Cosa sapete fare?»

«La maggior parte di noi qui è autodidatta, signora» iniziò. «Quindi, se intende quali lauree, allora nessuno di noi li ha. Io amo l'elettromagnetismo, e Dillan si occupa di gravità.»

Bethany Anne sorrise guardando Dillan. «Litigate molto?» Dillan sorrise e scosse la testa.

Si rivolse agli altri. «Siete tutti autodidatti?» Alcune persone annuirono e sorrisero, mentre un paio sembrarono annuire con dolore, pur non guardandola negli occhi.

«Barrins?» chiamò. La giovane guardia si avvicinò, e Sia iniziò a camminare verso il punto in cui si trovavano quelli intorno alle tende per riprendere dal loro punto di vista e quasi sussultò.

Quando Sia entrò nell'ombra, restò luce intensa su Bethany Anne, che sembrava raggiante. Si voltò a metà e si rivolse alla guardia. «Barrins, abbiamo qualche posto libero per persone laboriose, curiose e intelligenti?»

«Sempre», rispose lui.

Lei sorrise. «Qual è la fregatura, Barrins?»

«Niente cibo da asporto, signora?», ribatté lui. «Vuole che controlli?» Lei annuì, così lui allungò la mano verso una tasca chiusa con una striscia di velcro. Sia lo vide aprire la tasca e tirare fuori un tablet da sette pollici. Lo sollevò e lo sbloccò. «Signora, in questo momento abbiamo trentasette posti liberi sulla SS1, e la prossima lezione di preparazione per essere pronti ad andarci è tra quattro giorni.»

Bethany Anne si voltò di nuovo verso la folla. La sua voce tornò a quello strano modo di parlare, in parte morbido e in parte duro. «Tutti quelli che sono con Jin e Dillan vengano qui, per favore.» Presto ebbe ventidue persone davanti a sé, circa un terzo di donne e due terzi di ragazzi. «Quanti di voi amano imparare?» Tutte le mani si alzarono. «Quanti di voi amano lo spazio?» Tutte le mani restarono alzate. «Quanti di voi sono disposti a fare ciò che è necessario per fare la differenza, se questa differenza significa farlo nello spazio?» Di nuovo, tutte le mani restarono alzate.

«Jin?» Si voltò di nuovo verso di lui.

«Sì?», rispose lui.

«Perché sei venuto qui davvero?», chiese lei. «Non tutti, ma tu personalmente.»

«Per dare loro una possibilità, signora.» Jin si voltò verso gli altri. «Sono brave persone, tutte quante. Un paio li ho trovati in biblioteca, e loro ne conoscevano un altro paio. Alcuni, come può vedere, hanno problemi con la folla, ma ci tengono. Potrebbero non capire esattamente come lavorare con la maggior parte delle persone, ma questo piccolo gruppo qui può lavorare insieme. Così ho pensato, perché no? Se non si prova, non si saprà mai.»

Bethany Anne gli sorrise. «Capisco. Jin, sei disposto a restare in un ruolo di leadership con i tuoi amici come mio primo gruppo di R&S per la SS1?» Lui annuì, così lei si guardò intorno. «Abbiamo posti liberi per trentasette persone, e io ne conto circa ventidue. Ognuno qui avrà l'opportunità se lo vuole, e se è disposto a lavorare sodo e in sicurezza.»

Una bassa ragazza bionda, con il mento sfuggente, fece un passo avanti. I suoi occhi erano illuminati dall'intelligenza, anche se la postura del corpo gridava che era a disagio. «Signora Bethany Anne, dove... ehm... dov'è la SS1?»

Bethany Anne guardò Jin con una domanda sul volto. «Stella», rispose lui.

«Stella, un membro del mio team di R&S potrebbe essere a disagio, ma starà dritto e mi tratterà da pari, non come qualcuno che è superiore a loro. Questo significa guardarmi negli occhi, Stella.» La giovane donna guardò il volto di Bethany Anne e si sentì incoraggiata dal sorriso che la accolse. «Meglio.

Ora, hai una domanda che credo sia vitale e molto appropriata prima che la tua squadra decida se accettare la mia offerta come gruppo. Quindi, trattandomi da pari a pari, qual è la tua domanda?»

Stella vide la guardia dietro Bethany Anne muovere le labbra per dire: "Stai più dritta" mentre mimava la postura che doveva assumere. Stella si tirò su e spinse indietro le spalle. Lui le fece l'occhiolino, e Stella quasi ricambiò. Guardò Bethany Anne negli occhi. «Signora, dove e cos'è l'SS1?»

«SS1, Stella, è l'abbreviazione di "Stazione Spaziale Uno". Attualmente si trova in L2. Qualcuno di voi sa...»

«Lagrange due!» gridò uno dei ragazzi dietro Stella. «Woohoo!»

Mark si avvicinò e tese un microfono a Stella. «Stella, sai dov'è L2, e se sì, lo diresti ai nostri spettatori?»

Stella vide il brusco cenno di Bethany Anne e guardò il giornalista. «Sì, signore. L2 è uno dei punti lagrangiani scoperti dal matematico Joseph Louis Lagrange. I punti lagrangiani sono luoghi nello spazio dove le forze gravitazionali e il movimento orbitale di un corpo si bilanciano a vicenda. Pertanto, possono essere utilizzati dai veicoli spaziali per restare sospesi senza spostarsi. L2 si trova a 1,5 milioni di chilometri direttamente dietro la Terra vista dal Sole. È circa quattro volte più lontano dalla Terra di quanto non lo sia mai la Luna, e orbita intorno al Sole alla stessa velocità della Terra.»

«Quindi è dall'altra parte della Luna?» chiese Mark per chiarire.

Stella annuì. «Sì. Ci sono piani per collocare un numero significativo di sonde spaziali avanzate, tra cui il James Webb Space Telescope a L2 nel 2018.»

Jin sorrise quando vide Stella uscire dal suo guscio sotto la guida e le aspettative di Bethany Anne. Guardò gli altri in piedi intorno a lui mentre si rendevano conto di quello che stava succedendo e di ciò che significava.

Jin era orgoglioso di loro. Aveva due lauree e aveva seguito i corsi per altre due. I suoi genitori gli avevano trasmesso dei geni impressionanti, per cui sembrava dieci anni più giovane di quanto fosse in realtà. Il suo compagno si chinò verso di lui. «Ha appena fatto rispondere Stella a delle domande sulla televisione nazionale?»

Jin si voltò verso Dillan e parlò piano. «Penso che sia solo il News 4 locale, ma sì, l'ha fatto.»

«E ho capito bene? Stiamo andando nello spazio?» Jin annuì. «Amico, sei il migliore!» Jin sorrise quando Dillan gli diede un leggero pugno sul braccio.

Jin si raddrizzò. Aveva sentito dire che se volevi che ti arrivassero cose buone, aiutare gli altri era il modo per seminare in modo che l'universo ti ripagasse. Ma Jin non aveva mai pensato che avrebbe funzionato così per lui.

Fino a quel momento.

14

———

<u>Mali, Africa</u>

OMAR KOLAN SENTÌ BUSSARE alla sua porta e pensò di ignorarlo. Il suo braccio, ancora ingessato per la ferita d'arma da fuoco che aveva subito durante l'attacco terroristico al suo hotel il mese precedente, pulsava.

Omar aveva guadagnato tre premi per aver aiutato la sua gente e i suoi clienti quando il suo hotel nel Mali era stato attaccato. Aveva portato con sé una pistola per due mesi. Anche se non era un buon tiratore, aveva reagito abbastanza in fretta per rallentare i terroristi, e aveva portato in salvo una delle sue clienti in modo che l'impiegato potesse legarle un laccio emostatico alla gamba.

Quando la polizia era arrivata, i terroristi erano ancora bloccati in uno scontro a fuoco con Omar. Presto fu una lotta con la polizia, e l'ultimo uomo armato decise che la posizione di Omar era migliore, così corse verso Omar, che si era preso due colpi al braccio sinistro, ma non aveva mancato i suoi al petto del terrorista. Uno dei proiettili dei terroristi gli aveva frantumato l'omero, mentre l'altro gli aveva lacerato il muscolo e doleva ancora in modo atroce.

Come proprio in quel momento.

Bussarono di nuovo e c'era anche una voce femminile insieme al rumore. «Ci scusiamo per averla chiamata così tardi, signor Kolan, ma questa visita è in risposta al suo tweet di ieri.»

Gli occhi di Omar si fecero rotondi mentre si alzava dalla sedia. Aveva ricevuto un'e-mail il giorno dopo l'attacco e l'aveva ignorata. Ora, con tutte le notizie sull'organizzazione che stava andando sulla Luna e oltre, aveva voluto saperne di più per aiutare a costruire qualcosa di più grande. Qualcosa che fosse al di là di tutti i battibecchi interni lì nel Mali.

Omar andò alla porta e accese la luce del portico. C'era una signora dai capelli neri molto attraente alla porta, e un uomo gigantesco alle sue spalle. Aveva i capelli biondi e guardava fuori dal balcone del secondo piano dove si trovava l'appartamento di Omar.

Omar non viveva in una brutta zona del Mali, ma se quella signora era chi pensava che fosse, capiva il suo bisogno di protezione.

Aprì la porta. «Salve. Sono Omar Kolan. Vuole entrare?» Lei gli sorrise e attraversò l'apertura.

L'uomo dietro di lei non accettò la sua offerta. «Starò qui fuori, se non ti dispiace spegnere la luce.» Omar annuì e spense l'interruttore. Si chiese cosa avrebbero detto i suoi vicini di quell'uomo grande e grosso che stava sulla soglia di casa sua, specialmente quella ficcanaso due porte più in là che lo guardava sempre male quando passava davanti alla sua porta nel pomeriggio.

Come se volesse fare irruzione nel suo appartamento o qualcosa del genere. Vecchia pipistrella pettegola.

Gli ci vollero in tutto dieci minuti per capire che lei gli stava offrendo l'opportunità di avere il suo braccio completamente guarito gratuitamente, e in seguito, la possibilità di discutere la gestione di un hotel in un luogo nuovo di zecca. Non avrebbe dovuto preoccuparsi di vendere camere, ma *avrebbe* dovuto preoccuparsi di un servizio di prim'ordine e pensare a mantenere le persone in salute in un ambiente chiuso dove non potevano andare a cercare qualcosa in fondo alla strada.

Gli lasciò dei biglietti aerei per la Francia per unirsi a un grande gruppo di persone come lui che il suo gruppo riteneva che meritassero di avere qualcosa fatto per loro, dato che si erano sacrificati per gli altri. In seguito, se avessero sentito di voler continuare a spingersi nella professione che avevano scelto, la sua compagnia avrebbe voluto parlarne con loro. Quello sarebbe avvenuto dopo la guarigione fisica, in modo che tutti capissero che potevano uscire dalla riunione senza rimetterci.

La accompagnò alla porta e in un attimo lei e la sua guardia erano giù per le scale e lui non riuscì più a sentirli. Chiuse la porta e tornò al tavolo dove si trovava la busta con i biglietti e l'itinerario.

Aprendo la busta, scoprì che c'era tutto ciò di cui aveva bisogno, compresi soldi aggiuntivi da spendere se fosse successo qualcosa che non rientrava nei piani. Tutto quello che doveva fare era confermare l'orario di prelievo con l'agenzia di viaggi, fare i bagagli e partire.

Quando lei aveva fatto un passo verso la porta, gli aveva chiesto da quanto tempo il suo occhio sinistro aveva problemi. Lui ammise che era da quando era adolescente e aveva avuto un incidente d'auto. Lei aveva sorriso e gli aveva detto: «Sistemeremo anche quello.»

Fissò la busta, pensando all'offerta di riparare il suo occhio, con le lacrime che gli colavano sul viso.

. . .

Porto di Amburgo, <u>Germania</u>

«Fanno ventidue di questi strani container che devono essere messi in alto.» Il caposquadra si rivolse al capitano. «Qui c'è scritto che lei ne è al corrente?»

Il capitano Josef Diementz rispose al caposquadra che era impegnato a caricare la sua nave container. La sua imbarcazione era arrivata il giorno prima al porto di Amburgo, e di solito era un viaggio pulito di andata e ritorno. Con trecento ormeggi lungo quarantatré chilometri, i tedeschi sapevano come far entrare e uscire dal porto gli undicimila treni merci settimanali in modo efficiente.

Quello che a loro non piaceva, a quanto pareva, era che si dicesse loro dove posizionare esattamente ventidue container.

Il capitano Diementz aveva parlato con l'amministratore delegato della RDS Enterprises quando lei lo aveva sorpreso presentandosi nel mezzo di una corsa di tredici giorni dal Belgio a New York il mese prima. Lei aveva gentilmente richiesto un incontro via e-mail, e quando lui aveva controllato le informazioni che gli aveva fornito, aveva dovuto accettare il dato di fatto di lavorare per la signora. La linea di navigazione di cui era dipendente era di proprietà di una società che a sua volta era di proprietà di una società che apparteneva alla RDS.

Cosa doveva fare un capitano quando la CEO di più alto livello chiedeva un incontro? Diceva di sì, se voleva continuare a lavorare.

Lei gli aveva chiesto quale cibo gli piacesse in tutto il mondo, e lui le aveva detto che era la pizza di Chicago. Lei gli aveva detto che l'avrebbe consegnata se lui avesse potuto liberare del tempo alle sette di quella sera e mantenere la riunione tranquilla.

Quattro ore dopo, Josef stava camminando sul ponte quando il suo operatore radio lo chiamò: «Signore?»

Gli lanciò un'occhiata. «Sì?»

«Signore.» L'operatore radio guardò di nuovo giù per assicurarsi che la sua attrezzatura funzionasse correttamente, poi tornò dal capitano. «Signore, abbiamo una richiesta dalla RDS di avvicinarsi e salire a bordo. Dicono che non hanno bisogno che noi facciamo nulla, se non approvare la richiesta.» I suoi occhi si allargarono un po'. Un lavoro su una nave container non doveva avere molte stranezze.

«Mandate i nostri saluti, e per favore date l'approvazione dalla nostra nave; possono avvicinarsi e salire a bordo», ordinò Josef.

L'operatore radio si voltò leggermente verso l'attrezzatura, poi di nuovo verso capitano per vedere se lo stava prendendo in giro. Capendo che non era così, inviò l'approvazione.

I tre uomini sul ponte andarono tutti verso il vetro per guardare gli ultimi raggi del sole che si immergevano nell'orizzonte e vedere cosa stava arrivando. Stavano ancora guardando quando un bussare alla porta del ponte li colse di sorpresa. Josef era il più vicino, così fece un passo indietro e aprì la porta, lasciando che l'aroma della pizza fresca invadesse i loro nasi.

In piedi c'era una donna dai capelli neri con pantaloni scuri e una giacca corta rossa che teneva due scatole di My Pie. «Qualcuno ha ordinato una Chicago deep dish?» gli chiese sorridendo.

Josef la fissò per un momento, poi si rese conto che c'era un tizio dietro di lei. Le sue enormi braccia reggevano altre cinque scatole, e parlò quando Josef lo guardò. «Se i tuoi ragazzi hanno tempo, ho altre cinque scatole da dividere con l'equipaggio. Se ci sbrighiamo, sono ancora calde.»

«Sì», aggiunse la signora. «Non mi hanno lasciata andare via senza usare due delle loro borse per il trasporto delle consegne. Cheryl Lynn dovrà rispedirmele.»

«Dopo che li avrai autografati.» L'uomo le diede una leggera spinta da dietro.

La cena fu fantastica, e fu allora che a Josef spiegarono con esattezza perché un mese dopo, ventidue container avrebbero dovuto essere esattamente dove avrebbe specificato il piano che lei gli avrebbe fornito.

Josef si rivolse al caposquadra. «Sì, sono a conoscenza della richiesta, e saranno i primi a scendere dalla nave. Se li posizionate secondo le specifiche, sono stato informato che non influiranno negativamente sulla distribuzione del peso. È corretto, sì?»

La distribuzione del peso era importante. Se non si regolava correttamente il peso su una nave porta container, tutte le cose potevano andare a rotoli. Inoltre, era importante anche l'ordine in cui i container venivano rimossi.

Soprattutto se doveva accadere in mare.

Il caposquadra rispose: «No, si adattano perfettamente alla distribuzione del peso. Tanto che c'erano solo due rotazioni che avremmo potuto fare, ma il programma era d'accordo che rientrava nei parametri. Abbiamo altri quattro container che non pesano come dovrebbero, il che fece saltare alcuni calcoli. Con il suo permesso e la nostra conferma, stanno caricando questi ultimi ventidue container ora. Sarete pronti a partire presto, capitano.»

Josef si scollegò e non vedeva l'ora di un'altra consegna di deep dish pizza di Chicago per lui e il suo equipaggio. Mentre mangiavano, tutti avrebbero guardato i ventidue container sollevarsi simultaneamente dalla sua nave nel mezzo del viaggio.

In mezzo all'oceano, cosa si poteva fare per fermarlo?

Cantieri navali a St. **Nazaire-Penhoët, Francia**

«Sono Mark Billingsly. Sono a St. Nazaire-Penhoët, in Francia, e dietro di me c'è la nuova NRS *Consanesco*. Sembra strana perché è dipinta tutto di nero come una nave militare, anche se ovviamente è un transatlantico di medie dimensioni.»

Mark si girò in modo che Sia lo riprendesse di profilo mentre guardava la nave. «Abbiamo capito che il nome della nave significa "Guarisci" o "Riprenditi".» Si voltò di nuovo verso la telecamera. «Molte persone sono salite a bordo della nave negli ultimi due giorni, mentre si prepara a lasciare il porto. In questo momento, mi è stato detto che la nave non è completamente equipaggiata, ma c'è una struttura di recupero sontuosa per coloro che arrivano. Tuttavia, questa nave non è il luogo effettivo in cui le persone a bordo saranno curate, ma è dove aspettano il loro turno.»

Continuò a parlare mentre le immagini degli ultimi due giorni apparivano sopra di lui sul feed. «Come potete vedere, molti di quelli che stanno salendo a bordo della *Consanesco* sono militari. Siamo stati in grado di confermare che almeno sette paesi diversi in questo momento hanno personale militare a bordo. Inoltre, siamo stati in grado di riprendere un'immagine del direttore dell'hotel del Mali, il signor Omar Kolan, che è stato anche scaricato in limousine pochi minuti fa. Quindi, è evidente che non è solo personale militare quello che è stato invitato per questa crociera inaugurale. Nessuno è sicuro di cosa succederà, ma come potete immaginare, c'è molto clamore e voci che circondano quello che questa compagnia può fare.»

Sia vide un piccolo velivolo nero che sembrava un elicottero apparire sopra la nave. Si voltò leggermente e fece uno zoom, e indicò con il dito a Mark di guardare. Lui si staccò dal suo discorso preparato e iniziò a parlare con la sua voce da "reporter sulla scena". «Stiamo assistendo a qualcosa di nuovo. Sia, la migliore operatrice di telecamere al mondo, secondo me, sta riprendendo una delle capsule nere che la RDS usa così spesso per viaggiare. È lo stesso stile di capsula che abbiamo visto usare da Bethany Anne, la CEO della RDS Enterprises, quando è arrivata alla loro sede in Colorado, quando abbiamo parlato con lei la settimana scorsa.»

Una figura femminile uscì dalla capsula e le si avvicinarono due membri dell'equipaggio, che sembravano indicarle il lato della nave.

«Non posso dire da questa distanza», continuò Mark, «se quella è Bethany Anne o no. Anche se gli avvistamenti della CEO sono rari, sarebbe adatto alla sua personalità essere qui per vedere la nave partire.» Poi la figura femminile fu sorpresa mentre camminava lungo il tubo d'imbarco e veniva verso di loro.

Sia si concentrò sulla figura e scosse minuziosamente la testa. «D'accordo, possiamo dire che questa non è Bethany Anne, quindi sembra che ci verrà presentata una nuova persona da...» Mark fece una pausa per un momento. «Aspetta, conosco questa signora. È la nostra collega giornalista Giannini Oviedo dal Costa Rica, che ha dato per prima la notizia della RDS. Sembra che sia stata trascinata in un altro evento giornalistico!»

Giannini Oviedo si avvicinò sorridendo a Mark e gli tese la mano. «Hola, Señor Billingsly!» Sia pensò che il sorriso di Giannini fosse maledettamente fotogenico mentre Mark la salutava.

«Salve, signora Oviedo!» rispose Mark. «Vedo che la RDS l'ha portata dal Costa Rica per il viaggio inaugurale della NRS *Consanesco*.»

«Sì, sono stati così gentili da fare l'offerta. Mi hanno anche dato la possibilità di lavorare con un altro professionista, ma immaginate la mia sorpresa quando lui e la sua operatrice non erano a Denver quando ho controllato, e i suoi superiori mi hanno informato che erano già in Francia!» Il suo sorriso era raggiante quando Mark capì cosa gli stava dicendo.

Mark si voltò un leggermente verso la telecamera. «Sta chiedendo a Sia e a me di unirci a lei nel viaggio inaugurale?», chiese.

«Sì!» Lei sorrise. «Ho il permesso dei suoi capi, anche se come danno il permesso in America è molto strano.» Guardò con aria interrogativa Mark, che riusciva benissimo a immaginare i suoi capi dire: «Sarebbe felice di unirsi a voi.»

Probabilmente qualcosa come: "*Sarà meglio* che quell'idiota sia su quella nave!" Be', sperava che avessero usato "idiota" e non qualcosa di ancora peggio.

Mark si voltò verso la telecamera, ma gli spettatori potevano vedere che stava guardando leggermente al di là dell'obiettivo. «Che ne dici, Sia?» Alzò le sopracciglia in modo suggestivo. «Ti va di fare una crociera con me?» Dopo aver fatto la sua domanda, si girò verso la telecamera e fece l'occhiolino agli spettatori. Sia sorrise e mosse leggermente la telecamera su e giù.

Giannini guardò nell'obiettivo e fece loro cenno di andare avanti. «Forza, gente, andiamo a far parte della storia!»

MARK E SIA avevano trascorso gran parte della mattina e del pomeriggio incontrando e intervistando coloro che erano stati invitati sulla nave. La maggior parte dei militari erano già ex-militari. I loro problemi fisici avevano impedito loro di continuare il servizio. C'erano altre dieci persone non militari che avevano tutte subito ferite importanti per aver aiutato in situazioni in cui chiunque sano di mente avrebbe detto che erano stati eroi.

La mattina dopo, la nave fu spinta fuori da quattro rimorchiatori.

Mark trovò Giannini che guardava la riva scivolare dietro di loro e le si avvicinò. «Grazie», le disse mentre lei si girava per vedere chi ci fosse alle sue spalle.

«Per cosa?» gli chiese.

«Per averci cercato. Ho saputo dai miei capi che è stata una sua scelta. Quando ci ha avvicinati sul molo, pensavo che la RDS le avesse detto chi voleva che lavorasse con lei. Noi non siamo nessuno di speciale. Io e Sia e...»

«Siete una buona squadra!» lo interruppe Giannini. «Ho visto la sua intervista, signor Billingsly.»

«Mark, per favore», insistette lui.

Lei annuì. «E Mark sia allora. Ho visto la tua intervista, ed è stata ben gestita. Sembravi seguire la storia, e questo è il massimo che possiamo chiedere: solo seguire la storia. Il tuo seguito per rintracciare quell'uomo a Washington è stato ammirevole. Inoltre, farlo è costato al tuo piccolo canale locale un sacco di soldi.»

Mark scrollò le spalle. «La vendita della mia intervista mi ha aiutato a pagarla, quindi ha funzionato.» Mise le braccia sulla ringhiera e guardò lo scafo scuro. «È così strano vedere questo guscio nero su una nave come questa.» Si inginocchiò per raggiungere il lato. «È una specie di carta vetrata granulosa, per niente liscia.» Si rimise in piedi. «Sai cos'è?»

«No», rispose lei. «Non so di cosa sia fatto, ma posso dirti che la navetta con cui sono arrivata qui era rivestita della stessa roba.»

«Hmm» fece Mark. «Quindi è la stessa cosa che riduce le firme radar. Si potrebbe pensare che vogliano che una nave abbia una grande firma radar.»

«Mi hanno detto che non hanno problemi a far conoscere la loro posizione alle altre barche.»

«Sì, immagino che dire a qualcuno che sei qui sia più facile che dire a qualcuno che non lo sei», concordò. «Sai cosa faranno con tutti questi feriti?» Si guardò intorno per assicurarsi che nessuno fosse vicino. «Alcune persone vivono di speranza, qui. Non voglio essere il giornalista che dice al mondo che per alcuni di loro non si può fare nulla. Mi spezzerebbe il cuore.»

Giannini lo guardò negli occhi. «Mark, in questa cosa abbi

sempre fiducia: quelli che sono intorno a Bethany Anne non molleranno mai, e non ti abbandoneranno mai. Fidati e abbi speranza.» Lei si voltò verso il mare. «Non so a cosa assisterò questa volta, ma credo che saremo molto felici di essere stati qui per vederlo.»

Mark seguì i suoi occhi per guardare la costa, sperando che avesse ragione.

15

———————

<u>Stazione Spaziale Uno, L2</u>

«Jeo», chiamò la voce femminile. «Non c'è abbastanza spazio su due di queste piattaforme per realizzare i nuovi parametri che hai stabilito per lo stoccaggio e la produzione.»

«Cosa succede se mettiamo online un'altra piattaforma?» chiese Jeo, continuando a scrivere note sulla lavagna per William, che era tornato sulla *Polarus*.

«Allora si avrebbe a disposizione uno spazio extra, ma i costi sono significativamente più alti, e il progetto andrà fuori budget e si estenderà oltre i giorni rimasti.»

«Che tipo di budget e vincoli di tempo?» chiese a Samantha.

Samantha rispose: «Un minimo di un mese e diversi milioni di dollari. Il costo dell'imbarcazione usata non è molto rispetto al guadagno fornito.»

La bocca di Jeo si compresse in una linea. Scrisse sulla sua lavagna: **Posso avere altri 20 milioni di dollari?**

William rispose: **Perché?**

Jeo alzò gli occhi al cielo. «Samantha, apri un modulo video su q3-4 e chiama William.»

In un attimo, il volto di William fu proiettato sulla sua parete. «Come va, Jeo? Sei già stanco di scrivere?»

«Sì», disse Jeo semplicemente. «Ho i risultati dei miei calcoli. Ho bisogno di più di due piattaforme, e ce n'è una in Florida per un milione. L'ho vista ieri sera.»

«Aspetta, perché ne chiedi venti se la base è una?»

«Dobbiamo prepararla e non voglio mancare la mia scadenza. Inoltre, se succede qualcosa, non voglio tornare indietro a chiedere altri soldi.»

«Quindi, una nuova piattaforma, e comunque rispettare la scadenza?» confermò William.

«Sì.»

«Per me va bene. Chiederò venticinque e lascerò che Jeffrey contratti per darmene venti.»

«Questo significa che dobbiamo spenderli?» chiese Jeo, sorridendo.

«Che diavolo faremmo con i soldi in più?» chiese William.

«Be', sarebbe bello se avessimo un bar quassù, amico!»

William ci pensò per qualche secondo, poi si voltò a guardare fuori campo. «Ehi, testa di rotore!» Jeo sentì Bobcat urlare qualcosa in risposta. «Sì, tu e testa d'elica, dovunque sia, dovete venire qui.» Jeo vide William alzare gli occhi al cielo prima di rispondere di nuovo: «Sì, probabilmente finiremo nei guai per questo.»

William si voltò e fece l'occhiolino a Jeo prima di guardare di nuovo fuori dalla telecamera.

«Stiamo per costruire e aprire il primo bar nello spazio, e dobbiamo dargli un nome!»

Cantiere navale, costa francese

«Ti dico che non si può fare!» sibilò Van Luong sopra la sua birra. Era in una bettola a quattro isolati dal cantiere navale. Suo cugino Sang gli stava chiedendo come rubare uno dei dispositivi che sarebbe stato apposto più tardi quella notte.

«Se otteniamo questo dispositivo, non dovremo mai più lavorare per il resto della nostra vita!» sibilò Sang di rimando. «Inoltre, cancelleranno il mio debito.»

«Loro cancelleranno *te*!» disse Van a suo cugino. «Questi ragazzi non scherzano. Ti garantisco che cercare di rubarne uno sarà la tua fine.»

Van lanciò un'occhiata suo cugino e scosse la testa, poi si guardò intorno. «Senti, tu sei stupido. Se ti capitasse di andare sul lato nord, potresti scoprire che la recinzione è stata tagliata per permettere alle persone di entrare e uscire quando hanno bisogno di evitare il cancello principale. Ma ti dico che questo potrebbe essere un suicidio.»

Sang si appoggiò all'indietro sulla sedia. «Cosa state facendo? Come funziona?» Prese la bottiglia di birra e se la mise sulla gamba, girandola avanti e indietro e lasciando un cerchio bagnato sui pantaloni.

Van disse: «Sistemiamo gli spruzzatori e usiamo il foro più grande perché la vernice è piuttosto viscosa, poi, quando ne abbiamo bisogno, ci arriva. Non lasciano nulla in giro. Dall'inizio alla fine, sono tre turni. Se qualcosa si rompe, arriva un ricambio e il pezzo rotto viene portato via. Abbiamo altre cianfrusaglie che ci fanno spruzzare all'interno della nave. Apriamo più portelli di accesso possibile e spruzziamo il liquido rosso all'interno. Su ogni parte che verniciamo all'interno passiamo una mano della vernice normale della nave una volta che si asciuga.»

Van bevve la sua birra. «Quella roba è ovunque. Dubito che qualcosa possa attraversarla, certamente non l'acqua. La nave sembra ancora più ermetica di prima.» Van si chinò in avanti. «Non lasciano nulla sul posto che tu possa rubare. Tutto viene fornito quando serve, e qualsiasi cassa speciale viene consegnata di notte. Per l'ultimo giro, ce ne sono volute trentadue in tutta la nave. Non appena abbiamo finito all'interno, avevano delle squadre sulla nave per preparare la gente a vivere a bordo. Ci hanno fatto saldare delle piccole stanze individuali e uno strano collegamento con il ponte principale. Come se volessero aggiungere qualcosa in seguito, capisci?»

Sang scrollò le spalle. «No, non l'ho visto.»

Van alzò la birra. «Questo perché nessuna delle nostre apparecchiature elettroniche funziona vicino alla nave, quindi non posso fare foto. Anche la pellicola della macchina fotografica di una volta viene esposta completamente. Alcuni ragazzi hanno avuto i loro telefoni incasinati, quindi ora non proviamo nemmeno a farli avvicinare.»

Sang chiese: «Una specie di roba anti-spia?»

«Ne dubito», rispose Van. «Non vedo nient'altro. Penso che forse la roba che stiamo usando lo sta incasinando.» Scrollò le spalle. «Personalmente, non mi interessa. In questo momento sto ricevendo una paga tripla per ogni ora oltre le quaranta, e se rispettiamo la scadenza con un lavoro di qualità, ci dividiamo tutti un premio di un milione di dollari.»

Sang restò a bocca aperta. «Un milione di dollari?» Si voltò pensieroso. «E paga tripla?» Van annuì, e Sang si fece ancora più pensieroso.

«Avete bisogno di altro aiuto?»

Van sorrise. Era la terza discussione simile che aveva affrontato nelle ultime due settimane. Ogni uomo della squadra si stava facendo il culo, e se qualche persona in più li aiutava a rispettare la data di scadenza, be', non avrebbe cambiato di molto la paga. Quindi, più gente lavorava sodo, più ogni persona sul lavoro era felice.

16

———

Sang era accanto a suo cugino Van. Era orgoglioso del lavoro che aveva realizzato in appena un paio di settimane.

Da quella fatidica conversazione in cui lavorare si era rivelata un'opzione migliore del furto, aveva pagato i suoi debiti, e la sua fidanzata aveva messo via la maggior parte dei soldi extra per il nuovo membro della famiglia che stavano aspettando.

Sang guardava mentre gli elicotteri dei notiziari volavano sopra di lui. Ogni nave su cui avevano lavorato era dipinta con la copertura nera che era stata fornita e tutte avevano una designazione NRS.

Quelle tre si chiamavano NRS *Hephaestus*, NRS *Ptah* e NRS *Vulcan*. Aveva fatto delle ricerche sui nomi e pensò che chiunque avesse dato il nome alle navi doveva amare le antiche divinità del fabbro e del minatore.

Jeo era in piedi sul ponte della NRS *Hephaestus* e fissava fuori dalle finestre con William. I due erano arrivati durante la notte.

Tutti i motori della nave erano controllati da una sola delle piattaforme informatiche di Tom nello spazio.

Tom aveva affidato alla SIL-USA il piano originale per ogni ICP, piattaforma di calcolo indipendente, in sostanza un container che si spostava nello spazio. Poi, aveva fatto rivedere le raccomandazioni a ADAM e fu sorpreso di trovare ADAM d'accordo con esse.

Poiché la potenza e il raffreddamento non erano un problema, la SIL aveva raccomandato delle server blade farm che ospitavano blade ultrasottili con 5.120 processori ciascuno. I blade utilizzavano migliaia di nuovi transistor al silicio-germanio a sette nanometri.

Tom diceva "transistor al silicio-germanio" ogni volta che ne aveva la possibilità nelle riunioni. Faceva impazzire Lance.

L'aggiornamento del chip Xeon Phi spostò le prestazioni di picco da soli tre teraflop a più di quindici, cosa che fece sì che gli altri chip grafici ad alte prestazioni utilizzati per elaborare calcoli matematici complessi sembrassero dei poveri 386 che annaspavano nel buio.

Tom voleva quasi sposare una delle piattaforme di elaborazione.

Poiché la memoria richiesta era un fattore chiave, la SIL aveva insistito che una combinazione di memoria impilata basata sulla tecnologia del Micronís Hybrid Memory Cube, che forniva quindici volte più larghezza di banda della DRAM DDR3 e una portata cinque volte maggiore della memoria DDR4 emergente, fosse inclusa come tipo di memoria di base.

Con un'architettura di interconnessione basata sulla tecnologia TSV e sull'Omni Scale Fabric, gli interni di base dei server erano veloci oltre ogni misura.

Tom aveva cercato di sostenere che aveva bisogno di una ICP più piccola da collocare nel suo cortile. Bethany Anne aveva invece accettato che potesse instradare uno dei suoi tablet attraverso l'eterico e accedere a distanza a una parte di una ICP per uso personale, ma era fuori discussione che quelle ICP sarebbero rimaste sulla Terra. Avevano bisogno della capacità di scaricare enormi quantità di potenza di calcolo e funzionalità di backup, e non potevano assolutamente essere spenti.

La SIL aveva anche raccomandato l'implementazione della tecnologia fotonica del silicio e la connettività del server MXC per spingere ulteriormente la barra in alto sul fattore di velocità totale.

Mentre questo era un grande vantaggio per le definizioni dei requisiti di calcolo più normali fornite dalla SIL, le esigenze speciali di velocità e disponibilità costante definite da ADAM fecero sì che la SIL suggerisse come unità di stoccaggio principale la tecnologia concentrata degli anelli di stoccaggio cristallino.

Quel tipo di stoccaggio dati richiedeva meno energia, meno spazio, era più affidabile e faceva sembrare l'SSD il vecchio Pony Express.

Nonostante tutta la potenza di calcolo che Tom forniva al gruppo, Bobcat, Jeffrey e Marcus erano sulla NRS *Ptah* o sulla NRS *Vulcan a* guardare gli schermi e ad assicurarsi che tutto sulle loro navi andasse secondo i piani.

Jeo era solo un osservatore, mentre William dirigeva lo spettacolo. Parlò a William continuando a guardare il cielo. «Non ne hanno idea, vero?»

«No, neanche un indizio», concordò William mentre continuava a controllare tutti i motori a gravità delle tre navi. Marcus, TOM e ADAM erano tutti impegnati a controllare ogni cosa per assicurarsi che quella non sarebbe diventata una brutta giornata per tutti loro. Tutti e cinque gli uomini indossavano le tute speciali che avrebbero permesso loro di operare nello spazio se la pressurizzazione fosse venuta meno.

«Quanto tempo ci vorrà prima che ne abbiano uno?» chiese Jeo.

William si voltò, vide che Jeo fissava ancora l'esterno, e si rese conto che stava facendo conversazione. Si concentrò sulla sua applicazione per un altro minuto prima di impostare i filtri per notificargli se qualcosa fosse andata fuori dai parametri operativi. Attivò un altoparlante che instradò attraverso l'eterico e verso le altre due navi. «*Hephaestus* è verde. Ripeto, la *Hephaestus* è verde. Siamo solo in revisione.»

«Controllare. *Ptah* è verde. Ripeto, *Ptah* è verde», tornò la voce di Bobcat. Ci fu una breve pausa prima di sentire la voce di Marcus. «*Vulcan* è verde. Ripeto, *Vulcan* è verde.» Poi, un paio di secondi dopo: «E chi ha pensato che mettermi nella nave con il nome più vicino al fuoco fosse la scelta giusta?»

La voce di Bobcat rispose all'istante. «Io accuso Jeffrey, Marcus. Soprattutto perché so che io non c'entro niente, e lui non è sul ponte in questo momento.»

William non sentì nulla da Marcus, così si alzò e si avvicinò a Jeo. «Immagino che si faranno un'idea quando si renderanno conto che non stiamo spostando abbastanza acqua per il nostro peso. Una volta entrati in acque internazionali, probabilmente le cose si faranno più interessanti.»

Jeo annuì. «Sarà così. Pensi che ci seguiranno tutti?» Guardò la miriade di elicotteri di notizie.

«Alcuni lo faranno, altri no.» William scrollò le spalle. «Quelli che lo faranno vedranno un po' di merda tipo Marvel, questo è sicuro.»

Jeo scrutò William, studiando il suo viso per un momento. «Come fai a gestire tutto questo?»

William gli restituì lo sguardo e alzò un sopracciglio. «Cosa? Quel circo?» chiese indicando la finestra. Le tre navi stavano raggiungendo i trentadue nodi, che era molto più veloce di quanto qualsiasi altra nave, tranne le più veloci navi porta container, dovevano essere in grado di raggiungere. «Onestamente, non ci penso più molto, Jeo. Facciamo il nostro lavoro, ci divertiamo e ci concentriamo sul futuro. Anche se in questo momento può sembrare un circo, questa merda sta per diventare reale, e la scelta che tutti hanno fatto per unirsi sarà messa alla prova.»

Jeo cercò di analizzare tutto quello che William aveva appena detto. «Aspetta, cosa intendi per "messa alla prova"?»

William scrollò le spalle. «Siamo dovuti uscire dall'oscurità e ora stiamo facendo cose in tutto il mondo. I governi ci hanno lasciato in pace finora, ma se fai attenzione alle notizie, capirai che le aziende stanno già manipolando i governi per vedere se possono usare la pressione politica per forzare il trasferimento di tecnologia. Quella roba non funzionerà con Bethany Anne.»

«Perché no?» chiese Jeo. «Voglio dire, non mi dispiace che non funzioni, ma cosa farà lei in merito, lo bloccherà in tribunale?»

William sbuffò. «Si può solo sperare. No, qualche idiota è là fuori a pensare che sia bella e giovane e probabilmente stupida. Che qualcun altro stia tirando i fili dietro le quinte. Sono pronti a giocare duro quando tutto quello che hanno è un pallone da spiaggia e Bethany Anne gioca con palle di diamante. Succederà qualcosa, e lei ci sposterà tutti di sopra.»

William si rivolse a Jeo. «Non che importerà a te. La Terra sarà solo un altro puntino nella volta celeste. Tu, amico mio, hai il compito di costruirmi una nave!».

Jeo alzò le spalle. «Con i campi gravitazionali, siamo messi abbastanza bene. Useremo le zanzare per prendere le rocce, spostarle nella *Ptah*, fonderle sulla *Vulcan* e usare il metallo per la stampa 3D sulla *Hephaestus*.»

William guardò la nave container. «Sembra un po' piccola.»

Jeo annuì. «Per qualsiasi cosa a lungo termine, sì, ma queste sono piattaforme temporanee per permetterci di costruire i giganteschi cantieri navali.» Jeo si chiese perché stesse spiegando il piano all'uomo che l'aveva insieme a con lui.

Restarono entrambi in silenzio per un minuto e videro due elicotteri tornare indietro, lasciandone solo quattro. William guardò l'orologio e si avvicinò al computer. «Stiamo entrando in acque internazionali. Chiunque non si aspetti di andare nello spazio, è pregato di avvisare il capitano della nave che risponderà molto educatamente: "Siete fottuti".»

Ebbe risatine in risposta. Potevano vedere tutte le informazioni che correvano sui loro schermi. I computer si stavano occupando di quella corsa, quindi nessuno aveva il comando a meno che non fosse necessario fare qualcosa. In realtà, non avevano bisogno di essere lì, e se Bethany Anne se ne fosse accorta, avrebbe potuto dire qualcosa.

Oppure no. Lei era strana in quel senso. L'attimo prima non potevi essere messo a rischio, quello dopo eri autorizzato a farti uccidere.

William sentì che le navi stavano rallentando.

La conduttrice Erika Lennisa stava chiacchierando con la sua pilota Stacia quando sentì l'elicottero rallentare. «Che succede?»

Stacia indicò le navi. «Stanno diminuendo la velocità. Potrebbe essere un bene, visto che siamo appena entrati in acque internazionali.»

Da dietro, il loro operatore Matias inclinò la telecamera, montata su una sospensione cardanica sotto l'elicottero, per fare una panoramica.

Erika iniziò il suo servizio. «Qui è Erika Lennisa, con un servizio sulle navi NRS che hanno recentemente lasciato il porto. Avevamo accelerato in fretta allontanandoci dal porto. In effetti, le uniche altre navi porta container che avrebbero potuto tenere il passo di queste tre sono quelle della Wal-Mart per il trasporto dalla Cina agli Stati Uniti, ovviamente, navi all'avanguardia. Anche quelle laggiù sono all'avanguardia. Solo che non abbiamo ancora capito qual è la definizione di "avanguardia" alla RDS.

Sappiamo che la RDS Enterprises usa i container come metodo per trasferire persone e componenti nello spazio. Vediamo che queste navi sono state rivestite con lo stesso materiale del...» Erika vacillò per un secondo prima di riprendere. «Ehm, queste tre navi container, ognuna delle quali pesa decine di migliaia di tonnellate, stanno iniziando a sollevarsi lentamente dall'acqua!»

Si voltò. «Lo stai ricevendo, Matias?» Lui annuì, così lei premette di nuovo il pulsante di registrazione.

«Come potete vedere nelle nostre riprese video, le tre navi hanno appena lasciato l'acqua, che sta scorrendo lungo i lati e ricadendo nell'oceano. Queste navi non sembrano avere nessuno a bordo, o nessuno che abbiamo visto camminare finora. La *Ptah* sta salendo un po' più in fretta, e sarà alla nostra altezza di centocinquanta metri tra pochi secondi.»

Erika azionò il tasto del muto. «Matias, puoi zoomare sul ponte?» Lui lo fece, e lei confermò il suo sospetto.

Premendo di nuovo il pulsante, continuò: «Attraverso la nostra telecamera vedo due persone sul ponte della *Ptah*. Non riesco a capire chi possano essere.»

Stacia le chiese attraverso l'auricolare: «Vuoi che mi avvicini di più?»

Erika rispose: «È sicuro? Come fanno a sollevare quelle cose?»

Stacia le disse: «Non ne ho idea, e quindi probabilmente non è sicuro. Per quanto ne so stanno giocando con la gravità e questo incasinerà l'elicottero.»

Gli occhi di Erika si allargarono. «Preferisco vivere.» Stacia annuì.

«Ora la *Ptah* è più in alto di noi, e si può vedere la *Vulcan* che si alza. Di tanto in tanto, altra acqua scende a cascata sulla nave e si riversa nell'oceano sottostante. Le tre navi nere sembrano maestose mentre galleggiano più in alto.»

«William, qui Jeffrey.»

William si avvicinò e premette il pulsante del microfono. «Sì, capo?»

«Cosa succederebbe se uno di quegli elicotteri volasse troppo vicino?»

«Hai chiesto a Marcus?» rispose William, fiducioso che Jeffrey *avesse*, in effetti, chiesto allo scienziato, che probabilmente gli aveva dato la brutta notizia in una versione indecifrabile dell'inglese.

«Sì. Non so ripetere quello che ha detto, non perché fosse volgare, ma perché aveva troppe sillabe.» William sentì Bobcat ridacchiare in sottofondo.

«Immagino che il campo di gravità dovrebbe essere ridotto più vicino allo scafo. Dubito che possiamo restringerlo a meno di sei metri per motivi di sicurezza. Se entrano lì dentro? Be', probabilmente rimbalzerebbero sulla gravità inversa, nel qual caso, farebbero meglio a sperare di avere un diavolo di pilota.»

«Va bene, è quello che pensavo.» Jeffrey staccò la chiamata.

Base RDS, CO, USA

>>Bethany Anne.<<

Sì?

>>Hai un momento?<<

Sto per chiamare Nathan per vedere come vanno le cose. Perché?

>>Sto intercettando comunicazioni che la Francia sta facendo decollare dei jet per vedere se le nostre tre piattaforme minerarie possono essere costrette ad atterrare.<<

Bethany Anne tese una mano a John e lo salutò.

Hanno l'ordine di usare la forza?

>>Non in questo momento.<<

Lei gli afferrò la spalla e i due scomparvero e riapparvero nel suo armadio in Florida. Lei si tolse le scarpe. «John, chiameresti Ashur quassù? Credo che si stia divertendo in giardino.»

John si avvicinò alla porta dell'armadio e la aprì. «Dove stiamo andando?»

«Sulla *Ad Aeternitatem*. Dite loro che voglio uno squadrone di dodici preparato per il decollo, e quattro dovrebbero essere i nuovi Black Eagle. Uno per me.»

John annuì e iniziò ad uscire, chiamando Ashur.

Bethany Anne indossò la sua tuta spaziale completamente nera, che era come indossare una tuta integrale in spandex che si attaccava alla pelle come la vernice. Prese la giacca corta rosso scuro da drappeggiare sulle spalle e gli stivali che erano stati fatti sia per stare bene con la tuta che per essere utili in caso di decompressione. Il suo casco era sulla *Ad Aeternitatem*.

Si guardò allo specchio. Soddisfatta, uscì e chiuse la porta. Era a metà strada verso le scale per scendere al piano di sotto quando John e Ashur salirono in fretta. Entrambi si voltarono e Bethany Anne si mise in mezzo a loro, afferrando Ashur con la mano sinistra e John con la destra. Un attimo dopo, apparvero sulla *Ad Aeternitatem*.

John aprì la porta e uscì, facendo un cenno al Guardiano di turno. Ci fu un suono di sirena in tutta la nave, e Bethany Anne poté sentire la gente reagire per raggiungere i posti di combattimento.

>>I jet si sono appena alzati in volo. Il tempo di arrivo previsto è di cinque minuti.<<

Di quanto tempo avranno bisogno le navi?

>>Si aspettavano una finestra di trenta minuti per i test prima di andare nello spazio.<<

Può confermare che sono nello spazio aereo internazionale?

>>Sì, lo sono.<<

Di' alla squadra che dovrebbero spostarsi di altri tre chilometri in direzione perpendicolare alla terra in questo momento, e fa' loro sapere che la cavalleria sta arrivando.

Scese le scale e fece un cenno alla sua squadra, compresi Peter e Todd Jenkins, che stavano accanto al suo bambino. La sua bellezza.

Oh, la sua capsula brillava di nero, e aveva una bocca di squalo dipinta sul davanti come i vecchi P-51 americani durante la seconda guerra mondiale.

Quando diventò evidente che forse avrebbero dovuto affrontare un combattimento aria-aria, Jeffrey e Marcus si erano riuniti con Paul Jameson per capire i metodi di combattimento aereo attuali.

Fino a quel momento avevano solo otto dei Black Eagle, ma *maledizione*, avevano un bell'aspetto. Più eleganti delle capsule, vi si entrava dall'alto come un normale jet. Avevano un corpo più lungo con un design triangolare. Gli armamenti erano attaccati ai lati, a seconda dello schieramento. Le ali erano più corte di quelle che sarebbero state necessarie per il volo reale, dato che dovevano restare all'interno della bolla di antigravità. Bethany Anne si era divertita quando le era stata mostrata la configurazione X-Wing. Il cannone a rotaia scendeva da sotto all'impiego, ma i missili erano minuscoli motori antigravità collegati ad un pezzo di tungsteno simile ad una palla da hockey.

William aveva richiesto un set unico di strumenti (e pezzi di ricambio) quando era arrivata l'indicazione a lavorare con il tungsteno, dato che il materiale era così maledettamente denso. Aveva superato i test con l'acciaio e i blocchi di cemento quando era stato accelerato a Mach 10. Con la capacità di muovere il dispositivo fino a Mach 30, sarebbero state considerate armi di distruzione di massa se avessero impattato il suolo. Ogni ala tozza aveva dodici di quei dispositivi, quindi uno schieramento di quattro ali forniva quarantotto armi che potevano distruggere missili, aerei, navi e piccole città.

Bethany Anne pregò che non accadesse mai. Ma se quei figli di puttana pensavano di disobbedire al diritto internazionale forzando le sue navi?

Be', fanculo. Avrebbero dovuto venire con bastoni più grandi.

Peter le passò il casco che funzionava con la sua tuta e lei guardò la squadra dei marines Guardiani. «Vi hanno detto qualcosa?»

Todd annuì. «Sì, la Francia è incazzata per le nostre navi volanti e sta vedendo se qualche jet può spaventarci.»

«Più o meno», concordò lei. «Non mi aspetto di fare altro che sventolare la bandiera, ma se sventoli una bandiera...».

«La sventoli con orgoglio?» Peter sorrise.

Bethany Anne inclinò leggermente la testa di lato. «Sì, questo funziona.» Si rivolse agli altri otto Guardiani vicino alle loro capsule standard. «Voi siete lì per circondare le navi. Se un missile o qualcuno stupido vola troppo vicino, mettetevi tra loro e le navi. I motori delle vostre capsule bloccheranno la maggior parte delle munizioni. Fare casino con le nostre navi non sarà tollerato. Sto giocando secondo le loro fottute regole sul decollo sull'acqua, ma qualcuno si sta incazzando. Be', dimostrerò loro che "incazzarsi" non è permesso.»

Otto voci forti gridarono: «Sì, signora!».

Era circondata da persone pronte ad assicurarsi che non succedesse nulla ai loro compagni.

Si avvicinò al suo Black Eagle e mise la mano su un cerchio accanto al portello. Dopo aver letto l'impronta della sua mano, la copertura si alzò rapidamente. Notò che qualcuno aveva deciso di fare uno scherzo e aveva inciso il suo nome accanto al tettuccio.

C'era scritto *Pilota: Bethany "Mordimi" Anne*. Lei guardò John, che stava salendo sul suo Black Eagle, e indicò la leggenda. «È opera tua?»

Lui guardò il punto lei stava indicando e poi di nuovo il suo viso. «Ehm, no?» Appoggiò il palmo sul suo tettuccio e cercò di trattenere un sorriso. Lei notò che non ci riuscì.

Bethany Anne guardò la donna che si occupava delle porte superiori e annuì.

Saltò nella sua navetta mentre le porte sopra di loro iniziavano ad aprirsi, poi si bloccò, premette il pulsante di chiusura della calotta e preparò la connessione del suo computer.

TOM, siamo pronti?

Ma certo. Posso portarti nella zona, ma non sarò in grado di liberare nessuna arma per te, Bethany Anne.

Non è un problema, TOM. Se una decisione del genere deve essere presa, Be', farà schifo, ma la prenderò.

Come vuoi andartene?

Come sempre, TOM. Portaci fuori di qui alle 11...

Le due imbarcazioni a vela civili che erano state nei dintorni delle navi *Ad Aeternitatem*, *Polarus* e *Consanesco* sentirono gli allarmi che arrivavano dall'acqua. Avevano visto la gente che correva sulle navi ed estratto i loro telefoni per riprendere dei video.

Il che, per loro, fu un bene. Furono i primi a registrare il rapido dispiegamento di dodici capsule che uscirono urlando dalla *Ad Aeternitatem* durante il giorno. Purtroppo, però, erano tutti per lo più sfocati nel video, quando lo si guardava fotogramma per fotogramma.

Bethany Anne, quanto in fretta vuoi arrivare alle navi?

ADAM, quanto tempo prima che i jet intercettino le piattaforme?

>>Un minuto e dodici secondi.<<

Ecco la tua risposta massima, TOM.

Stiamo per infrangere i vecchi record e, se non voliamo abbastanza in alto, le finestre sulle navi, questo genere di cose.

Portaci lì il più veloce possibile, ma non fare del male a nessuno lungo la strada.

Ho capito.

«MA CHE DIAVOLO?» Erika restò scioccata quando quattro jet Mirage francesi entrarono nello spazio aereo. Si separarono in due gruppi di due e iniziarono le loro virate strette per tornare indietro.

Si rivolse a Stacia. «Siamo nello spazio aereo francese?»

«No», le disse Stacia. «Siamo forse a circa dieci chilometri più in là da quando le navi hanno fatto quel salto un paio di minuti fa.»

«Eravamo nel loro spazio aereo allora?» chiese Erika. Aveva già premuto il pulsante di registrazione e poteva vedere che Matias stava già facendo altri video.

«No, erano ad almeno tre, se non cinque chilometri fuori dallo spazio aereo controllato dalla Francia prima di sollevarsi dall'acqua.»

Erika iniziò il suo servizio. «Sono Erika Lennisa. C'è un nuovo sviluppo qui. Le navi RDS stanno facendo quello che pensiamo sia un test prima di portare le loro navi cargo ricondizionate nello spazio. Posso vedere quattro aerei militari francesi con armi sulle ali che volano intorno alle tre navi. Non so come pensano di comunicare loro, visto che finora i nostri sforzi sono stati respinti.»

Erika fece un respiro. «Stiamo cercando di spostare le nostre comunicazioni sui canali di solito riservati ai militari, e stiamo sentendo quelle che sono ovviamente richieste di atterraggio di queste navi.»

Una voce femminile interruppe le continue richieste del capitano francese che parlava in inglese accentato. «Negativo, capitano. Queste navi si trovano nello spazio aereo internazionale e non rispetteranno il vostro tentativo illegale di costringerle ad atterrare. Il fatto che voi vogliate esaminare la loro tecnologia è un motivo inaccettabile.»

«Cosa? Chi parla?» chiese il capitano.

«Perché le interessa, capitano?» ribatté la voce. «Dato che state cercando di forzare queste navi illegalmente, che importanza ha chi ve lo fa notare?» La voce continuò: «Se un bambino identificasse il comportamento immorale, avrebbe meno valore?»

Ci fu una pausa nelle comunicazioni ed Erika guardò Stacia, che scrollò le spalle mentre cercava di pilotare l'elicottero in modo che Matias potesse fare buone riprese degli aerei da guerra e delle navi allo stesso tempo.

«Ho l'ordine di non permettere a queste navi di partire. Si teme che ci sia stato un trasferimento illegale di tecnologia che sta lasciando la Francia. Questo non sarà permesso.»

«Oh, basta con le stronzate», rispose la voce femminile. «Nessuna tecnologia in Francia si avvicina nemmeno lontanamente, come dimostra quel cazzo di Mirage inutile che stai pilotando. Diavolo, voi non riuscite a far sollevare in aria una barca a remi, figuriamoci una nave porta container.»

«Esigo di sapere chi sta parlando!», rispose il capitano, ora con un tono molto seccato. I quattro jet continuarono a girare intorno alle navi, restando fuori dal perimetro degli elicotteri, che stavano volando più vicini alle tre navi.

«Esigi quanto vuoi. Non significa che devo dirtelo. Inoltre, la cavalleria è qui, scroto-pirata sopravvalutato del cazzo!»

La bocca di Erika si aprì all'uso di un tale linguaggio su una linea aperta, poi il suo viso perse ogni espressione quando otto delle capsule RDS che aveva visto in video apparvero intorno alle tre navi tra gli elicotteri e i caccia. Si voltò a guardare i caccia e si rese conto che dove prima c'erano due jet, ora ce n'erano quattro in ogni gruppo: due Mirage e due... qualcos'altro.

Sembravano degli X Wing neri e tozzi e stavano perfettamente allineati ai fianchi dei Mirage.

«Cosa state facendo?» urlò il capitano agitato sul canale.

«Si chiama fare il dito medio!» rispose la voce femminile. «Nel mio mondo, è un simbolo riconosciuto di rifiuto dell'autorità. Come a dire: il tuo stupido culo non ha potere qui fuori, e queste navi stanno andando nello spazio. Chiunque sia nel vostro paese e cerchi di rubare questa tecnologia ha appena commesso un grave errore.»

Erika guardava affascinata mentre i Mirage si lanciavano in rapide manovre per scuotersi di dosso le capsule dall'aspetto più elegante senza alcun effetto. Restarono accanto ai quattro aerei con facilità.

«Avete finito di mettervi in mostra?» chiese la voce. «Perché io posso andare a dormire mentre voi finite il carburante, e questo dove ci lascerà?»

«E io posso chiamare altri aerei!» sbottò il capitano.

«Be', suppongo di sì, ma se volete aggravare la situazione perché l'ego del vostro pilota è ferito, non ve lo consiglio», rispose la signora.

«Non potremo restare qui ancora per molto, Erika!» la avvisò Stacia. «Le navi qui stanno iniziando a salire più in alto. Siamo a milleduecento metri di altezza, e non sono sicura di quanto più in alto possiamo andare con il nostro carico di carburante, riuscendo poi a tornare a terra!»

«Fai quello che puoi», rispose Erika, poi riaccese il microfono. «Come potete vedere dal nostro video, ci sono otto capsule RDS in un cerchio protettivo intorno alle tre navi, che stanno salendo più in alto nell'aria. L'insinuazione che la RDS abbia rubato qualche tecnologia dalla Francia è, come ha detto la donna che comanda queste navi, ridicola. Le quattro capsule strane, quelle dalle ali nere, tengono facilmente il passo con i caccia Mirage, tanto che stanno facendo infuriare il pilota francese che è al comando in questo momento.»

>>Bethany Anne, sto intercettando dei messaggi: ordinano ai caccia di fare un passaggio di mitragliamento sulle navi.<<

Cosa farà ai motori a gravità?

>>Niente, solo che le munizioni usate che andranno da qualche parte.<<

Oh, merda!

Bethany Anne saltò alla radio. «Qui Black Eagle Uno. Ripeto, qui Black Eagle Uno. Questi idioti stanno per mitragliare le navi. Quei proiettili rischiano di andare ovunque nell'area locale. A meno che non siate in grado di prendere qualche colpo da 30 mm sui vostri elicotteri e scrollarveli di dosso, vi suggerisco di ritirarvi. Non potete atterrare su quelle navi; la tecnologia non ve lo permetterà. Vi prego di prestare attenzione a questo avvertimento!».

In effetti, Erika vide i quattro jet Mirage girare verso le navi.

Come facevano a sapere che sarebbe successo? Stacia stava già facendo fare una virata stretta al loro elicottero, portandolo in alto.

«Perché stiamo salendo?» chiese Erika.

«I proiettili da 30 mm sono pesanti, quindi non voleranno troppo in alto contro la gravità», rispose lei. «Almeno, spero di no», si corresse.

Guardò il video di Matias mentre i quattro jet attaccavano le tre navi. Riuscì a vedere le scintille quando i proiettili colpirono qualcosa vicino alla nave. Uno dei jet, diretto verso di loro dopo il passaggio, iniziò a fumare all'improvviso.

«Imbecilli», esclamò la signora. «I vostri colpi di rimbalzo hanno danneggiato il vostro stesso aereo!».

Erika girò la testa per guardare mentre l'aereo passò loro accanto. Tornò indietro verso la terraferma.

«Maledizione, se continuate con queste stronzate, sarò costretta a rispondere. *Non* vi permetterò di fare del male alle persone su quelle navi.»

«Farete atterrare quelle navi...» iniziò a dire il capitano.

Bethany Anne silenziò l'idiota e chiamò sulla loro linea privata: «Jeffrey, tutto bene laggiù?»

«Bene», tornò Jeffrey. «Tutti i proiettili hanno colpito la bolla e sono rimbalzati via. Non abbiamo nemmeno subito una riduzione di potenza. Questi motori potrebbero essere un po' troppo ingegnerizzati.»

I due sentirono Marcus in sottofondo. «Non esiste una cosa come "eccesso di ingegneria" quando stai costruendo il primo del suo genere per andare nella fascia degli asteroidi!»

Bethany Anne rispose: «Sono d'accordo, Marcus. Ora chiudi la tua connessione a meno che non ti chieda io di riattivarla.»

Una nuova voce arrivò in linea. «Mayday, mayday! Ho perso la potenza del motore.»

«Squadra A, via!» ordinò Bethany Anne, e quattro delle capsule standard uscirono dalla formazione e iniziarono a inseguire il jet che si era allontanato in precedenza. Gli altri quattro si allargarono per chiudere i varchi.

«Dobbiamo andare!» Stacia tirò l'elicottero in una virata per riportarli verso la terra. «Andrò nella direzione del mayday, ma siamo sul filo del rasoio, con solo quindici minuti di carburante in più per tornare.»

Erika annuì.

Erika vide che i tre Mirage rimanenti avevano finalmente virato verso il segnale di mayday, e le grandi navi stavano iniziando ad aumentare di molto la loro altitudine.

«Black Eagle Uno, qui A-1. Abbiamo un Mirage francese al seguito. Dove volete che sia consegnato?»

«Aspettate. Questo voglio vederlo!», rispose una voce femminile eccitata.

Erika vide due delle navicelle da combattimento staccarsi dalle navi e superarli come se fossero fermi.

In pochi secondi, la radio si riaccese. «Accidenti, ragazzi, è impressionante. Il pilota sta bene?»

«Sì, Black Eagle Uno. Abbiamo un pollice in su da lui all'interno. A quanto pare, tutta l'elettronica si è spenta poco dopo il suo mayday.»

«Be', chiederei al capitano Scopa nel Culo, ma non mi fido di lui o di chiunque gli dia ordini. Quindi, lascia che ti dica dove voglio che tu metta quel Mirage come un bambino nella culla...»

Erika sorrise. Anche se non sapeva chi fosse la leader, doveva ammirare il suo stile.

Perché lasciare un aereo con un pilota salvato proprio accanto alla Torre Eiffel, costruita per commemorare la Rivoluzione Francese per l'Esposizione Universale del 1889 e come cenno al grande movimento scientifico che aveva preceduto la sua creazione, era geniale.

Questa signora l'aveva appena fatta vedere alla Francia, ricordandole la sue precedente storia di altruismo e dedizione alle scienze.

Qualcuno nel governo stava per ricevere una bella pedata nel culo, Erika ne era sicura.

17

Il dark web

>>LUCKYUII - ADAM, ci sei?

>>MyNam3isADAM - Sì lucky, ci sono.

>>luckyuii - Abbiamo decifrato i codici degli hacker ceceni, e non sembra bello. Pensiamo di aver trovato delle chiacchiere che parlano di attaccare un'altra scuola e uccidere dei bambini.

>>MyNam3isADAM - Per favore, lasciami i dati e li darò a un gruppo che so che può aiutare.

>>luckyuii – L'INTERPOL? Non vogliamo finire sul loro radar.

>>MyNam3isADAM - No, non l'INTERPOL. Meglio.

>>luckyuii - Chi?

>>MyNam3isADAM - Non posso dirtelo, ma credimi, se questo sta accadendo, allora ci sarà una risposta. E, lucky?

>>luckyuii - Sì?

>>MyNam3isADAM - Grazie. Se quei bambini hanno una possibilità, è grazie a te e alla tua squadra.

>>luckyu11 - Basta che muovi il culo e lo dici ai tuoi amici, okay?

>>MyNam3isADAM - L'ho già fatto. Fai sapere al gruppo che ci sarà uno sforzo per proteggere i bambini.

>>luckyu11 - Lo farò, grz...

TORRE EIFFEL, **Parigi, Francia**

Bethany Anne osservava mentre le quattro capsule lavoravano con i computer per poggiare con delicatezza il Mirage nel grande parco con migliaia di turisti che guardavano.

«Beccatevi questa, bugiardi del cazzo...» dichiarò a nessuno in particolare.

>>BETHANY ANNE, ABBIAMO UN ALTRO PROBLEMA.<<

Cosa? Stanno mandando altri aerei?

>>NO, HO INFORMAZIONI CHE CONFERMANO CHE CI SONO CECENI CHE PREPARANO UN ATTACCO A UNA SCUOLA.<<

Cazzo, fanculo, davvero? È collegato a noi?

>>NON CHE IO POSSA DIRE AL MOMENTO, MA POTREBBE ESSERE DOVUTO ALLA MANCANZA DI STAMPA GLOBALE SU DI LORO. STANNO PER FARE QUALCOSA DI DRAMMATICO PER OTTENERE L'ATTENZIONE DELLE NOTIZIE INTERNAZIONALI.<<

Ok, lasciamici pensare un attimo.

Bethany Anne vide le quattro capsule allontanarsi dal Mirage. Il pilota aprì il portello e diversi turisti maschi si avvicinarono per aiutarlo a uscire dal jet.

Quando il pilota fu a terra, la capsule salirono a circa dieci metri, poi sfrecciarono via.

ADAM, mostrami una mappa. TOM, riportaci indietro.

Bethany Anne non si accorse che Parigi si stava rapidamente allontanando dietro di lei mentre studiava le informazioni che aveva davanti.

Merda, è dall'altra parte della Turchia. Quando dovrebbe accadere?

>>Ho esaminato le conversazioni, e sembra che si stiano preparando a colpire in mattinata.<<

Ok, quanti combattenti?

>>Le informazioni non confermano un numero. Le informazioni sull'evento della scuola di Beslan del 2004 suggeriscono circa trentadue-quarantadue.<<

Quindi, più di me e... Sì, non voglio che Michael sia coinvolto in questo. Sto appena iniziando a sistemare il suo culo sociopatico. Chiamami Akio.

Una voce stentata che parlava inglese con un accento giapponese arrivò sulla linea. «Sì, mia Regina?»

«Akio, fai preparare l'Elite. Ho bisogno del vostro aiuto per eliminare una cellula terroristica che vuole attaccare una scuola. Dobbiamo farli fuori in silenzio. Aspettatevi di essere presi tra venti minuti o meno. Porta la spada.»

«*Hai.*»

Quando piove, piove davvero, cazzo, pensò.

Route 70, Colorado

Boris guardò l'autobus ben equipaggiato passare lungo la strada mentre aspettava in una piccola stazione di servizio. Tirò fuori il telefono e mandò un messaggio: **Passato.**

Entrò nella stazione e pagò in contanti. Il suo compito era quello di essere la porta sul retro e seguire l'autobus una volta che fosse stato preso.

Più avanti, c'era un finto veicolo della Colorado State Patrol che avrebbe fatto accostare l'autobus, e poi la squadra sarebbe saltata su, avrebbe tenuto tutti ai loro posti, e l'avrebbe guidato fino all'area protetta.

Il luogo di detenzione era proprio come aveva suggerito Phillip, forse migliore. L'uscita permetteva a qualcuno di uscire a piedi, in macchina, o di entrare nelle fogne. L'edificio aveva anche una passerella al terzo piano che portava a un altro edificio. Anche il secondo edificio aveva un'uscita nelle fogne nel suo seminterrato.

Quella era l'uscita che Boris aveva intenzione di usare.

Il viaggio in aereo verso gli Stati Uniti era andato bene. Mentre la maggior parte della squadra si era goduta il cameratismo, gli altri avevano tenuto Boris alla larga. I suoi mal di testa erano peggiorati negli ultimi tempi e aveva i nervi a fior di pelle. Aveva avuto dei mal di testa negli ultimi anni, ma di recente erano stati quasi travolgenti a volte. Notò che l'improvviso aumento degli attacchi coincideva con l'arco di tempo degli sforzi della RDS per andare sulla luna, se si presumeva che avessero fatto dei test prima della rivelazione al mondo quando erano andati nello spazio. La tecnologia era l'unica cosa su cui poteva basarsi al momento. Con la sua fisiologia, niente doveva causargli un dolore come quello.

Tornando alla macchina, spostò il tovagliolo sulla mano sinistra e lo usò per aprire la porta. Entrò, mise le noccioline sull'altro sedile e avviò la macchina. Partendo a un'andatura tranquilla, girò sulla strada e seguì la Interstate 70 verso la città.

Dopo dieci minuti, rallentò per guardare il luogo che era stato designato per l'operazione. Non aveva sentito chiamate sul suo canale, quindi nessuno aveva bisogno di lui. Vide una grande serie di tracce di pneumatici sul lato della strada un paio di centinaia di metri dopo il luogo stimato. Boris considerò che l'autista poteva non essere stato in grado di gestire l'autobus come un professionista.

Quello che non vide, erano i due corpi gettati sotto la boscaglia a dieci metri dalla strada mentre passava.

Uno era un uomo con il nome Barrins stampato sulla giacca. L'altro era una lupa che indossava abiti umani strappati. Entrambi avevano subito diversi colpi di pistola. Se si guardava con attenzione, il petto della lupa si alzava e si abbassava appena.

L'uomo accanto a lei, purtroppo, non avrebbe mai più aperto gli occhi.

Bethany Anne atterrò sulla *Ad Aeternitatem* e aprì il suo portello. Sorrise a Peter e John mentre aprivano il loro. «È stato divertente!»

Todd arrivò dietro di lei. «Davvero? "Potrei andare a dormire mentre voi finite il carburante"?» Sorrise quando le passò accanto. Peter lo raggiunse e andarono a controllare i loro uomini.

John si avvicinò. «Ti sei divertita, vero?»

Bethany Anne sorrise. «Diavolo, sì! Dio, sai quanto è noioso essere in riunione dopo riunione? Aspetta.» Alzò un dito. «Non rispondere a questa domanda, con la motivazione che stavi ascoltando dalla porta di quelle riunioni, e quindi non sei obiettivo.»

«Che c'è, pensi che non possa fingere che essere alla riunione sia meno piacevole che stare vicino ma non alla riunione?» chiese John.

«Credo...» iniziò lei.

>>Bethany Anne, alla base chiedono quando sarebbe dovuto arrivare il bus della gita. Sono in ritardo di quindici minuti.<<

Che cosa? Chi sta viaggiando come protezione su quell'autobus?

>>Barrins e una Guardiana nuova, Jennifer Erickson.<<

Cazzo! Conosco Barrins e farebbe rapporto. Mi ricordo di Jennifer, e mi sembrava solida. Figlio di puttana!

I suoi occhi lampeggiarono rossi. «John, abbiamo dei potenziali ostaggi in Colorado. L'autobus della gita. Sto chiamando Michael.»

>>Ti sto collegando.<<

«Ciao, *mon amour*...» Michael iniziò.

«*Gott Verdammt*, Michael, non ho bisogno che giochi con me adesso!» scattò Bethany Anne.

«Chi sta giocando, Bethany Anne? Ti ho già detto due volte che ti amo», disse, infastidito di sentire il suo onore infangato. Considerò di riattaccare.

Le spalle di Bethany Anne si abbassarono. «Per prima cosa, hai ragione e mi scuso. Michael, ci sono due gruppi di ragazzini nei guai e non posso aiutarli entrambi. Ho paura, e ti sono saltata addosso invece di...» Chiuse gli occhi, poi li aprì e disse in silenzio a John: «Resta qui, torno subito.» Lui annuì. Attraversò l'eterico e si recò nella sua piccola stanza sulla *Ad Aeternitatem*. Sperava che fosse adeguatamente insonorizzata.

«Bene, sono dove posso parlare. Maledizione, Michael, anch'io ti amo, ma ora è un brutto momento per ammetterlo. Ho paura per i bambini, ho paura per la mia gente che probabilmente è morta, e ho paura che tu mi lasci... probabilmente perché mia madre mi ha lasciata.» Bethany Anne indietreggiò fino al muro e scivolò giù fino a sedersi sul pavimento.

«Ho bisogno di te, Michael. Dio, ho bisogno di te.» Ecco, l'aveva detto ad alta voce. Diceva sul serio; non avrebbe ritrattato.

Mai.

«Non hai che da chiedere, Bethany Anne. Dammi la metà e non ti deluderò.» La sua voce era tanto premurosa quanto inflessibile. Lui era la roccia in cui lei avrebbe investito il suo amore.

>>C'è una capsula in volo verso la casa di Michael. Può essere prelevato in sessanta secondi.<<

Quale posto? I suoi Elite stavano già andando lì, e Michael era necessario in Colorado. Cazzo, pensò, certe decisioni sono dure.

«Colorado. Ho bisogno che tu vada con mio padre e gestisca qualsiasi cosa stia succedendo in Colorado. Io e l'Elite dobbiamo eliminare dei terroristi. Non lasciare che accada nulla ai bambini, per favore, Michael.»

«Sento la capsula qui fuori, Bethany Anne. Puoi contare su di me per sempre. Devo andare. Ti amo.»

Bethany Anne aveva una lacrima che le scendeva sul viso mentre rispondeva: «Anch'io ti amo.» Riattaccò prima che lui la sentisse piangere.

TOM, spegni le mie emozioni per Michael. Non posso affrontare questa merda ora.

Il dolore nel suo cuore si fermò, e fu in grado di asciugarsi gli occhi. Permise a un po' della sua rabbia per la situazione di far ripartire la sua mente nel gioco. Michael era per dop; il presente era per i bambini. Un gruppo di bambini di cui non sapeva nulla, l'altro gruppo erano i figli della sua gente a Denver.

Dato che Barrins non faceva rapporto, quella era stata un'azione nemica. Altrimenti, avrebbero già avuto una chiamata.

Uscì dalla camera con la sua faccia da poker e iniziò a camminare verso l'hangar delle capsule.

Quando arrivò, le porte basculanti si stavano aprendo e i suoi Elite stavano arrivando. Ashur era arrivato da qualche parte. «Ashur!» Il grande pastore tedesco si voltò verso di lei e iniziò a balzare verso di lei. Bethany Anne gridò: «Akio, John, vado a cambiarmi.» Vide John allungare una mano alla spalla per comunicare la sua posizione a qualcuno.

Si chinò un po' quando Ashur si avvicinò, guardandolo negli occhi. «Vado a cambiarmi, ma potrei aver bisogno di te. Sei disposto a correre con me?» Il grosso cane si rallegrò. «Bene, allora lascia che John ti metta un giubbotto che abbiamo fatto fare per te. Non voglio che qualche colpo al petto ti uccida.» Ashur ridacchiò di nuovo e si voltò per tornare da John. Lei chiamò: «Prepara Ashur!».

Bethany Anne attraversò l'eterico fino al suo armadio sulla

Ad Aeternitatem e iniziò a spogliarsi della tuta di volo. Sentì qualcuno entrare nella sua camera da letto. «Chi è?» chiamò.

«Ehm, Barb», la risposta è arrivata. «Lavoro con Frank.»

Bethany Anne cercò di sorridere, ma il suo cuore non ci stava. «Barb, mi ricordo benissimo chi sei. Per favore, vai a prendere le due spade esposte nella sala riunioni qui fuori. Io uscirò non appena mi sarò cambiata d'abito.»

Gettò il vestito su una sedia e indossò i pantaloni di pelle nera, poi si infilò la camicia e il gilet di ceramica su misura. Controllò lo specchio. Le piastre le accentuavano il petto; non c'era da stupirsi che a Michael piacesse quando la indossava. Prese le fondine dal muro, le allacciò, si legò i capelli all'indietro e si infilò gli stivali da lavoro, come Eric amava chiamarli, poi legò i lacci.

Diamine, se i ragazzi si sarebbero incazzati. In quel caso toccava a John giocare.

«Continua a raccontarti barzellette, Bethany Anne. Forse ti aiuterà a non pensare ai bambini», borbottò tra sé e sé mentre apriva la porta e usciva. Barb sembrò sorpresa di vedere la CEO dell'azienda uscire con l'aria di chi era pronto ad andare in un bar di motociclisti a bere o a scatenare una rissa.

«Grazie!» Bethany Anne accettò le due spade. «Per favore, manda qualcuno a sistemare l'armadio e a chiudere la porta entro i prossimi dieci minuti.»

Barb annuì. «Lo farò io stessa.»

«Grazie, devo andare.»

Barb restò stupita quando Bethany Anne fece un passo e scomparve proprio davanti a lei. Si avvicinò all'armadio e... «Oh, mio Dio.»

«Cosa c'è?» Barb sentì Frank chiamare dall'esterno della stanza di Bethany Anne.

«Niente che tu possa capire!» rispose Barb mentre guardava quelle che dovevano essere più di cento, forse duecento, paia diverse di belle, no, squisite, scarpe da sera.

Si avvicinò e prese la tuta di lycra e una gruccia, cercando di capire come districare il tessuto. Si sedette sulla sedia e si guardò intorno nel grande spazio con tutti i vestiti. «Frank?»

«Sì?» disse ancora la sua voce.

«Fammi un favore e imposta un timer per nove minuti. Assicurati che io esca per quell'ora, va bene?»

«Sicura?» La domanda nella sua voce era evidente.

«Ti dirò il perché più tardi. Per favore, non interrompermi. Vado a meditare.» Si chinò per prendere gli stivali e li spostò di lato, dove Bethany Anne aveva altri stivali.

Si guardò intorno nell'armadio. «Vado a meditare su quanto sarebbero carine queste scarpe con il mio guardaroba», sussurrò.

Bethany Anne spinse la porta della sua stanza d'arrivo, poi la accostò e la chiuse a chiave. «Maledizione, abbiamo bisogno di un posto più vicino all'hangar se questa merda continua.» Scese verso l'hangar delle capsule. Ashur indossava uno speciale giubbotto antiproiettile che copriva la maggior parte del suo corpo, ma gli permetteva di muoversi liberamente, anche se doveva contorcersi in aria. Era già nella sua capsula.

Il suo Black Eagle era stato modificato, nel caso avesse avuto bisogno di portare Ashur o un'altra persona con lei. Per gli altri esemplari, quella zona sarebbe stata usata per i rifornimenti.

Si diresse verso gli Elite, a loro volta vestiti di nero. Annuì quando Akio le tese la spada. Lei la prese e gliene porse una. «Questa è la lama che ho usato, oltre a quella che mi hai appena dato, quando abbiamo combattuto i Rinnegati in Turchia. Preferirei che fosse in servizio, e non su una mensola, se deve essere versato del sangue.»

Akio annuì con la testa. «*Hai.* Il servizio è buono per

un'arma. Invecchia se non viene mai usata. Alcune non prendono bene l'invecchiamento.»

Bethany Anne spiegò. «Stiamo colpendo un gruppo che intende attirare l'attenzione del mondo attaccando una scuola piena di bambini e tenendoli in ostaggio. L'ultima volta che l'hanno fatto, è finita con oltre cento bambini morti e oltre trecento altre persone uccise. Entriamo, uccidiamo e ce ne andiamo. Se avete bisogno di sangue, non lasciate le prove, capito?» Guardò ogni faccia per assicurarsi che avessero ricevuto il messaggio.

«Saremo in comunicazione fino all'atterraggio. Parlerò con Akio e lui vi fornirà gli obiettivi.»

ADAM, quanto tempo abbiamo?

>>Secondo le loro conversazioni alla radio, arriveranno al punto d'incontro tra quarantotto minuti.<<

«Va bene, salite sulle vostre capsule. Arriveremo qualche minuto prima.»

John stava tirando fuori le braccia dalla capsula di Bethany Anne, così lei guardò oltre il bordo e notò una piccola borsa termica... del tipo usato per trasportare il sangue extra per lei nel caso in cui ne avesse avuto bisogno.

John sorrise. «Dovrei essere la tua riserva, giusto?»

Lei lo colpì sul braccio e saltò sul suo sedile, facendo scivolare le gambe nel Black Eagle e lasciandosi cadere. «Stai bene lì dietro, Ashur?» Il suo sbuffo le diede tutte le informazioni di cui aveva bisogno. Schiacciò il pulsante di chiusura del portello. «Andiamo a rompere il cazzo a qualcuno, va bene?»

La porta di sopra iniziò ad aprirsi per far uscire le capsule.

Andiamo di nuovo a 11? chiese TOM.

Certo che sì, rispose lei.

Nell'oscurità, le dieci capsule non potevano essere viste partire.

TOM, *portami abbastanza vicina ad Akio.*

Bethany Anne vide una capsula uscire dal gruppo e andare alla deriva nella sua direzione. Era a circa sei metri di distanza quando lei allungò la mano per catturare la sua attenzione. Poteva sentire qualcosa come un piccolo ronzio bagnato in quella direzione e insinuò i suoi pensieri nella sfera elettrica.

Akio?

Sì? Bethany Anne?

Sì. Voglio assicurarmi che abbiamo capito la comunicazione mentale prima di atterrare.

Non sapevo che tu avessi questo potere forte come quello di Michael.

Non mi piace usarlo tanto quanto Michael. Perciò, non sono addestrata al suo uso rispetto a lui. Ma non vogliamo parlare ad alta voce dopo l'atterraggio. Ti lascerò al comando degli Elite per questa operazione. Voglio sangue con queste morti. Assicurati che lasciamo un messaggio che qualcosa di molto anormale è successo qui. Nessuno dei nostri corpi sarà lasciato indietro, se dovessimo cadere. Nessuna capsula toccherà il suolo. Se ci sono alberi, salteremo su di essi e poi a terra. Qualsiasi cosa per confondere coloro che cercheranno risposte.

Nascondiamo i corpi?

Diavolo, no! Tirateli fuori se sono in camion o auto. Preferirei niente proiettili, ma se non potete raggiungerli, sparate. Nessuno ci sfuggirà stasera.

Capito, mia regina.

Molto bene. Ti lascerò parlare con la sua squadra.

KHASAN ERA PRONTO. Negli ultimi duecento anni, il suo popolo era stato troppo spesso governato da quelli di Mosca. Con la morte di Stalin, i ceceni che aveva mandato con la forza in Siberia erano potuto tornare a casa, ma ne restavano più di diecimila che non sarebbero tornati. Attualmente, la Russia aveva bisogno della terra cecena per raggiungere sia il Mar Nero che il Mar Caspio. Avevano anche bisogno dell'accesso per gli oleodotti che passavano attraverso la Cecenia.

Nel 2006, il leader separatista Shamil Basayev era stato ucciso dalle forze di sicurezza interne russe, e lo sforzo separatista ceceno era ancora scosso dalla sua morte.

Khasan era pronto a puntare i piedi e a far capire alla Russia che l'indipendenza cecena era una pillola amara, ma meglio ingoiarla che affrontare le morti che lui e la sua gente avrebbero causato. Come quel giorno.

Si sarebbero incontrati in gruppo, poi avrebbero viaggiato a nord verso Elista. Era la capitale della Repubblica di Kalmykia e contava poco più di centomila persone. Era abbastanza grande che la loro azione non sarebbe passata inosservata.

Stavano portando Khasan attraverso le montagne del Caucaso in un vecchio camion Toyota. I gruppi si incontravano, si mettevano d'accordo sul luogo successivo e poi partivano, mantenendo una piccola distanza tra ogni veicolo. Se qualcuno veniva fermato, si decideva rapidamente se aiutarlo o sacrificarlo. Tutti capivano che la decisione si sarebbe basata sul fatto se il supporto avrebbe aiutato o ostacolato l'operazione in corso.

Aveva con sé quarantasette combattenti, dieci in più di quelli che si aspettava inizialmente, ma cinque in meno rispetto al numero che aveva accettato di aiutare. Quei cinque erano stati richiamati dal leader locale per sostenere un'altra operazione.

Erano circa le tre e mezzo del mattino quando le luci del loro camion evidenziarono il vecchio cartello malconcio che indicava la piccola strada dove si sarebbero incontrati. Il Toyota poteva avere un sacco di ammaccature e squarci lungo la fiancata, ma era un camioncino ben fatto e ci si poteva aspettare che continuasse a funzionare anche se l'esterno sembrava potesse crollare da un momento all'altro.

Quando arrivarono al luogo dell'incontro, c'erano già quattro veicoli in attesa, compreso il furgone che conteneva le armi. Khasan aprì la porta del passeggero e scese. La richiuse in silenzio e si avvicinò per salutare gli altri uomini. Tra i cinque veicoli, arrivati fino ad allora, avevano circa la metà del numero di quelli che si erano impegnati a presentarsi. Si avvicinò al furgone e uno degli uomini gli aprì la porta posteriore. Sollevò una mitragliatrice e passò in rassegna la canna.

Pulita.

La mise giù e contò i cinque RPG e i dodici ordigni esplosivi improvvisati che avrebbero usato sia all'interno della scuola per la massima morte che per sparare alla polizia.

Soddisfatto che l'equipaggiamento era quello che gli era stato fatto credere, fece un grugnito di accettazione e si voltò. Altri tre veicoli, uno dei quali era un grande furgone, arrivarono sulla stradina. La strada era buia a causa di tutti gli abeti. Gran parte della luce delle stelle era bloccata.

Fischiettò piano nel buio, aspettando che arrivassero gli ultimi due veicoli, entrambi furgoni. Ci vollero alcuni minuti, ma finalmente li sentì arrivare sulla strada rocciosa. Uno si fermò dietro l'ultima auto sulla destra, e l'altro girò a sinistra.

Aspettò che gli uomini si radunassero intorno a lui prima di salire sul paraurti del furgone con le pistole e afferrare la parte superiore per ottenere un po' di altezza. La cosa aiutò quelli in fondo a vederlo. Per la sicurezza operativa, non ci sarebbero stati faretti accesi. Era infastidito dai molti uomini che stavano fumando, ma decise di scegliere le sue battaglie strategicamente.

«Ci uniamo per far capire alla Madre Orsa che i ceceni sono stati sotto il suo giogo, le sue catene, per troppi anni. Troppe generazioni sono state sottomesse dai sociopatici indifferenti di Mosca!» Gli uomini applaudirono l'inizio del suo discorso.

«Il mondo ha dimenticato noi e la nostra servitù qui in Cecenia a causa di altri eventi. Questa mancanza di attenzione sta concedendo a coloro che vorrebbero governare il nostro popolo libero l'opportunità di strangolarci, di tenerci a terra e di respingere nell'oscurità della storia le migliaia e migliaia di persone che la Russia ha ucciso. Le migliaia di nostri figli che hanno perso madri, padri, zie e zii. Le decine di migliaia che non vedranno mai la vita perché la nostra gente non si è sposata e non ha avuto altri figli.

«Tra dodici ore, faremo loro ricordare gli orrori che i loro genitori e i genitori dei loro genitori hanno inflitto a noi, e quello che il loro governo sta facendo alla Cecenia ancora oggi!» I ruggiti degli uomini rinvigorirono Khasan e lo fecero sentire abbastanza forte da avvicinarsi a Putin stesso e ucciderlo.

Khasan continuò: «Tra poche ore, *noi* saremo quelli che...»

MORIRANNO!

L'urlo mentale riverberò nel cervello di Khasan. Si guardò intorno per trovare la persona che gli aveva urlato contro, ma non vide altro che i suoi uomini che lo guardavano.

Fu allora che quelli in fondo iniziarono a gridare, e l'occasionale esplosione di colpi d'arma da fuoco squarciò la notte.

18

———

LA CAPSULA di Michael arrivò nella zona di atterraggio. Non appena la porta si aprì, si trasformò in foschia e si precipitò attraverso la base per arrivare alla Fossa.

Trovò Lance, Kevin, Eric, Scott, Darryl, Cheryl Lynn, Patricia, Jakob e altri tre che guardavano i dati in arrivo. La voce di ADAM uscì dagli altoparlanti.

«Ho localizzato l'autobus che viaggiava attraverso il centro di Denver. Non ho confermato se hanno continuato attraverso Denver o sono entro i limiti della città.»

«Grazie, ADAM», gli disse Lance. «Darryl, Scott.» I due uomini si staccarono e salirono le scale.

Darryl chiamò sopra la sua spalla: «Capsula o auto?»

Michael passò a una forma solida, sorprendendo tutti. «Capsula.» Darryl sollevò le sopracciglia all'improvvisa apparizione di Michael. Gli fece un cenno, mentre lui e Scott uscivano di corsa dalla sala riunioni.

Michael scese al livello inferiore e strinse la mano di Lance. «Salve.»

Lance ricambiò il saluto. «Vedo che ti ha chiamato.» Michael si limitò ad annuire. «Probabilmente sarai il nostro asso nella manica, Michael.»

«Cosa state aspettando?» chiese Michael.

Lance si voltò a guardare una mappa di Denver sui monitor a muro. «Mi aspetto qualcosa di stupido, francamente. Jakob pensa che sia un tentativo di estorsione, e Kevin pensa che sia una distrazione.»

Michael guardò Kevin. «Attirarci fuori di qui?» Kevin annuì. «Possibile, molto possibile.» Guardò la mappa. «Non cambierà il fatto che dobbiamo riportare quei bambini al sicuro.»

«Senza Bethany Anne, non abbiamo altre super spie oltre a te», gli disse Lance. «Quei ragazzi avranno bisogno del tuo aiuto.»

«Sono d'accordo.»

La voce di ADAM arrivò dall'altoparlante. «Abbiamo un'e-mail "riservata" in arrivo da un indirizzo IP non rivelato. Il routing suggerisce che ha avuto origine nell'area di Denver. Bethany Anne l'ha inoltrata a te.»

«L'ha letta?» chiese Lance.

«No, mi ha chiesto di inoltrarla a questa squadra. Stanno per far scattare la loro trappola.»

«Cosa contiene?» chiese Kevin.

«Video», rispose ADAM.

«Fallo partire», disse Michael.

Il video mostrava l'autobus con i bambini parcheggiati in un garage. Poi la telecamera fu portata sull'autobus, e chi guardava vedeva macchie di sangue sul sedile dell'autista. La telecamera si girò per mostrare gli occupanti.

Michael sentì Cheryl Lynn sussultare quando Todd e Tina apparvero sullo schermo. Entrambi erano a circa due terzi della distanza. C'erano anche tre adulti verso il fondo.

«Come potete vedere», risuonò la voce modificata. «Tutti tranne l'autista e un'altra donna sono salvi. Sfortunatamente per loro, non hanno ricevuto il promemoria che tutti torneranno a casa senza problemi quando le nostre richieste saranno soddisfatte.»

La persona che controllava la telecamera si girò e Michael poté vedere l'esterno dell'autobus. Che sembrava essere sottoterra. C'erano brevi immagini di altri uomini armati all'esterno.

Si aspettavano un attacco. Si sentì un'auto, e l'operatore della telecamera si mosse per vedere chi fosse. «FERMALO!» esclamò Michael.

Il video si bloccò. «ADAM, torna indietro al video dove la persona è in macchina.» Il video è tornato indietro di un secondo. «Puoi fare qualcosa per ripulirlo?»

«Un momento, Michael», chiese ADAM. «Vuoi la migliore immagine possibile dell'autista, giusto?»

«Sì», confermò lui.

Ci vollero cinque secondi, ma ADAM fece comparire un'immagine sullo schermo. Michael si avvicinò al muro e strizzò gli occhi. «È passato un po' di tempo, Boris...»

«Lo conosci?» chiese Lance, fermandosi accanto a lui.

«Sì, o almeno lo conoscevo», concordò Michael.

«Quanto tempo fa?» chiese Lance.

«Probabilmente due, forse trecento anni?» lo informò Michael. «Non ho lavorato di persona con lui per così tanto tempo. I miei figli sì, e ho parlato con Boris un paio di volte nel frattempo.»

«Che cos'è?» chiese Kevin.

Michael si voltò a guardare Kevin. «È un Pricolici, un orso. L'ho sconfitto molti secoli fa, quando l'alfa del suo branco, che all'epoca si chiamava Zar, lo spinse a combattermi. C'è qualcosa di diverso in lui. Ha vissuto molto più a lungo di qualsiasi Wechselbalg normale.»

«Non l'hai ucciso?» chiese Lance, poi pensò a quello che aveva detto. «Mi correggo, perché non l'hai ucciso?»

«Perché era troppo nuovo e non capiva le sue emozioni. Il suo Zar, invece, l'ho ucciso. Aveva sperato che Boris fosse in grado di uccidermi o di ferirmi abbastanza da potermi uccidere. Tuttavia, l'ho comunque punito imponendogli di restare in Siberia per un secolo quella volta.»

«È rilevante per i nostri piani ora?» chiese Kevin. «È fuori dalla Russia.»

«No, quel requisito è finito molto tempo fa. C'è una cosa che quelle persone con lui non sanno.»

«Cos'è?» chiese Cheryl Lynn, la paura era evidente nella sua voce.

«Boris sorveglia una città piena di gente in Siberia. Fa queste operazioni per ottenere il denaro per mantenere quelle persone. Ucciderà gli adulti, ma non permetterà che accada nulla a quei bambini. Dubito che sapesse quale fosse il piano prima di arrivare, e deve aver ricevuto garanzie che i bambini sarebbero stati al sicuro.» Michael si batté il labbro mentre pensava.

«Porterò una capsula a Denver e poi farò fuori questi mercenari», dichiarò Michael. «Eric e Scott dovranno fare pulizia con le autorità, ma non devono essere sulla scena fino all'arrivo della polizia in modo da poter dichiarare la loro estraneità.»

Michael indicò la foto immobile. «Lui sarà il mio supporto.»

Guardarono il resto del video e ricevettero la richiesta per il trasferimento di tecnologia.

ADAM li interruppe: «Ho individuato due edifici che consentirebbero il passaggio di un autobus sottoterra. In base alle cianografie, credo di aver ristretto la loro posizione.»

Michael si rivolse a Lance e Kevin. «Proteggete questa base. Io mi occuperò dei bambini.» Poi se ne andò.

Kevin guardò Lance. «Pensieri, generale?»

Lance si morse il labbro per un momento. «Fai entrare tutti, Kevin. Questa non è un'esercitazione, gente.»

Pochi istanti dopo, una sirena si udì in tutta la base. «Questo è un blocco della base. Siete pregati di recarvi alle vostre postazioni di sicurezza. Questo è un blocco della base. Siete pregati di recarvi nelle vostre postazioni di sicurezza...»

Centro di Denver, CO, USA

Boris arrivò e scese dal suo veicolo mentre l'enorme porta dietro di lui iniziava a chiudersi. Poteva sentire l'odore di sangue fresco. Quando si guardò intorno, uno degli uomini aveva una benda sul braccio e un altro aveva un cerotto intriso di sangue sull'orecchio e un tutore intorno al collo.

Si avvicinò a quello a cui sanguinava l'orecchio e si accigliò. Qualcosa non aveva l'odore... giusto.

«Cosa è successo sull'autobus?», chiese.

Matt fece una smorfia. «Quella stupida femmina ha dato di matto quando abbiamo colpito l'autobus. L'autista ha aperto la porta e chiesto quale fosse il problema, proprio come avevamo immaginato, ma non appena ho tirato fuori la mia pistola, l'ha presa anche lui. Gli ho sparato subito, e prima che me ne accorgessi, quella ragazza mi è saltata addosso e mi ha quasi staccato l'orecchio a morsi.»

Proseguì: «Questi antidolorifici del cazzo ci stanno mettendo troppo tempo! Allora, quella donna si comporta come se stesse proteggendo i suoi cuccioli o qualcosa del genere...» A Matt sfuggì lo sguardo di riconoscimento sulla faccia di Boris. «Reagisco e inizio a sparare anche a lei, il che, purtroppo, è stato uno spreco. Amico, era uno schianto.»

Matt sembrò non accorgersi che Boris era già uscito, dirigendosi verso l'autobus. L'ipotesi di Boris fu confermata ancora prima di salire.

Quelle persone avevano avuto a che fare con dei mannari.

Non solo uno, ma molti. «Idioti», brontolò sottovoce. Si voltò per vedere cosa stava succedendo intorno a lui. Birk e Patty stavano finendo alla tromba delle scale, srotolando la corda in preparazione per far crollare l'ingresso dall'alto e brontolando sull'opportunità di chiamare loro stessi la Polizia. Erano sorpresi che nessuno parlasse dell'evento su tutta la radio della Polizia. Matt stava ancora parlando come se Boris gli fosse vicino.

Evidentemente, gli antidolorifici avevano fatto effetto.

Boris salì sull'autobus e notò molte facce arrabbiate rivolte verso di lui. Sì, alcuni erano spaventati, ma non così tanti come si sarebbe aspettato. Inspirò profondamente e trovò un altro odore che non si aspettava di incontrare.

Vampiro.

Cosa diavolo stava succedendo? Era rimasto troppo a lungo in Siberia per capire i cambiamenti nel mondo più grande?

«Sai, questa storia non andrà bene per te quando Bethany Anne lo verrà a sapere», disse un'adolescente a Boris da metà autobus.

«E come ti chiami, signorina?» chiese Boris.

«Tina», dichiarò lei con freddezza, sfidandolo a confutarla.

«E cosa ti aspetti che faccia Bethany Anne in questo caso?» chiese Boris, interessato alla sua risposta. Aveva già deciso che avrebbe protetto quei piccoli. Sperava che anche i tre adulti se la cavassero bene, ma non erano la sua priorità.

«A qualunque costo, lei non abbandona mai i suoi», gli disse la ragazza. «O verrà lei o lo faranno i Figli della Regina.»

«O Michael», aggiunse il ragazzo, più discutendo con sua sorella che parlando con Boris. «Se Bethany Anne non ce la fa, scommetto che chiama Michael.»

Boris considerò il commento del ragazzo. L'odore di mannari e vampiri era ancora più forte ora che era fisicamente sull'autobus. «E Michael ha un nome?» Boris chiese ai due ragazzi.

«Certo. È Michael.» La ragazza lo fulminò con lo sguardo.

«No, un cognome», rispose Boris, la sua pazienza si stava esaurendo.

«No», intervenne il ragazzo. «Non ce l'ha.» Allora il ragazzo si voltò e guardò Boris.

«Non è vero», ribatté sua sorella. «La mamma ha detto che era Knight o qualcosa del genere.»

«Vuoi dire "Nacht"?» chiese Boris.

«Sì, è quello che ha detto», concordò lei. Todd diede una gomitata a sua sorella, che gliela restituì con forza.

Boris annuì, poi si girò, camminò verso la parte anteriore e scese sull'asfalto. Poi si sedette sui gradini dell'autobus, usandoli come sedia.

Era Boris contro quei mercenari ben addestrati e molto concentrati. Dietro di lui c'era un autobus pieno di bambini che apparentemente conoscevano Michael. Perché non gridassero per la paura di Michael era sconcertante, ma non aveva importanza. Boris era in debito con l'Arcangelo, e che fosse della settimana scorsa o di secoli prima, Boris se lo ricordava. A costo di morire, Boris avrebbe pagato il suo debito.

Se Boris fosse morto, sperava solo che Michael avrebbe sostenuto la sua città in qualche modo. Lì c'era brava gente. Se troppi di quei bambini fossero morti e Michael non avesse saputo che Boris aveva cercato di salvarli, la città e le persone che aveva protetto per generazioni avrebbero potuto essere cancellate dalla mappa. Perché quando Michael avrebbe finito, non sarebbe rimasta un'anima viva.

«Michael, sono a tremila metri sopra il tetto dell'edificio in cui si trova l'autobus», annunciò ADAM attraverso l'altoparlante della capsula.

«ADAM, mostrami i tetti ed evidenzia quello con l'autobus.» Michael visualizzò l'immagine sullo schermo di fronte a lui. «Per favore, ingrandisci. Non riesco a distinguerli con queste dimensioni.» I tetti si fecero distinti, e Michael fu in grado di capire alcune caratteristiche uniche. «Allora, il tetto che mostri in giallo è l'edificio?»

«Sì», rispose ADAM.

«D'accordo, allora apri il portello », ordinò Michael.

A tremila metri sopra la città, il portello della capsula si aprì e Michael scivolò fuori come foschia. Il portello di richiuse.

Michael sfrecciò il più veloce possibile verso il tetto e poi giù per il lato dell'edificio verso il suolo. Arrivato, girò intorno all'edificio fino a trovare l'entrata del garage e scese le rampe fino ad arrivare ad un punto con una grande porta d'acciaio che la copriva. Scivolò attraverso una fessura e iniziò a girare intorno all'interno cavernoso.

C'erano altri sette uomini nel posto, tutti con armi pesanti oltre a Boris, che era la sua stessa arma vivente. Due uomini stavano bisticciando sul fatto che la mancanza di attività della Polizia fino a quel momento era un cattivo segno.

Michael notò i fili e andò nella tromba delle scale per vedere gli esplosivi. Tornò solido e tagliò i fili, poi, scivolando di nuovo nella foschia, ritornò nel garage.

Boris, chiamò Michael.

Michael, rispose Boris nella sua mente.

Non sembri sorpreso di sentirmi.

Hai un fan club.

Davvero?

Boris inviò una risatina mentale. *Sì, c'è un giovane maschio sull'autobus che ti sostiene, anche se credo che sua sorella sia più una fan di Bethany Anne.*

Ah, probabilmente sono Tina e Todd.

Sei cambiato, Michael. Non mi sarei aspettato che tu sapessi molto di bambini umani.

Sì, sono cambiato. Spero in meglio. La vita è bella quando non vedi l'ora di svegliarti con qualcuno.

Hai trovato l'amore, Michael? La sorpresa nella voce mentale di Boris lo divertì.

Sì, che tu ci creda o no, vecchio orso, ho trovato l'amore. Una pausa, poi Michael continuò, *presumo che dal momento che sei seduto su quell'autobus che nessuno passerà?*

Da, nessuno passerà, Michael. A meno che io non sia morto.

È quello che ho detto a quelli della base: che avevo già il mio sostegno all'interno.

Come sapevi che ero qui?

Era su una videocassetta.

Alla faccia della sicurezza operativa. La voce mentale di Boris aveva una nota di fastidio. *Infastidisce il professionista che è in me.*

Bene, presto quell'individuo non farà altri errori.

Stanno cercando di attaccare la vostra base. Questa doveva essere una finta per prendere la base alla sprovvista.

Non hanno mai pensato di fare del male ai bambini?

C'è bisogno di chiederlo? Boris sembrava offeso.

Boris, sei noto per fare quasi tutto per le persone che ami in Siberia, lo rimproverò Michael.

Circostanze attenuanti. La vita è piena di grigio. Ma, d'altro canto, sto parlando con un vampiro che vede solo in bianco e nero.

No, non più. Adesso? Adesso vedo a colori.

Deve essere incredibile per cambiarti così, Patriarca.

Sì, lo è, concordò Michael.

Come vuoi giocare?

Oh, dovevi proprio *dire "giocare", Boris...*

Dirò alle persone sull'autobus di scendere.

Dovrebbero nascondere gli occhi, sì, confermò Michael.

Pochi secondi dopo si udì il primo urlo di dolore.

«Che diavolo!» Birk si voltò verso Gunther. Si stava afferrando lo stomaco, cercando senza successo di trattenere le budella attraverso i massicci tagli sull'addome. Birk guardò alla sua sinistra e vide a malapena la seconda figura accanto a Eli, quando il suo breve urlo fu interrotto da un gorgoglio mentre si afferrava la gola, cercando senza successo di impedire al sangue di sgorgare mentre cadeva in ginocchio, per poi crollare a terra.

La figura era sparita.

Ci fu uno sparo da dietro Birk, il rimbalzo sembrò mancarlo di pochi centimetri. Birk capì che lo sparo proveniva da Matt, i cui occhi erano spalancati ma privi di messa a fuoco.

Medicine maledette!

«Merda, Matt!» urlò Birk mentre si avviava verso l'autobus. «Non sparare alla tua stessa squadra, cazzo!»

Un altro urlo da dietro di lui. Matt non avrebbe più sparato a nessuno.

Terrence stava gridando: «Vieni a prenderne un po'!» mentre il suo fucile sparava. Il suo discorso esuberante fu interrotto a metà da un urlo.

Birk vide Boris in piedi davanti all'autobus, con le braccia aperte e lo sguardo fisso su di lui. Alzò il fucile e urlò a Boris: «So che abbiamo detto niente bambini, Boris, ma se devono essere i bambini o io? Be', la vita fa schifo per loro!». Birk sentì due colpi di pistola, che colpirono il grosso russo. Guardò alla sua sinistra e vide Patty che correva verso l'autobus a sua volta.

A quanto pareva, Patty non era in vena di negoziare in quel momento.

Se Birk non si fosse voltato in tempo, si sarebbe perso lo spettacolo più incredibile della sua vita. Un attimo prima c'era un enorme russo che sanguinava per due ferite d'arma da fuoco, l'attimo dopo un orso alto tre metri ruggiva la sua sfida ai due uomini. Birk sbandò fino a fermarsi e mise il fucile in posizione. Premette il grilletto due volte in rapida successione e i proiettili urlarono verso l'orso prima che il fucile gli venisse strappato dalle mani. Si voltò e vide la Morte che lo fissava da un metro di distanza.

«Tu! Tu sei solo il... il...» sputò Birk prima che il dolore gli squarciasse il petto.

«Sì», rispose l'uomo dagli occhi rossi. «Che c'è, anche tu pensavi che fossi solo un toyboy?» Sorrise. «Ah, ci hai creduto. Credimi, Bethany Anne non avrebbe mai accettato un appuntamento con te.» Birk non poteva provare più dolore di quello che già soffriva, così quando Michael gli schiacciò il cuore con la mano, non fece molta differenza prima che i suoi occhi si chiudessero per l'ultima volta.

Patty vide due corpi che fuggivano dal passaggio laterale. Quei cazzo di Mansel e Hans erano scappati. Le sue pistole non avrebbero fatto nulla a quel fottuto orso. Cercando di superare la paura che aveva provato guardando un uomo trasformarsi in un orso, si diresse verso il tavolo per afferrare il controller dell'esplosivo quando sentì due urla nel pozzo di uscita.

A proposito di Mansel e Hans. Patty sentì l'orso arrivare alle sue spalle e si voltò di scatto, alzando la pistola, solo per vedersela strappare di mano. Patty urlò mentre la sua mano veniva fatta a pezzi da artigli di dodici centimetri.

«Boris», una voce colta parlò da dietro Patty. Era così concentrato sull'orso di fronte a lui che Patty non riuscì a vedere chi c'era dietro. «Non lasciare troppi indizi.»

Patty passò dal guardare un orso di mezza tonnellata a guardare il volto di un russo arrabbiato che ringhiava rivolto a qualcuno alle sue spalle: «Michael, i proiettili non saranno d'argento, ma fanno comunque un male cane!»

«Forse, amico, ma dobbiamo andare.» Michael si avvicinò al mercenario, che si teneva la mano sanguinante, e con disinvoltura fece scivolare fuori il braccio, staccando a metà la testa di Patty dalle spalle. L'espressione di sorpresa sul suo volto era completa, mentre il corpo crollava a terra. «Dobbiamo tornare alla base», ripeté Michael.

Michael mandò un messaggio mentale ai tre adulti sull'autobus. *Tenete tutti giù. C'è sangue ovunque. Darryl e Scott saranno qui tra poco.*

Mandò dei sentimenti calmanti a tutti quelli sull'autobus. Non aveva il tempo di fare molto, ma avrebbe dovuto aiutare, ed era il massimo che poteva fare per loro in quel momento.

Michael prese Boris nella sua foschia e se ne andò, risalendo verso il la sua capsula.

PER FORTUNA, la capsula di Darryl e Scott era vicina. Michael non aveva considerato la difficoltà di come comunicare con ADAM quando non poteva manifestarsi fisicamente, e le capsule erano troppo a tenuta d'aria per poterci entrare. Darryl trasmise la richiesta di Michael di aprire la capsula e di inclinarla leggermente all'indietro in modo che Boris non cadesse fuori.

Michael riuscì a far entrare Boris all'interno e ad afferrarlo abbastanza in fretta per farlo sedere sull'altro sedile mentre le porte si chiudevano. La capsula si capovolse nell'aria e sfrecciò in direzione della base.

«Base, sono Michael. Qual è la situazione?»

«Una merda, come al solito», rispose Lance. «Siamo stati colpiti duramente, Michael.» Ci fu una pausa. «Ne abbiamo almeno dieci all'interno della base in questo momento, un numero sconosciuto all'esterno, sessanta nemici morti sul terreno, e un minimo di cinque morti dalla nostra parte. Inoltre, abbiamo ventiquattro dei nostri che hanno maledettamente bisogno di aiuto medico. Avremmo più morti se... Be', lo sai.»

«Altre informazioni?»

Boris parlò accanto a lui. «Hanno un pacchetto di munizioni di qualche tipo che dovrebbero portare alla base.»

«Chi è quello?» chiese Lance. «Ha detto un pacchetto di munizioni?»

«Sì», confermò Michael. «Era Boris. Non potevo lasciarlo lì, così l'ho portato. Sarà utile per l'attacco alla base.»

«Non ho mai detto...» iniziò Boris, negoziando il suo compenso per essersi buttato in quello scontro a fuoco quando lanciò uno sguardo agli occhi di Michael, «... che non avrei aiutato. Cosa vuoi che faccia?»

«Uccidere», rispose Michael.

«Non ti ha addestrato molto bene se ti piace ancora così tanto uccidere», osservò Boris.

«No, è qui che ti sbagli», rispose Michael. «È più che altro che io trattengo *lei*.»

Boris considerò la risposta di Michael. «Vuoi dire che è assetata di sangue come te?»

Michael scrollò le spalle. «Se è arrabbiata, di più.»

«Qualcuno ha appena aperto quello che gli americani chiamano un barattolo di merda su se stessi, credo», osservò Boris.

«Veramente», concordò Michael. «È un eufemismo.»

19

Cintura degli asteroidi, tra Marte e Giove

«Jeo, arriveremo sulla stazione entro quarantotto ore.»

«Mmh?» Jeo guardò dal suo progetto al muro. Aveva chiesto a Samantha di creare una donna digitale e aveva detto al programma di visualizzare la "testa parlante" sulla parete alla sua destra, ovunque stesse lavorando. La simulazione non era perfetta, ma gli permetteva di sentirsi un po' meno solo a volte.

Non si era reso conto di aver bisogno di interagire almeno un po' con le persone reali prima di assumere quell'incarico. Ormai aveva preso l'abitudine di cercare le persone sulla Stazione Spaziale per chiacchierare dopo aver smesso di lavorare.

L'equipaggio aveva adottato il Tempo Universale Coordinato (UTC), e ora avevano tre turni. Jeo lavorava quando ne aveva bisogno e come voleva, quindi ignorava i turni. Quando aveva finito di lavorare per un certo periodo, andava a cercare un po' di compagnia solo per parlare o "stare insieme separatamente". Quel concetto era ormai comune agli architetti quando progettavano edifici per più unità non familiari sulla Terra.

Jeo fu informato che un gruppo di persone più giovani ma intelligenti si sarebbe unito presto a lui. William gli disse che dalla sua esperienza, il solitamente riservato Jeo poteva essere considerato uno dei più estroversi. Bethany Anne aveva «catturato alcuni randagi incredibili» e prima che se ne accorgessero, erano stati trascinati nella sua orbita. Be', quasi tutti.

Una delle ragazze aveva colto l'occasione di chiedere a uno dei ragazzi di sposarla, dato che a quanto pareva non si poteva contare su di lui per fare la mossa. Lui aveva accettato, e avevano deciso di restare sulla Terra per crescere dei bambini.

«Abbiamo la prima risposta dalla Prospector?» chiese Jeo a Samantha.

Samantha rispose con un tono leggermente meno gelido della sua seconda scelta vocale. Jeo aveva deciso che qualcosa tra il clinico e lo "sciogliermi il cervello" era la soluzione migliore per la sua voce. «Sì, la sonda Prospector ha individuato diversi asteroidi che corrispondono alle nostre esigenze di dimensioni e al nostro potenziale fabbisogno di materie prime. È atterrata e ha estratto due campioni di nucleo, che dovrebbero essere analizzati entro le prossime sei ore. Inoltre, ha rilevato con il laser altri tre asteroidi che corrispondono alle caratteristiche che vogliamo. Questi cinque asteroidi vengono ora trasferiti dalle loro posizioni alle strutture temporanee di estrazione e fabbricazione in viaggio.»

«Perfetto», mormorò Jeo. «E la squadra?»

«Finora, non ci sono preoccupazioni segnalate da Bandile Annane e dai quattordici membri della sua squadra. Hanno superato entrambi i corsi di sicurezza e sanno come usare l'attrezzatura. Lasceranno le strutture di addestramento entro ventiquattr'ore per dirigersi verso il Complesso Estrazione 01.»

«Samantha, per favore modifica il nome Complesso Estrazione Zero Uno in "CE01".»

«Capito, Jeo.»

Jeo guardò il secondo orologio che aveva sul muro. Era un timer che faceva il conto alla rovescia per quando sarebbe stato il suo turno di uscire.

Gli mancavano meno di ventiquattro ore.

Fuori dalla base RDS, CO, USA

«Non sta andando bene, signore» riferì il capitano Julien Karet al telefono. «Non sono così deboli come ci aspettavamo, e a quanto pare non hanno coinvolto la Polizia nel dirottamento dei bambini.»

Al momento, Julien Karet si trovava in una delle solite situazioni di merda. Quella che avrebbe dovuto essere una semplice operazione era peggiorata esponenzialmente e ora non aveva idea di come tirare fuori i suoi uomini. Il fatto che non ci fossero molti poliziotti e media coinvolti lo sorprendeva. Giocava a suo favore, dato che non doveva preoccuparsi che qualcuno trovasse la sua squadra lì, ma non gli piaceva nemmeno quello che gli suggeriva. L'altra parte non voleva che la polizia fosse coinvolta nella lotta contro il suo gruppo.

Sarebbero stati solo loro.

Julien continuò a parlare al telefono. «No, il pacco non è ancora all'interno della base. Sì, alcuni dei droni con tecnologia di comunicazione sono stati lasciati abbastanza vicini da poter avanzare da soli. Noi siamo...»

Il capitano Karet digrignò i denti. «Signore, è improbabile che questo crei abbastanza confusione all'interno della base per aiutare a nascondere gli estrattori di dati, ma ucciderà tutti i miei uomini nelle vicinanze. L'area colpita è ancora a centinaia di metri all'aperto.»

«Sì, signore», disse. «Stiamo continuando a controllare la posizione del pacco, e lo faremo detonare manualmente se sarà ritenuto necessario. *Zàijiàn.*» Riattaccò il telefono satellitare.

Julien commentò al suo secondo. «Dannati commercialisti. Peggio dei comunisti. Vendono il "pezzo di torta" ai nostri capi, che poi ci usano per attuare lo sfacelo.»

«Odio dirlo, signore, ma ci sono troppi corpi nella base. Non saremo in grado di sterilizzare», rispose Kathen, il suo secondo.

Julien scrollò le spalle. «Non ci sono abbastanza dati per risalire a noi. Ci sono troppi mercenari nella mischia. Se dovessero ottenere qualche informazione da quelli dell'Op 1, non fornirà un bersaglio, solo gli strumenti.»

Si avvicinò e guardò la piccola valle che stavano usando per condurre le operazioni avanzate. Era schermata a sufficienza perché la detonazione non li colpisse. Se i suoi uomini fossero riusciti a portare quella maledetta cosa sulla base, a prendere quelli che erano ancora vivi, e a ripiegare per almeno un chilometro, avrebbero potuto farla saltare e andarsene da lì. Dato che la bomba doveva trovarsi all'interno della montagna, quella era la distanza massima a cui potevano arrivare ed essere ancora completamente sicuri di poter inviare un segnale manuale di detonazione.

Non avrebbe voluto essere nella squadra che portava quel figlio di puttana.

20

<u>Turchia</u>

«Mia Regina.» Akio si avvicinò a Bethany Anne, che si stava assicurando che ogni testa fosse stata tagliata. «Cosa vorresti che facessimo con le armi?»

Lei alzò lo sguardo e rifletté sulla domanda. Aveva considerato e scartato l'idea di metterle in una macchina e spostarla abbastanza lontano da farli cadere in un grande lago o qualcosa del genere. Poteva solo immaginare i giornalisti che parlavano di una "macchina magica", o qualsiasi cosa i social media potessero dire al riguardo.

«Mettetele sui corpi. ADAM contatterà le autorità locali di cui ci si può fidare. Dobbiamo sperare che arrivino prima. Forse con le armi sui corpi, causerà ancora più problemi ai terroristi.»

>>Bethany Anne, dalla *Polarus* stanno comunicando che una grande nave d'attacco si sta avvicinando, seguita da vicino da tre navi di supporto e da quella che sembra una nave di comando che resta più indietro. Il capitano

Thomas sta posizionando la *Ad Aeternitatem* e la *Polarus* per bloccare l'accesso alla *Consanesco*. Sospetta un'azione nemica.<<

«*Gott Verdammt!*» sbottò lei. «Akio, fai in fretta. Dobbiamo tornare alla *Ad Aeternitatem*.»

>>Notizie da tuo padre. Dice che Darryl e Scott sono con i bambini. Nessuno di loro ha un graffio. Un membro della squadra è confermato morto. L'altro ferito era una Wechselbalg, quindi potrebbe essere viva, ma è stata lasciata per morta dove l'autobus è stato dirottato. C'è una squadra in viaggio per recuperare i bambini e fornire assistenza se possibile.<<

«Grazie, ADAM», mormorò Bethany Anne. Fece un fischio ad Ashur, che accorse. Aveva le mascelle insanguinate. «Vedo che hai avuto i tuoi morsi.» Il suo Black Eagle scese, e lei sollevò Ashur e lo lasciò cadere nella parte posteriore. «Ehi!» Il cane la guardò. «Tieni il sangue lontano dai sedili o lo pulirai tu!» Lui le sbuffò contro.

«Non mi interessa che tu non abbia i pollici opponibili. Non fare casino!», ribatté lei.

John sgranò gli occhi alla disinvolta dimostrazione di comprensione tra i due. Si guardò ancora una volta intorno, aspettò che Bethany Anne entrasse nella sua capsula e seguì le sue azioni.

Ben presto, le dieci capsule sparirono. Avevano lasciato più indizi di quanti ne volesse, ma il tempo era più importante della confusione in quel momento.

Giù nella sala macchine della *Polarus*, l'altoparlante si attivò: «Rodriquez, sono il capitano Thomas.»

L'ingegnere capo John E. Rodriquez premette il pulsante

dell'altoparlante. «Qui Rodriquez, capitano. Di cosa hai bisogno?»

«Per favore, assicurati che il nostro secondo set di motori sia pronto, e comunica con la navigazione e la struttura superiore per portarci fuori dalle corsie di navigazione aerea se e quando andiamo», chiese il capitano Thomas.

«Sarà fatto, capitano. Discuteremo e confermeremo con la navigazione e la struttura superiore per eseguire», rispose Rodriquez.

«Credi che ce la faremo?» chiese Barry, il suo secondo, a John dalla scrivania accanto a lui.

La sala macchine della *Polarus* era più commerciale di quella a cui Rodriquez era abituato sulle navi della Marina. Aveva fatto in modo di fornire protezioni aggiuntive e assicurarsi che tutto fosse in un posto che potesse essere legato nel caso di un movimento brusco. Aveva confermato che l'ingegnere capo della *Ad Aeternitatem* aveva fatto gli stessi aggiornamenti, e il suo contributo era stato richiesto per la *Consanesco* durante l'allestimento della nave.

«È possibile», gli disse John. «Se questo è un attacco legittimo o un tentativo di abbordaggio, credo che li metteremo molto di più alla prova.»

«Be', se lo faremo, avremo un sacco di super-ricchi che vorranno i nostri aggiornamenti!» ridacchiò Barry.

La *Consanesco* era abbastanza vicina alla *Polarus* e alla *Ad Aeternitatem* perché Mark Billingsly e Sia potessero vedere la gente che correva sul ponte nella prima luce e sentire il suono delle sirene che rotolava sull'acqua verso di loro.

«Sia, lo stai riprendendo?» chiese Mark, senza distogliere lo sguardo dai due superyacht. Sentì una mano battergli sulla spalla sinistra, così si voltò e vide Sia con la telecamera sulla spalla. «Cosa vedi?» chiese.

«Stanno togliendo le coperture da alcune di quelle strutture più alte. Mark, quelli sono cannoni!» esclamò.

«Cosa?» Mark fece un passo dietro Sia, che ha tirò fuori il piccolo schermo di quattro pollici che avrebbe mostrato a Mark ciò che vedeva lei.

«Maledizione, questa è la precisione da Marina», si meravigliò Mark. Alzò lo sguardo. «C'è qualcosa che viene verso di noi da sud-ovest.»

«Come fai a dirlo?» chiese Sia, senza spostare la telecamera da ciò che stava filmando sulla *Polarus*.

«Perché la *Ad Aeternitatem* ha virato con forza e si sta mettendo tra noi e qualcosa in quella direzione. La *Polarus* si è mossa un po', ma non molto. Scommetto che sanno che qualcosa di brutto sta arrivando da quella direzione.» Indicò per farle capire. «Inoltre, un paio di velieri che accompagnano quelle navi si stanno allontanando e si stanno avvicinando a noi adesso.»

«Però, davvero amici affidabili», ribatté Sia.

PETER SILVERS FINÌ DI VESTIRSI. Indossava una protezione balistica completa quando Todd gli diede una pacca sulla spalla e gli disse: «Ricorda, niente pellicce oggi. Troppi testimoni.»

«Perché non li lasciamo semplicemente cadere?» Peter chiese a Todd. «Sembra più facile.»

«Troppe poche prove», rispose Todd. «Siamo in acque internazionali, ma questo non ci autorizza a sparare a chiunque finché non dimostri su nastro di essere uno stronzo.»

Peter estrasse le due pistole a rotaia molto più grandi che lui e gli altri Wechselbalg della squadra portavano. Avevano abbastanza potenza per lanciare dalle loro canne proiettili specifici di penetrazione calibro .50 a più di duemila joule. Si trattava di circa duemila Nm (Newton per metro), meglio di una .44 Magnum ed equivalente a una .50 American Eagle. Non era la più potente. Quella sarebbe stata la 500 S&W Magnum, con 3.500 Nm. La Smith & Wesson voleva l'etichetta di "pistola più potente del mondo" e stava lottando duramente per mantenerla.

Le loro pistole a rotaia avevano comunque una capacità di venticinque colpi, perché non avevano bisogno di una cartuccia per sparare. Ciò forniva diciotto colpi in più rispetto alla .50 AE.

«Ricordati solo», disse Todd a Peter, «di non sparare alla nave con quel cannone.»

«I ponti sono stati rinforzati», rispose Peter. «Ne ho parlato io stesso con Jean Dukes.»

«Sì, ma non voglio comunque correre in giro sperando che le piastre d'acciaio fermino i proiettili di una di quelle bestie.»

«Capo, abbiamo delle telecamere addosso», sentì Jean Dukes mentre guardava attraverso il suo binocolo.

«Va bene così. Ordini del capitano: dobbiamo sembrare impressionanti e vedere se si tirano indietro. Il gatto è comunque fuori dal sacco. Siamo stati attaccati negli Stati Uniti e hanno usato i cannoni a rotaia per ridurre l'attacco in modo maledettamente netto, quindi mostrare loro qualcosa di queste due non sorprenderà nessuno ora.»

«Non farà altro che far desiderare ancora di più le nostre corse», sostenne lui.

Jean si tolse il binocolo dal viso e si rivolse al suo uomo, sfoggiando un sorriso vizioso. «Sai quando potranno avere queste barche? Quando le strapperanno dalle mie mani fredde e morte che reggono le pistole.»

Lui le restituì il sorriso mentre lei tornava a guardare nel binocolo.

«Capitano, il Comando dice che Bethany Anne sta tornando qui a rotta di collo, ma non sarà qui per il primo ballo. Se non lasciamo indietro queste altre barche, dobbiamo restare a combattere.»

«Anche se dubito che i nostri visitatori siano pirati», rispose il capitano Thomas, «non voglio lasciare indietro le imbarcazioni civili. Preparatevi a respingere gli abbordatori. Lasciate che la prima aggressione verificabile venga dalla loro parte, e poi faremo cadere le loro barche nel buio profondo, in base alla necessità. Confermate che il capitano Wagner sta impartendo gli stessi comandi.»

«E la loro nave principale, signore?»

«Tieni la porta chiusa ai tentativi di atterraggio su una qualsiasi delle nostre navi. Se qualcuno tenta di attaccare la *Consanesco*, sbattetelo fuori. Bethany Anne si occuperà della nave principale.»

«Sì, signore!» Lo specialista si voltò indietro per trasmettere i comandi.

Il capitano Thomas parlò nell'interfono. «Difesa, rilasciate lo scudo di difesa Puck da un etto.»

«Agli ordini, Skipper», rispose la voce di Dukes.

Stazione Spaziale Uno

«Jeo, ho esaminato le richieste di Dan e Jeffrey.» La voce di Samantha riempì la suite di Jeo mentre faceva i bagagli.

«Bene, di cosa hanno bisogno?»

«Abbiamo bisogno di costruire la produzione e la difesa. Il problema è la tempistica.»

«Fammi indovinare: vogliono tutto ieri?» chiese Jeo, divertito. La sua capacità di mettere in moto il processo con le piattaforme minerarie era stata salutata con entusiasmo, ma poi aveva scoperto che i suoi sorprendenti risultati erano ormai la nuova normalità.

«No, ma entro settantadue giorni», rispose Samantha.

«Mmh, che hanno in mente?» chiese Jeo mentre infilava i calzini nella borsa. «Samantha, mostra il nostro attuale programma di produzione sulla parete tre e i requisiti proposti accanto a esso.» I due diagrammi di Gantt della programmazione comparvero uno accanto all'altro, e Jeo si avvicinò per osservarli.

«Quindi, devo togliere da... Aspetta un attimo.» Jeo studiò il progetto proposto. «Samantha, cosa sono i "Distruttori Puck"?»

«Sono container da venti piedi modificati che ospitano forti armi difensive e offensive con puck che vanno da uno a quattro chilogrammi. Sono unità senza equipaggio.»

«E questi Vettori da Battaglia Puck?»

«Quelle sono unità militari composte da ventisette container lunghi quaranta piedi. Il container al centro è una IE completa; le unità circostanti contengono puck da uno a venti chilogrammi di peso.»

Jeo si accigliò per il termine sconosciuto. «Mi dispiace, mi sono perso il promemoria sulle "IE".»

«Intelligenza Elettronica. TOM ha coniato la frase per qualsiasi unità IA costruita da ADAM», rispose Samantha.

«Perché non chiamarle semplicemente IA?», chiese.

«C'è una differenziazione tra una IA e una IE. Le IA sono designate come autocoscienti, ma le IE sono costrette a occuparsi di compiti specifici, permettendo che una parte significativa della loro potenza di calcolo sia concentrata solo su quei particolari compiti.»

«Le renderebbe maledettamente concentrate sul loro ruolo,

è vero», pensò Jeo ad alta voce. «Quanta potenza di calcolo c'è in un vettore da battaglia? chiese Jeo.

«Mi dispiace, ma questa informazione non è disponibile in questo momento», rispose Samantha.

«Be', mi piacerebbe saperlo, ma non c'è motivo perché lo sappia.»

Si sedette sul letto e fissò di nuovo i due progetti. «Così hanno preso qualcosa di cui abbiamo molto e hanno creato delle piattaforme difensive temporanee usando dei puck. Pesi e velocità diversi forniranno diverse abilità offensive e difensive. Dato che siamo qui fuori in mezzo all'aria, non dobbiamo preoccuparci del vento e dell'aerodinamica. Mi chiedo se possono usare le rocce? Oh, merda. Non possiamo impacchettarle in modo efficiente a meno che non siano fabbricate in un certo modo.»

Jeo si alzò e andò nel suo piccolo bagno. «Samantha?», disse. «Porta gli schemi dei disegni dei puck che vanno sul distruttore, per favore.»

Uscì dal bagno e restò in piedi a lavarsi i denti mentre guardava tre modelli: un cono, una palla e un puck, il design standard del puck da hockey. Il cono aveva la punta smerigliata, probabilmente per facilitare l'impilamento.

Jeo considerò ciò che doveva costruire e tornò in bagno per sputare il dentifricio.

«Samantha, parla con ADAM e vedi se possiamo procurarci i primi centomila di ogni design con i mezzi che abbiamo. Fornisci l'opzione di scambiare due volte la materia prima per il prodotto finito, se opportuno, e anche una piccola quantità d'oro. Inizia con il cinque per cento della spesa totale sull'ordine di acquisto. Indirizza la revisione di ADAM attraverso Jeffrey per avere il suo input e riferisci.»

«Capito, Jeo.»

Guardò il suo programma di lavoro. «Togli due settimane

dal piano del programma esistente, supponendo che questa idea funzioni.»

Gironzolò nella sua stanza per un quarto d'ora, cercando di decidere se voleva portare qualcos'altro nella fascia degli asteroidi o no, quando Samantha parlò di nuovo. «Jeo, Jeffrey sta chiamando.»

«Per favore, sposta i due programmi in basso e metti il suo video in alto», disse Jeo a Samantha e si voltò di nuovo verso il muro.

Il volto di Jeffrey apparve sopra i progetti sul muro di Jeo, e si guardò intorno nella stanza di Jeo prima di sorridere. «Vedo che hai quasi fatto i bagagli. Pronto ad andare nei campi di asteroidi?»

Jeo alzò le spalle. «A essere onesti, questo muoversi nello spazio è così... elementare ora che sembra un viaggio speciale, ma non unico. Ha senso?»

«Capisco. È incredibile quanto in fretta ci si abitui a ciò che prima era considerato impossibile.» Jeffrey guardò di lato, fece un cenno a qualcuno fuori dallo schermo e tornò da lui. «Allora, ho questo rapporto di ADAM. Non è una cattiva idea, ma perché lo richiedi?»

«È il programma che volete. Immagino che i puck offensivi e difensivi siano abbastanza generici. È solo quando si aggiungono i motori gravitazionali che diventano così maledettamente distruttivi. Se possiamo comprare le parti esistenti o farle produrre subito, possiamo avere qualcosa di disponibile in tempi più brevi.»

Jeo fece una pausa per un momento, poi continuò: «È stato l'uso dei contenitori come piattaforme difensive e offensive che mi ha fatto pensare a questo. Stiamo solo rappezzando questa fase della nostra difesa, giusto? Quindi non credevo che dovessimo avere una produzione pura di asteroidi solo per essere pronti prima.»

«Perché stai fornendo il doppio delle materie prime e

dell'oro?» chiese Jeffrey. «Credo di capire, ma assicuriamoci che non stia tirando a indovinare.»

«In nero», rispose Jeo. «Niente di cui abbiamo bisogno è molto complicato, quindi possiamo andare in paesi a bassa tecnologia ma con una solida capacità produttiva e commerciare invece di spendere contanti. Saremo ricchi di materie prime ma poveri di contanti se non capiamo qualcosa sulle banche. Abbiamo bisogno di creare partenariati dove possiamo vendere un po' di questa roba senza troppa fanfara.»

«Va bene, Bobcat vince il piatto, e posso dire che sei un subdolo figlio di puttana. Sono contento che tu sia nella nostra squadra», concluse Jeffrey.

«Anch'io sono contento di essere qui. Ora, se tu potessi rendere un po' più facile incontrare le persone, potremmo fare qualcosa», aggiunse Jeo.

«Sì, be', penso che apprezzerai gli alloggi dell'equipaggio della NRS che saranno presto sulla stazione. Non metterti troppo comodo sulla *Hephaestus*, visto che non ci resterai a lungo.»

«Oh? Cosa puoi dirmi degli alloggi dell'equipaggio?» chiese Jeo, sorpreso che un'altra nave si stesse unendo a loro.

«Non c'è ancora molto di buono, ma penso che ti piaceranno. Il tuo progetto è approvato, ma assicurati di avere i metalli da scambiare con i nostri fornitori, d'accordo?» disse Jeffrey a Jeo.

«Lo farò. *Ciao!*» Jeo mantenne il suo sorriso finché Jeffrey non chiuse il collegamento.

«Samantha, lascia perdere entrambi i piani del progetto e tira fuori i disegni della stazione di produzione.» Un wireframe 3-D della stazione fu proiettato sulla parete. «Sai una cosa... visualizzalo olograficamente.»

Jeo si voltò per guardare il progetto CE01 su cui stava lavorando, utilizzando travi strutturate prodotte in loco. «Samantha, vediamo cosa possiamo procurarci e infilare in quei container da quaranta piedi invece di costruire noi stessi i componenti. Vogliamo solo componenti di qualità da Paesi più piccoli le cui valute sono deboli rispetto al dollaro americano.» Fece girare il modello con le mani e poi allargò le braccia, aumentando i dettagli e le dimensioni. Dopo trenta minuti, chiese a Samantha: «Puoi mettere in linea William?»

«Purtroppo no. Sembra che la *Polarus* sia sotto attacco, quindi non ci è permesso comunicare in questo momento.»

Jeo si voltò di nuovo verso il muro. «Connettiti al Satellite 221 e visualizza.» Non vide altro che bianco. «Merda! Nuvole.»

Si lasciò cadere sul letto. «Ragazzi, spero che la superiate bene», mormorò.

21

———

<u>**Fuori dalla base RDS, Colorado, USA**</u>

Il sole del pomeriggio stava calando mentre Michael e Boris sfrecciavano verso la base. «Lance, arriveremo tra venti secondi.»

«Michael, puoi occuparti del gruppo che è ancora fuori? Eric è stato colpito tre volte, ma lui e i Guardiani all'interno sono ancora bloccati. Non possono avanzare di più, ma in questo momento non abbiamo nulla a disposizione per la risposta esterna senza aprire altri buchi all'interno. Kevin dice che preferirebbe non farlo», rispose Lance.

«Capito, Lance», replicò Michael.

«Attacchiamo come persone o no?» chiese Boris.

Il sorriso di Micheal iniziò a prendere forma sul suo viso.

Boris s'incupì. «Oh, oh. Stai sorridendo, non credo che mi divertirò molto.»

«Oh, credimi, ti piacerà, vecchio amico. Molto. Devi solo aspettare. ADAM, portaci a trecento metri, poi apri le porte», ordinò Michael.

«*Čto*?!» Boris si voltò allarmato verso Michael. «Mi stai portando giù? Perché non vedo alcun paracadute nella capsula.»

«Ti lascerò cadere a pochi metri dentro l'entrata principale. Tu ti trasformi in un orso e attacchi quelli dentro alle loro spalle. Io prenderò quelli all'esterno.» Michael sorrise. «Sarà divertente, te lo prometto!»

«Questo perché i proiettili non ti colpiscono quando sei scomparso, non è così?» chiese Boris.

«È vero, non mi colpiscono», ammise Michael. «Ma se sono abbastanza veloci e mi prendono mentre sono ancora solido, fanno comunque male.»

Boris sorrise. «Bene. Non vorrei che fosse una passeggiata per te.»

GLI OCCHI del capitano Julien Karet lampeggiarono mentre ascoltava le chiacchiere del gruppo. «Che diavolo?» Si rivolse al suo secondo. «Stanno davvero dicendo che li sta attaccando un orso?» Il volto del sottoposto mostrò confusione, ma annuì in segno affermativo.

«Che diavolo ci fa un orso in una sparatoria?» chiese ad alta voce. «Come diavolo ci è finito un orso nella *mia* sparatoria?»

«Signore, abbiamo i primi dati dai droni spia.» Il capitano Julien si alzò per andare verso lo specialista.

«Perché tutti i pacchetti di dati in arrivo sono così piccoli?» chiese.

«Signore, stanno tornando vuoti. Tutte le comunicazioni wireless della base sono dirette su internet. Nessuna si aggancia ai sistemi interni della base», fu la sua risposta.

«È impossibile. C'è sempre uno scansafatiche all'interno che manda tutto a rotoli. O è così solo nelle aziende con cui ho lavorato io?» chiese ad alta voce.

Lo specialista rispose: «Non posso ancora dirlo. L'unica comunicazione che possiamo intercettare ora è internet generale. Cercheremo di localizzare un dispositivo che si connette sia all'esterno sia all'interno.»

«Almeno abbiamo lo spyware all'interno. Ora tutto quello che dobbiamo fare è farlo comunicare con l'esterno.» Sospirò e guardò verso la cima del crinale, considerando tutte le persone che erano state perse fino a quel momento. «Non voglio che tutto questo sia stato vano.»

«Generale?» disse Kevin dalla sua posizione nella Fossa.

«Mmh?» Lance alzò lo sguardo dalla sua lavagna.

«Sto ricevendo informazioni da Tom che la base emette brevi esplosioni criptate», gli disse Kevin. «Stiamo aspettando che la crittografia venga violata.»

«Be', questo spiega una parte della loro operazione. Inserire una sorta di tecnologia di spionaggio.» Ci pensò su. «Maledizione! Dovremo fare una pulizia della base dopo tutto questo.» Scosse la testa. «Se ci avessero dato un altro mese, non avrebbe avuto importanza. Saremmo stati in Australia.»

«Sì, ce ne saremmo andati», concordò Cheryl Lynn, «ma ora dobbiamo dimostrare che qui non c'è niente, in modo che nessuno attacchi quelli di noi che resteranno.» Era passata dall'essere inorridita dal fatto che i propri figli non fossero protetti nella base all'essere felice che fossero con Darryl e Scott.

Kevin stava masticando l'interno della bocca quando parlò con qualcuno su un canale alternativo e poi tornò. «Ho appena parlato con Stephanie, dice che l'uscita è disponibile se abbiamo bisogno di iniziare a spostare la gente in quella direzione.»

Lance considerò l'opzione di Stephanie, ma si rese conto

che trasferire le persone verso l'uscita avrebbe causato ulteriori problemi. «No, ma chiudi le porte antincendio. Non conosco il tipo di munizioni di cui ci ha avvertito l'amico di Michael.»

Kevin annuì e tornò a parlare con la sua capo ingegnere.

«Kevin?» La voce di Lance era dura. Kevin lo guardò. «Interrompi tutte le comunicazioni tranne le nostre sulla base. Nient'altro che eterico.» Kevin annuì e passò l'informazione all'IE della base.

ERIC DIEDE UN'OCCHIATA dietro l'angolo e si tirò indietro. Quella volta, nessun colpo arrivò nella sua direzione. Il gruppo aveva sentito un orso ruggire durante il minuto appena trascorso, ed Eric era stato informato che si trattava di "uno della loro squadra".

Eric guardò Gabrielle, che ricambiò il sorriso. Anche lei aveva tirato fuori le pistole. I due avevano ricevuto l'ordine di proteggere il corridoio e di non far passare nessuno. Eric era stato centrato da tre colpi prima di entrare nel corridoio. Uno al petto protetto, uno gli aveva sfiorato il braccio e l'altro lo aveva colpito alla spalla. Per fortuna, era passato da parte a parte e, anche se molto doloroso, la spalla funzionava bene di nuovo.

Gabrielle non era stata colpita nemmeno una volta. Maledizione, l'avrebbe preso per il culo per tutta la settimana.

Lui alzò un sopracciglio per chiedere se avrebbero dovuto guardare e lei mosse una mano come per dire: "Dopo di te". Eric fece un cenno per scartare la sua battuta. C'erano ordini da seguire e altri da ignorare. In quel momento, tenere quella zona per il Generale era un ordine a cui sentiva che avrebbero dovuto obbedire, non inseguendo la propria curiosità sul perché avessero un orso che ruggiva che scendeva lungo il corridoio verso di loro.

Dal suono degli spari, l'orso si stava avvicinando.

«MALEDIZIONE!» imprecò il capitano Julien. «Hanno bloccato tutte le comunicazioni.» Avrebbe voluto strapparsi le cuffie, buttarle a terra e calpestarle. Fissando di nuovo il crinale, tornò ai monitor che avevano installato nella loro tenda mimetizzata sotto gli alberi. Le batterie erano state una spina nel fianco, e se non avessero concluso qualcosa nei trenta minuti successivi, avrebbero dovuto scegliere se usare i generatori o procedere al buio.

Guardò la mappa che gli aveva dato l'input del campo e, cosa più importante, anche la posizione del pacco. In quel momento gli mostrava la posizione dei primi cinque corpi che erano caduti in una raffica di piccole schegge di metallo che avevano spaccato gli alberi. Avevano usato la tecnologia dei cannoni a rotaia per fare a pezzi i suoi uomini.

Era stata la prima indicazione che la base stava usando un sistema per il quale non era preparato. Aveva permesso ai suoi superiori di spingerlo a continuare l'operazione, un'altra pessima decisione dall'alto in quello che stava diventando un disastro di dimensioni monumentali.

Un raggio di luce in quella confusione era la posizione della loro squadra nella valle che sembrava essere fuori dalla zona del segnale bloccato.

«Maledizione!» esplose di nuovo, e nessuno fu in disaccordo con la sua frustrazione.

MICHAEL PENSÒ tra sé e sé: Bisognerebbe dire qualcosa sulla gioia che si prova quando si viene liberati per fare qualcosa in cui si sono affinate le proprie abilità per più di mille anni.

Con un urlo, un altro uomo morì. Le squadre d'attacco stavano iniziando a cedere. Le grida dei loro compagni che morivano in modo orribile stavano influenzando la loro decisione nel resistere e combattere. Le morti non erano causate da proiettili o bombe, ma a distanza ravvicinata e di persona. Gli uomini che soffocavano nel loro stesso sangue o le teste tagliate dai corpi atterravano accanto agli alleati lì vicino.

Il fumogeno che avevano usato per cercare di nascondersi dal fuoco difensivo stava ormai agendo contro di loro. La mancanza di visibilità significava che la fonte delle urla e la posizione dell'assassino erano un mistero terrificante.

Michael attaccò un gruppo di tre uomini che circondava un grande zaino. Ogni uomo era girato verso il centro, dove si trovava lo zaino. Un uomo aveva il braccio dietro di sé e lo toccava.

Quello fu il primo braccio che Michael tagliò.

Il secondo uomo morì quando quattro pugnali simili a dita gli tagliarono la faccia, lasciando la mascella appesa in una strana angolazione. Con l'ultimo gorgoglio del respiro morente, lo sguardo era fisso sull'uomo con gli occhi rossi e le zanne scintillanti.

L'attenzione di Michael si rivolse al terzo uomo, penetrando in fretta i suoi bulbi oculari con le armi che erano diventate le sue mani. Estrasse le dita dal cadavere per tagliare il collo del primo uomo ancora urlante. Il caldo schizzo di sangue dalla gola tagliata placò per sempre le grida per il braccio mancante.

«Ah, bei tempi», mormorò tra sé e sé, rivivendo mille anni di massacri in pochi istanti.

Ricomponendosi, Michael esaminò il pacchetto. Boris le aveva chiamate munizioni. Aprì lo zaino e i suoi occhi si spalancarono. Ogni adulto degli ultimi sessant'anni sapeva cosa significava quel simbolo giallo e nero.

Si trattava di una bomba radioattiva.

«Oh, merda», borbottò Michael, sforzandosi di trovare l'unica mente che sapeva potesse aiutarlo con quel problema.

Lance?

Michael?

Sì, sono fuori e abbiamo un problema.

Dimmi.

Credo di aver trovato la munizione. È in uno zaino che era circondato da tre uomini. Ha un simbolo radioattivo sopra.

Be', cazzo. Sarebbe una bomba atomica da zaino. Non può essere superiore a un paio di chilotoni, ma creerebbe un cazzo di caos qui e di sopra. Va bene, porteremo tutti più in profondità nella montagna.

Non posso permetterlo, Lance. Può esplodere in qualsiasi momento.

Puoi farla sparire?

No. Troppo metallo, quindi non posso farlo.

Trasportarla?

Senza problemi.

Perfetto, c'è una valle a circa un chilometro a sud da sud-ovest. Vai là, gettala dentro e vattene da lì. L'esplosione sarà concentrata nelle pareti della valle, e non c'è niente laggiù se non terra disabitata per trenta chilometri.

Michael si diede da fare, chiudendo lo zaino e tirandoselo sulle spalle.

Qui ci sono ancora circa dodici combattenti attivi.

Lascerò Gabrielle libera di cacciare. Si è lamentata con me per tutta la battaglia.

Sarà un buon terreno per uccidere. C'è troppo fumo per poter vedersi a vicenda.

Be', c'è troppo fumo anche per noi per vedere quello che hai visto tu.

Va bene, di' a Bethany Anne che tornerò.

Diglielo tu quando arriva, che ne dici?

Affare fatto.

Michael iniziò a correre verso sud, intorno agli edifici, e si arrampicò su un albero per lanciarsi oltre la recinzione difensiva del perimetro. Fece un atterraggio pesante e grugnì. La massa era ancora una rogna. Passò attraverso la boscaglia e intorno alle rocce. Mezzo chilometro più avanti attraversò la zona di un grande scontro a fuoco dove l'odore dei morti era forte.

Sia umani sia mannari.

Poteva sentire il peso dei suoi anni in quel momento. Le gioie e i dolori. Sapeva che il futuro sarebbe stato diverso e pensava che forse quel futuro sarebbe stato migliore senza di lui.

Senza di lui per mettere in dubbio la legittimità di Bethany Anne.

Poi, sorrise.

Perché anche allora, nel mezzo di quella corsa, si rese conto che poteva sentire il suo fiato lungo il collo e sul petto. Poteva essere preoccupato per quello che il futuro avrebbe portato a un uomo che combatteva i propri demoni, ma quello non significava che non avrebbe onorato la promessa che le aveva fatto.

Così raddoppiò lo sforzo. Girando l'angolo, si girò con violenza e una delle cinghie si ruppe. La mano si strinse in risposta, ma lo sbilanciò, e lui si voltò e ruzzolò giù per un breve terrapieno e si schiantò contro un albero che si trovava su un lato. Michael sputò mentre l'odore pungente della terra gli entrava nelle narici e la sabbia granulosa in bocca.

Si alzò, spostò la cinghia rimanente sul petto, afferrò quella rotta per fare leva e ricominciò a correre.

Non avrebbe fallito nel suo compito. Avrebbe messo al sicuro la base.

Riuscì a sentire l'odore della valle prima di vederla. Gli alberi e i cespugli che vivevano e respiravano nella piccola valle erano un po' diversi da quelli che stava attraversando.

~

«Signore!» Il capitano Julien si voltò e vide un puntino apparire all'improvviso vicino a loro. «La bomba viene da questa parte!»

«Cosa?» Julien spinse via un tavolino mentre si precipitava verso il display della mappa.

«Detonare!» Si girò verso il detonatore manuale, prese la chiave da una collana e la infilò nel comando manuale. Iniziò a inserire il codice a dodici cifre e si costrinse a procedere piano quanto bastava.

Michael sbucò dalla linea degli alberi e si strappò la bomba dalla schiena. A dieci metri dal bordo, si girò per guadagnare slancio e scivolò mentre lanciava lo zaino nella valle. Verificò che la bomba ce l'avrebbe fatta, tornò indietro verso la base e si trasformò in foschia.

Quando Michael si trasformò, la valle esplose in fiamme e fuoco.

22

___

Oceano Atlantico, trecentoventi chilometri a ovest della costa della Francia

L'ALTOPARLANTE SUONAVA in tutta la nave. «Attenzione a tutti i passeggeri, attenzione a tutti i passeggeri. La nave è sotto attacco, la nave è sotto attacco. Si prega di restare all'interno, si prega di restare all'interno.»

«Perché lasciano fuori *noi*?» chiese Sia a Mark mentre si affrettavano verso una posizione più consona per vedere la *Polarus* e la *Ad Aeternitatem*. La loro posizione sul ponte sopraelevato della *Consanesco* offriva una vista migliore. «E dov'è Giannini?»

«Proprio dietro di te!» cinguettò una voce alle spalle di Sia.

Sia si voltò e sorrise alla giornalista dell'America centrale. «Perché ci hai messo così tanto?»

«Stavo facendo affari!» rispose Giannini. «Se vuoi condividere, possiamo fare 70% e 30% e vendere su altri mercati.»

Mark replicò: «Sono esclusivo.»

«Ho un compenso orario», si offrì Sia. «Ma questa attrezzatura non è mia.»

Giannini tirò fuori una Canon XA35 con doppio microfono lavalier wireless. «Qualche zoom ottico più recente e stabilizzazione ottica, quattro ore di video, e ho un altro pacchetto di forniture.»

Sia disse a Mark: «Quella telecamera è migliore di questa. Farò delle riprese migliori.»

Mark affrontò Giannini. Voleva lavorare con lei, ma aveva un contratto...

Lei vide la sua indecisione. «Condividiamo le riprese quando nessuno dei due è sullo schermo. Condividiamo Sia. Registrerò su un altro dispositivo per l'audio, così il tuo feed sarà diretto ai tuoi capi. Tu hai gli Stati Uniti, ma io ho la licenza per il resto del mondo. Vi darò un taglio del 30% su tutto quello su cui ho licenza.»

«Maaaaaaark», piagnucolò Sia. «Voglio usare quella telecamera, bastardo!»

Mark sorrise. Se voleva un'inquadratura decente per l'intero episodio, doveva acconsentire affinché Sia potesse usare la telecamera.

Tese la mano a Giannini. «Affare fatto!» Lui sorrise. Lei gli strinse la mano e aprì la custodia della telecamera.

«Perché non hai un operatore?» le chiese Mark.

«Non c'è nessuno di cui mi fidi abbastanza. Bethany Anne è una pignola per quanto riguarda l'onore, e non ho trovato nessuno che sia all'altezza.»

«La conosci bene?» chiese Sia. «Ci siamo incontrati per qualche minuto alla loro base, ma quella è stata tutta la nostra interazione con lei.»

Giannini considerò la sua risposta per un momento e ammise: «Sì. L'ho incontrata molto tempo fa in Costa Rica, prima che tutta questa roba esplodesse.»

«Cosa?» chiese Mark. «Stai scherzando, vero?»

Sia era impegnata a tirare fuori i fili, a collegare le connessioni XLR e a sistemare le tre batterie di riserva. «Sembri piuttosto ben fornita.»

Giannini ignorò la domanda di Mark. «Papà era sempre...»

Mark intervenne. «Pronto? Come i boy scout?»

Giannini lo guardò. «Non in Costa Rica, no. Papà è sempre stato un collezionista, quindi ho accumulato roba, e ho pensato che tutto questo avrebbe potuto servirmi. Non sai mai a cosa vai incontro con Bethany Anne e la sua squadra.»

«Non scherziamo», mormorò Sia, più a se stessa che agli altri. «Mark, non mi interessa cosa devi dire a quei colletti bianchi a casa, ma è meglio che si mettano d'accordo per mantenere l'accesso a questa telecamera se vogliono le riprese migliori. Quel vecchio aggeggio che mi hanno dato fa schifo.»

Mark valutò il commento di Sia. «Se riesco a chiudere un accordo con i miei capi, che ne dici di ottenere il 30% delle licenze per le vendite all'interno degli Stati Uniti e per il 30% in tutto il mondo, e condividiamo tutti i contenuti tra i due mercati?»

Giannini allungò la mano. «Affare fatto.» Mark sorrise mentre si stringevano le mani. Giannini si rivolse a Sia. «E ti pagherò la stessa tariffa oraria più un bonus se vendiamo questo filmato. Ma», Giannini sorrise a Sia, «devo fare bella figura!».

«Oh, mio Dio», gemette Mark. «Mi stanno già dando istruzioni.»

Sia sorrise mentre metteva la telecamera sulla spalla. «Baciatevi e fate pace, voi due, e registriamo la storia.» Tolse l'occhio dalla telecamera e fissò Mark. «Era figurativo, non letterale.»

«Dovete disabilitare tutte le persone sui due superyacht. Lasceremo in pace la *Consanesco*. Il nostro all'interno dice che tutte le persone da assistere devono essere portate dal *Consanesco* alla *Ad Aeternitatem* e alla *Polarus*. Vanno sotto, si svegliano in una specie di stanza d'ospedale e se ne vanno intontiti, poi tornano alla *Consanesco* per finire il loro recupero. Sulla *Consanesco* non ci sono altro che letti e supporto adibiti a questo.»

Shun fece un cenno di intesa e si tolse il casco video. Stavano accelerando verso le due imbarcazioni. La sua nave era un'imbarcazione d'attacco veloce classe Houbei 022 con due lanciamissili. Era lunga quarantatré metri, meno della metà della *Polarus*, e circa venticinque metri più corta della *Ad Aeternitatem*. Ma quando lanciava i suoi missili, le dimensioni non avevano importanza.

Aveva quattro squadre d'attacco pronte a entrare in azione, tutte selezionate tra i mercenari di tutto il mondo. Nessuno si sarebbe lamentato che fosse stato un reclutamento parziale. Se si avevano le capacità, il Paese di provenienza era irrilevante. Be', purché non fosse la Cina. Era l'unico del suo Paese, e di proposito.

C'erano altre tre navi, che trasportavano sia mercenari sia scienziati. Avevano il compito di trovare gli strumenti più interessanti e di riportarli subito alla loro nave comando, la *Jìnbù*.

Sembrare pirati, agire come pirati, rubare come pirati. Be', Shun era d'accordo, *erano* pirati. Erano in mare aperto e cercavano di prendere roba da qualcun altro.

Molto seicentesco da parte loro.

«Signore, saremo a portata di tiro entro trenta secondi.»

«Preparate i missili», ordinò Shun. Poteva sentire gli uomini che chiudevano tutto. C'è una gioia, pensò, quando il sangue scorre nel corpo mentre ti prepari alla battaglia. Shun non vedeva l'ora di mettere alla prova la sua nave e i suoi uomini contro la presunta alta tecnologia di quel gruppo.

I cannoni che avevano rivelato erano puntati su di loro, ma le canne suggerivano che non lanciavano proiettili molto grandi. I suoi missili erano impostati per esplodere sopra i loro obiettivi, facendo piovere un enorme numero di pallottole. I difensori non protetti sul ponte sarebbero stati fatti a pezzi senza preavviso.

Era un modo orribile di morire, ma prima o poi bisognava farlo. Era il turno delle persone sulle due navi.

«Lanciate i missili», ordinò. L'imbarcazione d'attacco oscillò parecchio quando i due tubi lanciarazzi anteriori lanciarono le loro munizioni.

Si erano avvicinati fino a mezzo chilometro e i missili erano circa a metà strada verso i due yacht quando esplosero in modo inspiegabile.

«*Tā mā de!*» urlò Shun. «Preparate subito la seconda raffica!»

>>Due missili lanciati, due missili intercettati a mezzo chilometro dalle navi.<<

Passeremo tra quindici secondi, Bethany Anne.

TOM, portaci tra la Polarus *e la* Ad Aeternitatem *a livello del ponte, poi portaci tutti vicino alla nave che attacca. Voglio che sentano il nostro passaggio.*

Ciò danneggerà l'imbarcazione, molto probabilmente, così come qualsiasi persona non protetta.

Possono chiamare il numero dell'emergenza e non me ne frega un cazzo. Se ne risucchieremo qualcuno dalla nave in acqua, avrai una camera da letto.

Oh, quindi è *così* che stai giocando.

Sì. Alla fine saranno più al sicuro in acqua che su quella nave.

Perché? chiese Tom.

Perché conosco Jean Dukes. Ora che hanno mostrato intenzioni violente, il capitano Thomas le permetterà di giocare, e lei ha un problema con i pirati.

Quindi, sarà più sicuro per loro in acqua? Non è che stai cercando di farmi fare del male a qualcuno contro la mia genetica?

La voce mentale di Bethany Anne sembrò divertita. *No. Immagino che pensieri malvagi, viziosi e distruttivi stiano attraversando la mente di Dukes in questo momento su come restituire il favore.*

Molto bene. Entriamo duri, in fretta e bassi.

LA VOCE irritata di Jean Dukes uscì dagli altoparlanti del ponte. «La prego, mi dica che possiamo lasciarli avvicinare, capitano. Attaccare con i puck sarebbe come sparare a dei pesci in un barile!»

Il capitano Thomas si chinò sulla sua sedia e premette il pulsante "parla". «Jean, è fastidioso per il tuo senso del fair play sparare da così lontano?»

«Be', un po'», ammise.

«Be', il resto di noi che non sta rispondendo al fuoco apprezzerebbe invece se tu ti assicurassi che quei figli di puttana non si avvicinino ancora di più!»

«Sì, signore. Dukes chiudo», confermò mentre la connessione veniva interrotta.

«Sembra un po' irritata, capitano», commentò il ragazzo delle comunicazioni.

«Sì, voleva provare delle nuove armi. Vediamo cosa decide di fare.»

«Ooh, vedo quattro puck da mezzo chilo che escono dal secondo scudo di difesa, signore.»

«Porca puttana!» esclamò uno degli uomini mentre dieci capsule nere fecero un gran rumore tra le due navi, vomitando acqua al loro passaggio.

Il capitano Thomas rifletté: «Jean farà meglio a sbrigarsi o Bethany Anne la batterà sul tempo.»

SHUN CORSE dal ponte all'esterno per urlare alla sua squadra addetta ai missili quando un qualcosa... di nero... oltrepassò la nave. Gli uomini furono sbalzati dappertutto nel grande vento che seguiva il passaggio del velivolo. Lui fu sbattuto contro un muro e poi trascinato in alto e fuori dalla nave, volando per più di sei metri in aria e atterrando a venti metri dietro la nave. Nella caduta, notò che almeno altri quattro uomini erano stati catturati e spazzati via a loro volta.

Non aveva ancora toccato la superficie dell'acqua quando sentì dei boati assordanti dalla nave, e poi l'acqua lo colpì. Stordito, tutto quello che riuscì a fare fu capire come tornare in superficie.

MENTRE LA CONNESSIONE VENIVA TAGLIATA, Jean si accigliò, ripetendo a se stessa: «Assicurati che quei figli di puttana non si avvicinino.» Urlò a Jimmy: «Jimmy, dammi quattro puck da mezzo chilo dallo scudo difensivo. Portali a un chilometro, poi massima accelerazione. Punta due contro batteria di missili e due contro i motori.»

«Sì, signora», rispose Jimmy. «Quattro a un chilometro, spinta massima, bersaglio lanciamissili e motori, due e due.» Le sue mani volarono sulla tastiera. «Inizio subito la preparazione, signora.»

«Porca puttana!» urlò qualcuno sopra i boati. «Dieci capsule di passaggio, signora. Immagino che Bethany Anne sia appena passata.»

«Jimmy!» urlò. «Non lasciare che la Regina mi rubi tutto il divertimento! Sbatti a terra quegli stronzi!»

SHUN emerse attraverso la superficie e respirò a fatica. Si voltò in tempo per vedere parti del suo comando volare sull'acqua. La sua imbarcazione stava sbandando pericolosamente, con fumo e fiamme che uscivano dalla parte posteriore danneggiata.

La poppa della nave era distrutta come se qualcosa avesse sbattuto contro la nave e la forza concussiva avesse fatto a pezzi il metallo. Poteva sentire le navi dietro di lui che acceleravano, e si girò nell'acqua per guardare in quella direzione. Le due imbarcazioni con gli scienziati e gli altri mercenari avevano virato e stavano tornando indietro. Una si stava dirigendo verso la *Consanesco*. Aveva fatto poche centinaia di metri quando qualcosa la colpì dall'alto, facendola crollare e rompendola con violenza in più pezzi, mentre Shun guardava stupito.

Non ci sarebbero stati molti sopravvissuti su quella nave.

«RIUSCIAMO A VEDERE», Giannini era voltata verso la telecamera mentre parlava, «che ce ne sono tre che seguono l'unica nave d'attacco grossa.»

Mark interviene eccitato: «La nave ha lanciato due missili, Giannini! Stanno volando verso i due superyacht e...»

Si voltò e riprese la storia. «Entrambi i missili sono stati distrutti!» Prese fiato in modo udibile. «La nave d'attacco principale ha appena attaccato la NRS *Polarus* e la NRS *Ad Aeternitatem*. Ora siamo in attesa di...»

Mark prese di nuovo il controllo. «Guardate come viaggiano quelle capsule!» urlò. «Molteplici capsule RDS sono appena passate tra i due superyacht e si sono avvicinate così tanto all'imbarcazione d'attacco che posso vedere persone spazzate via dal risucchio delle capsule...» La sua voce si spense.

«E ora la nave d'attacco è stata colpita!» interruppe Giannini. «Colpita da almeno due missili che non siamo riusciti a vedere, il centro e la parte posteriore della nave attaccante sono ora danneggiati. Sembra essere in sostanziale difficoltà. C'è del fuoco che proviene dalla parte posteriore della nave, e per ora non si mette bene per i pirati.»

«Come hanno fatto i pirati ad avere una nave nuova di quella qualità?» chiese Mark. «Non ha senso. Questi pirati sono troppo ben finanziati.»

«Oh, oh», lo interruppe Giannini, e Mark si voltò. «A quanto pare una delle navi della seconda ondata ha deciso di attaccarci qui sulla *Consanesco*.»

Sia fece un passo verso il parapetto, girò la telecamera e ingrandì la nave che si stava avvicinando. L'aveva seguita per meno di tre secondi quando fu annientata.

«Oh, mio Dio.» Sia era stupita di riconoscere la propria voce. L'improvvisa e completa distruzione della nave minacciosa l'aveva colta di sorpresa.

~

>> Ci sono comunicazioni criptate dalla nave davanti a noi. <<

Sembra un pezzo di spazzatura, pensò Bethany Anne. *Hanno speso tutti i loro soldi per quella nave d'attacco dietro di noi? Se è così, non credo che la garanzia della loro nave coprirà qualsiasi cosa Dukes e la sua squadra abbiano fatto.*

>>Una delle imbarcazioni d'attacco secondarie ha fatto una corsa verso la *Consanesco*.<<

E?

>>È stata distrutta da un puck di un chilo che scendeva

A VELOCITÀ SIGNIFICATIVA CON LO SCUDO DI GRAVITÀ FUORI A UN METRO.<<

Sì, sospetto che quello rovinerebbe sul serio un pomeriggio.

>>LA NAVE È STATA DISTRUTTA.<<

Non avranno nessuna pietà da me.

IL CAPITANO Si era in piedi sul ponte e pensava a cosa avrebbe dovuto fare. I piani di attacco erano stati un fallimento totale. La colpa era dell'intelligenza, o della sua mancanza, e non erano riusciti a prepararsi in modo adeguato per l'assalto a quelle navi. A quanto pareva, avevano tecnologie che li proteggevano dagli attacchi missilistici ed erano in grado di distruggere una nave.

Non fu sorpreso di sentire il comando "Ritorno alla base" o di vedere le capsule nere apparire all'improvviso nell'aria intorno alla sua nave di comando: gli stessi velivoli neri che le sue squadre avrebbero dovuto rubare proprio in quel momento. Le capsule circondarono la sua nave come se stessero aspettando l'occasione per colpirlo come un serpente.

«Signore, dobbiamo tirare fuori le calibro cinquanta?» gli chiese uno dei suoi uomini.

Lui scosse la testa. Non avrebbe fatto altro che far infuriare le vipere sopra di loro. D'un tratto, una delle capsule simili a un caccia decollò dritto verso l'alto, seguito in fretta da un altro dall'aspetto simile. Gli altri otto restarono in vista per un momento prima di sparire verso ovest.

«Sbrigatevi!» gridò Si mentre saltava per spingere un uomo fuori dalla sua strada. «Pregate qualsiasi dio servite che non tornino. Chiamate le navi perché ci raggiungano. Noi ce *ne andiamo.*»

TOM, circonda la loro nave comando. Voglio dar loro qualcosa a cui pensare prima di attaccare.

Avevano iniziato a girare intorno alla grande e vecchia nave di comando dall'aspetto arrugginito. Quell'imbarcazione aveva l'aspetto di un pirata, poco ma sicuro. Chiunque avesse visto quel vascello avrebbe pensato subito a un pirata.

>>TOM<<

Sì?

>>STAI PRONTO A BLOCCARE LE EMOZIONI DI BETHANY ANNE.<<

Perché vorresti che lo facessi?

>>MICHAEL È STATO UCCISO.<<

TOM ebbe un flashback di quando Bethany Anne aveva scoperto che il suo mentore Martin era stato ucciso nel parcheggio del suo posto di lavoro.

ADAM, dillo a John; capirà. Chiedi al capitano Thomas se ha bisogno di Akio o se devono volare in Colorado.

>>DOVE STIAMO ANDANDO?<<

In alto.

Ragazzi, sento un ronzio. Di cosa state parlando con tanta forza?

Bethany Anne, dobbiamo andare.

Sorpresa, Bethany Anne lasciò cadere il suo discorso mentale. «Cosa? Perché? Cos'è successo?»

Michael è stato ucciso.

23

———————

<u>**Base RDS, CO, USA**</u>

LANCE CAMMINAVA ALL'ESTERNO. Aveva un piccolo gruppo che lo proteggeva, ma nel rispetto della sua privacy, stavano a un minimo di sei metri di distanza.

Kevin gli si avvicinò. «Patricia dice di riferirti che hanno ricevuto l'approvazione per il test sul nostro terreno in Australia. La squadra ha registrato molti filmati dell'evento, anche ad alta velocità. Sarà piuttosto illuminante.»

Lance smise di muoversi per un attimo e guardò il comandante della base. «Spostate il personale di gestione superiore sul retro. Stephanie e la sua squadra. Tom Billings dovrà abbandonare il corridoio della sala server e andare anche lui. Nessuno che il governo possa interrogare deve essere lasciato qui.»

«E tu?» chiese Kevin.

«Non me ne vado finché non arriva lei, Kevin», rispose Lance.

«Da quanto tempo è in silenzio radio?» chiese Kevin.

«Da almeno due ore. ADAM mi ha fatto sapere che stanno ancora osservando il globo. Forse è l'unica cosa che la mantiene sana di mente in questo momento. Be', quello, e TOM che sta tenendo dentro parte del dolore.»

«Tenere dentro il dolore a lungo non può essere un bene», commentò Kevin in tono riflessivo.

Lance si guardò intorno per assicurarsi che nessuno fosse abbastanza vicino da sentire la loro conversazione. Spostò un po' il suo corpo e ciò lo portò più vicino all'orecchio di Kevin senza far sembrare che stessero cercando di trasmettersi dei segreti. «Kevin, ho saputo da TOM che lei ha detto a Michael che lo amava. È anche quella che gli aveva chiesto di proteggere questa base. Lui le ha detto che lo avrebbe fatto sul proprio onore.»

Kevin imprecò e guardò altrove. «Si sente come se avesse mandato il suo amore alla morte?»

«Come minimo. Oh, conoscerà le discussioni intellettuali, ma l'unica ragione per cui non abbiamo enormi buchi del cazzo sulla Terra in questo momento è che TOM le sta solo permettendo di provare abbastanza dolore perché la diga non scoppi. Ci è già passato una volta. Forse non a un livello così alto, ma questa volta è preparato meglio per la reazione.»

Lance guardò il cielo. «Se la conosco, e la conosco, sta cercando di convincersi che vale la pena salvare questa bella palla blu.» Lance si voltò di nuovo verso Kevin. «Quando avrà finito lassù, dobbiamo essere pronti.»

«Perché?» chiese Kevin. «Lance, devi ricordarti che non l'ho mai conosciuta così bene come te. Anche adesso, non ci sono più vicino.»

«Kevin, cosa abbiamo fatto come nazione dopo che i terroristi hanno colpito il nostro paese e attaccato le Torri Gemelle?» chiese Lance all'uomo più giovane.

«Ci siamo riuniti e abbiamo attaccato...» Kevin fece una

smorfia, poi le sue spalle si abbassarono. «Qualcuno ha davvero fatto un grosso errore, *davvero*.»

Lance grugnì. «Lo hanno fatto diverse persone. ADAM sta facendo delle ricerche ora, ma anche con l'aiuto del suo giro di umani, è difficile trovare tutte quelli che sono coinvolti. Hanno una buona pista su un gruppo che è associato alla lontana con l'ONU, ma quella connessione è una farsa. È un gruppo di conglomerati.»

«Interessi commerciali, allora?» chiese Kevin. «Perché io immaginavo interessi statali.»

«Diavolo, Kevin. Magari sono entrambe le cose, tutte insieme.» Lance guardò intorno alla base. «Manterremo la maggior parte di questa base online, ma il gruppo centrale si sposterà.»

«La nostra gente? I feriti o i morti?» chiese Kevin.

«I feriti dovrebbero essere sulle capsule e trasferiti sulla *Ad Aeternitatem*. I morti avranno prima un funerale», rispose Lance.

«Michael?» chiese Kevin.

Lance scosse la testa. «Non abbiamo niente. In base ai nostri rilevamenti, è arrivato fino alla valle e poi la bomba è esplosa. Considerando le prove, l'ordigno non era del tutto nella valle, ma ancora piuttosto vicino al bordo. ADAM calcola che l'ha lanciata ma poi è stato coinvolto dall'esplosione.»

«E la polizia e i giornalisti?» chiese Kevin.

«Jakob sta ancora lavorando da quell'angolazione?»

Kevin fece una risata sonora. «Lui e ADAM, a quanto pare. Tutte le scartoffie sbagliate alla fine attireranno l'attenzione di qualcuno.»

«Non si può evitare. Non lascerò che affronti tutto questo da sola. Non sono stato presente per gran parte della sua vita, e che io sia dannato se non la sostengo proprio ora. Possono mettermi in prigione. Lei mi farà uscire di nuovo», gli disse Lance.

Kevin sorrise. «Ne sei proprio sicuro?»

Lance restituì il sorriso. «Ne sono maledettamente sicuro. Se succede, mi assicurerò di spegnere la videocamera quando ce ne andiamo. Forse mostrerò loro anche le chiappe.»

«Signore?» Lance si voltò verso uno dei Guardiani, che teneva in mano una radio. «Sta scendendo adesso.» Lance fece un cenno di ringraziamento.

«Fallo, Kevin. Fai uscire tutti quelli dei livelli superiori prima che la merda legale sia risolta. Nessun altro qui sa niente. Abbiamo lasciato un sacco di merda CNC di William nel vecchio covo, più alcuni dischi criptati nel vecchio ufficio di Marcus. Ci giocheranno per sempre prima di capire che non vale niente.»

«Stai attento a ciò che desideri?» chiese Kevin.

«Sì», concordò Lance. «Vai avanti, lei scenderà da un momento all'altro, e io starò bene. Inoltre, John è con lei.»

Kevin sorrise. «Non mi interessa quanto sia carino. John resta comunque un figlio di puttana spaventoso.»

Lance annuì. «Sì, ma per Bethany Anne è un orsacchiotto ambulante.»

Kevin rabbrividì mentre si allontanava. «Quello sì che è un orsacchiotto spaventoso!» gridò sopra la sua spalla.

Lance ridacchiò. Non era passato neanche mezzo minuto quando i due Black Eagle entrarono in vista e scesero in fretta per atterrare a quattro metri davanti a lui. Si avvicinò alla capsula di Bethany Anne e si fermò fuori. Provando ad appoggiare la mano sulla serratura di sicurezza, fu sorpreso quando il tentativo produsse un clic udibile e la porta della cabina di pilotaggio si aprì. Guardò Bethany Anne, sicuro che i suoi occhi rossi e iniettati di sangue fossero dovuti a due ore di pianto continuo.

Lance si chinò sulla capsula e avvolse la figlia in un abbraccio. Passò solo un secondo prima che lei si dondolasse contro di lui e i suoi singhiozzi silenziosi gli lacerarono il cuore.

La sua camicia fu presto bagnata dalle lacrime di sua figlia.

. . .

NRS *POLARUS*, Oceano Atlantico

«Capitano Thomas», chiamò lo specialista delle comunicazioni Winger. «Ci stanno chiamando sia le navi da guerra russe sia quelle americane. Ci dicono che arriveranno entro un'ora.»

«E a fare cosa, aiutarci a lavare via il sale dalle nostre navi?» chiese il capitano Thomas. «Dite alle navi russe "*Nyet*" e a quelle americane "Grazie, ma no grazie". Puoi aggiungere "Non preoccupatevi perché non saremo qui". Ho intenzione di testare la nostra capacità di volare, oh, diciamo qualche migliaio di chilometri prima di atterrare. Timoniere, portaci ai Caraibi. Dovrebbe aiutare alcune persone a recuperare.»

Winger si voltò e tornò a occuparsi delle richieste in arrivo. Era sicuro che non sarebbero stati contenti della risposta del suo capitano.

~

«ORMAI È UN CIRCO MEDIATICO», commentò Mark. Sia era da una parte, Giannini dall'altra, mentre guardavano i due jet passare ogni due minuti. La *Ad Aeternitatem* aveva lanciato anelli di salvataggio a tutti coloro che erano vivi in acqua, ma si era rifiutata di portarli sulle proprie navi. La maggior parte delle imbarcazioni civili era partita più di un'ora prima. Tutte tranne una, ma il capitano di quella nave si teneva ben lontano da quelle nell'oceano.

L'altoparlante si accese. «È il capitano che parla. Tutto il personale che si trova attualmente sul ponte esterno è pregato di rientrare. È obbligatorio. Tutto il personale all'esterno deve rientrare. Stiamo lasciando questo luogo. Avete novanta secondi per eseguire.»

I tre giornalisti fecero spallucce ma presero le loro cose. Non avevano intenzione di discutere con il capitano. Era un buon modo per essere buttati fuori dalla nave, e nessuno di loro aveva voglia di salire su una zattera di salvataggio in quel momento.

SIA TIRÒ FUORI la telecamera dalla custodia quando arrivarono al ponte di osservazione e Mark andò alla finestra panoramica. Giannini si lisciò i capelli. Il loro lavoro di squadra si era amalgamato e funzionavano come una macchina ben oliata.

«Sta succedendo qualcosa?» chiese un signore. «Sembra che vi stiate preparando. Sapete qualcosa?»

Giannini si rivolse al signore. «Signor...»

«Oh!» Tese la mano. «Dove sono le mie maniere? Mi chiamo Omar Kolan.»

«Giannini Oviedo, signor Kolan. Sono una giornalista», rispose lei, ma fu interrotta prima che dicesse altro.

«Oh, signora Oviedo, sappiamo tutti chi è lei!». Sorrise. «Quelli di noi che seguono la RDS Enterprises hanno visto molte volte i suoi documentari.»

«Oh, va bene.» Si fermò un attimo, poi rispose alla domanda precedente. «No, signor Kolan. Non sappiamo se sta succedendo qualcosa in particolare, ma ogni volta che inizia qualcosa di strano, può immaginare...» Fece una pausa quando il tonfo profondo dei motori cambiò.

«Oh, mio Dio», esclamò Sia iniziando a giocare con la telecamera. «Stiamo salendo, gente!»

Ci furono grida di sorpresa. Mostrando molto interesse e aumentando le chiacchiere, quelli sul ponte di osservazione si affollavano per tutta la larghezza delle finestre.

Mark iniziò a parlare. «Qui è Mark Billingsly, con un comunicato stampa sul posto. Il gruppo di comando delle tre navi NRS che sono state attaccate poco fa ha deciso di lasciare la zona. Non con il solito metodo che userebbe una nave. Invece, le navi stanno volando via da qui. Dietro di me, potete vedere che la *Ad Aeternitatem* con sei delle capsule nere che le aleggiano intorno si è alzata sopra la superficie dell'oceano. L'acqua sta scorrendo lungo i suoi lati, e la nave si è ora sollevata sopra il nostro livello visivo.»

La nave tremò sotto di loro per un breve secondo o due e poi si stabilizzò. Mark si voltò a guardare fuori dalla finestra, poi si ricordò che stava registrando. «Gente, sembra che sia il nostro turno di andare...»

«Signore, i russi ci chiedono di restare nella zona», riferì Winger al capitano Bartholomew Thomas.

Il capitano Thomas si voltò e sorrise allo specialista delle comunicazioni. «Di' loro che li aspetterò quando le loro navi potranno raggiungermi.» Winger iniziò a girarsi. Il capitano aggiunse: «E...». Winger si fermò a guardare il capitano. «Dica al comandante americano, quando chiama, di baciarmi il culo.» Winger sorrise e si voltò.

Un minuto dopo, il capitano Thomas sentì Winger. «Sì, queste sono state le sue esatte parole, "baciami il culo". Sì, credo che il capitano Thomas sappia di preciso chi è il vostro comandante. No, non credo che ci prenderete. No, a meno che non sappiate volare, e non sto parlando metaforicamente.»

Thomas sbuffò. Non sapeva che Winger conoscesse parole come "metaforicamente".

24

<u>**Berlino, Germania**</u>

STEPHANIE LEE ACCESE il telefono e usò il wi-fi nel caffè di Berlino per scaricare un'applicazione per chiamate in conferenza. Lo usò per collegarsi all'ora prestabilita.

Nessuno fece nomi. Tutti si conoscevano.

«Be'», disse Johann, «è stato un fallimento spettacolare.»

Il suo veleno era comprensibile ma sgradevole e non necessario. Se non le avessero detto che doveva trattare con lui, avrebbe abbandonato ogni contatto.

«E quando», continuò lui, «avevi intenzione di farci sapere dell'attacco alle navi della RDS?»

«Non sono stata io!» sibilò Lee. Almeno, non ci sarebbe dovuto essere nulla che la collegasse ai suoi interessi diretti.

«Quello era un velivolo d'attacco cinese!» sputò lui. «La parola chiave in quella breve frase era "cinese".»

«Può essere stato comprato da altri cinesi!» Stava facendo la parte dell'innocente con molto successo. Quell'uomo l'aveva fatta incazzare così tanto che era facile adottare un tono ferito.

«Abbiamo un miliardo di persone, quindi fai i conti. La politica, come piace dire a voi americani, è piena di bastardi che pugnalano alle spalle.»

«Per favore, tutti e due, calmatevi», interruppe la voce colta della signora inglese. «Ci hanno bacchettato le mani con forza. Abbiamo perso l'elemento sorpresa, e ora dovremo lavorare di più sul lato politico.»

«Come se avesse funzionato così bene in Francia», replicò Lee. «Forse vorresti che parcheggiassero un altro caccia Mirage vicino alla torre Eiffel? Con un video di come è stato salvato dopo aver attaccato una nave da carico disarmata che era in aria e di come è stato danneggiato dai suoi stessi proiettili!».

«Senti», intervenne Johann, «quali saranno le conseguenze? I politici vogliono questa tecnologia tanto quanto noi. Ungi qualche ingranaggio, fai qualche promessa che non manterrai. Abbiamo giocato duro, e loro hanno battuto la palla fuori dal parco.»

Cosa ci trovano gli americani nelle loro metafore sul baseball?, si chiese Lee.

Beatrice interruppe la metafora di Johann. «Sì, ma cosa succede quando è il loro turno di lanciare la palla?»

Questo fece sì che i tre restarono in silenzio per qualche istante.

SEATTLE, Stato di Washington, USA

Il fine settimana era arrivato. Sean Truitt si era lasciato alle spalle Seattle e tutte le sue frustrazioni in ufficio. Aveva bisogno di schiarirsi le idee e disse a sua moglie del suo piano per un weekend nella loro casa sul lago Cle Elum.

A lei non importava. Poteva lavorare a lungo e duramente quanto voleva, purché non si stesse facendo una sgualdrina che progettava di diventare la prossima signora Truitt. Sarebbe uscita con i suoi amici sulla barca a vela di qualcuno quel fine settimana. Avrebbero potuto rivedersi lunedì sera.

Sean si lasciò alle spalle il traffico e lo stress di quella debacle con la RDS. Il gruppo di dodici amministratori delegati aveva discusso su un'isola privata sull'Atlantico il weekend precedente e avevano concordato che dovevano avere la tecnologia, a qualsiasi costo. Se non l'avessero avuta loro, l'avrebbero avuta di sicuro i cinesi. Quei bastardi non avevano pazienza.

I russi, d'altra parte, ne avevano un sacco di pazienza. Sean non li avrebbe esclusi, ma in quel momento era più preoccupato di quelli che correvano più in fretta della sua squadra, non di quelli che aspettavano che tutti gli altri perdessero.

Svoltò sulla Highway 90 e continuò fino all'uscita su Bullfrog Road.

Era buio quando alla fine uscì dall'autostrada. Le strade della zona non gli offrivano un percorso diretto. Erano piuttosto tortuose mentre procedeva fino alla casa con vista sul lago. Si trovava sull'esclusivo lato sud-est e aveva una vista fantastica. Dato il traffico, sarebbe dovuto arrivare circa un'ora dopo il tramonto.

Nessuno notò l'elegante velivolo nero uscire dal cielo sopra la BMW 750 di Sean. Fece per girare a destra, e Sean restò scioccato quando la sua auto non rispose. Poi iniziò a iperventilare mentre il suo veicolo veniva tirato in alto nel cielo notturno senza sforzo. Sorvolando la foresta di pioppi e salici, la tenue luce della luna attraverso le nuvole e il suo riflesso dal lago direttamente sotto, creava un quadro bellissimo che era impossibile da godere. Spingeva con forza sulla portiera, ma non si muoveva.

Una voce femminile si fece strada a forza nella sua testa. *Sean Truitt,*

«Chi è?» chiese, tornando su una base più solida con qualcuno da attaccare.

Sono quella che ti tiene a novanta metri d'altezza sopra un lago profondo novanta metri.

Guardò l'acqua molto più in basso. Forse quello non era il momento di essere troppo esigente. «Cosa vuoi?»

Voglio i nomi degli altri membri della cabala qui in America, quelli che hanno attaccato la RDS Enterprises.

Sean guardò di nuovo fuori dal finestrino e degluti. Rivelare quei nomi era un modo veloce per suicidarsi, sia letteralmente sia finanziariamente.

Apprezzerei i nomi, signor Truitt.

«Cosa? Non ti ho dato nessun nome!» Si guardò intorno, chiedendosi se ci fosse un dispositivo di ascolto nella sua macchina. «Non ho parlato di nomi o di nessuna cabala.»

Oh, signor Truitt, non deve preoccuparsi di essere registrato. In effetti, sono davvero felice che nessuno lo veda comunque.

Poté sentire un cambiamento di altitudine. Stavano scendendo.

Sa qual è la cosa interessante delle navi che possono andare nello spazio, signor Truitt? Aspettò un momento per vedere se lui avrebbe risposto. Quando non lo fece, lei continuò: *Sono capaci di andare anche sott'acqua. Be', alcune possono farlo. Immagini cosa potrebbe fare una società che ha unità gravitazionali che creano bolle di protezione intorno a loro?*

Quando la sua auto si avvicinò alla superficie del lago, spinse più forte sulla portiera e poi iniziò a battere sul vetro, cercando di romperlo, senza alcun effetto.

Ah, giusto. Vedo che ha già capito alcuni dei diversi modi in cui questa potenziale tecnologia può essere sfruttata, signor Truitt. Peccato. Avrei voluto quelle informazioni quando ho giudicato il suo caso in tribunale.

«Tribunale? Quale tribunale?» urlò mentre una piccola quantità d'acqua iniziava a filtrare dall'asse del pavimento.

Be', il nostro, naturalmente! Non si preoccupi, il vampiro del cazzo che è stato scelto per giudicare il suo caso è un noto neutrale, ma persino Barnabas ha ammesso che le prove che ADAM ha trovato su come ha aiutato i mercenari a entrare in America per attaccare un autobus pieno di bambini erano sufficienti. Quel supporto è stato sufficiente per darle la condanna a morte da parte di un vampiro abbraccia-alberi, TESTA DI CAZZO MANGIA-MERDA!

Sean si afferrò la testa, l'urlo finale minacciò di spaccargli il cranio.

La voce femminile tornò, di nuovo normale. *Ma ciò che le ha procurato questo piccolo viaggio all'inferno è stata la prova che la bomba nucleare nello zaino è stata contrabbandata da uno dei suoi jet personali. Quella prova ha fatto diventare rossi di rabbia anche gli occhi del giudice neutrale. E per una volta, sto parlando letteralmente. Perché, per quanto Barnabas sia una spina nel fianco, Michael era speciale per lui. Per tutti noi.*

La voce mortale lo bloccò. *Ma soprattutto per me.*

Sean continuava a guardarsi intorno mentre la sua auto scendeva più a fondo nell'acqua, sorpreso che non ce ne fosse altra che entrava nel veicolo. Qualunque cosa ci fosse al di sopra stava estendendo la protezione anche a lui. Ma la risata mentale dell'altoparlante lo stava innervosendo molto.

«Vuoi i nomi? Te li dirò!» gridò disperato.

Troppo tardi. Avrebbe dovuto pensarci quando l'avidità le ha mangiato il cuore. Ora sto consegnando il suo cuore nero, e questa BMW 750, agli abissi.

Sean gridò, disperato di uscire da quella situazione: «COSA VUOI? «

RIVOGLIO IL MIO AMORE! urlò Bethany Anne mentalmente.

TOM, rilascia la bolla. Ce ne andiamo.

Le urla di Sean svanirono mentre il veicolo scivolava nelle oscure profondità del lago Cle Elum.

Inosservato, un piccolo veicolo nero infranse con delicatezza la superficie del lago e scomparì svelto nel cielo notturno.

. . .

DA QUALCHE PARTE **nel Dark Web**

>>MyNam3isADAM - Sono qui.

>>luckyu11 - Ciao. L'uccisione di massa dei terroristi che abbiamo visto al telegiornale era la tua squadra?

>>MyNam3isADAM - E se lo fosse stata?

>>luckyu11 - Be', credo di voler sapere, o tutti noi volevamo sapere, se quello che abbiamo trovato era giusto.

>>ki55mia55 - Amico, non avevamo idea che ci fossero persone che potessero farlo.

>>Ih8tuGeorge - Era reale?

>>MyNam3isADAM - Cosa?

>>Ih8tuGeorge - Il colpo terroristico. Andavano davvero a caccia di bambini?

>>MyNam3isADAM - Sì. Volevano attaccare una scuola con più di trecento bambini per attirare l'attenzione del mondo e togliersi dalle spalle il giogo dell'oppressione russa.

>>luckyu11 - Trecento?

>>MyNam3isADAM - Sì.

>>ki55mia55 - La polizia dice che sono stati uccisi tutti con le spade e che le tracce spariscono nel nulla. Dato che nessuno può sparire così, devono essere stati raccolti dagli elicotteri. Ma la gente dice che non è stato possibile perché il terriccio non era stato spostato dal vento.

>>luckyu11 – Non è giusto dare la caccia ai bambini. Ci deve essere un modo diverso.

>>MyNam3isADAM - Credono che sia accettabile a causa delle atrocità imposte al loro popolo più di settant'anni fa.

>>ki55mia55 - Non sei preoccupato della taglia sulla tua testa, vero?

>>MyNam3isADAM - No, sono molto al sicuro. Nessuno mi prenderà senza passare attraverso alcune delle persone più pericolose del mondo.

>>Ih8tuGeorge - Sei tu il capo?

>>MyNam3isADAM - No.

>>MyNam3isADAM - Ma ho un accesso veloce al capo.

>>Ih8tuGeorge - Ti ha ascoltato quando abbiamo portato le prove.

>>ki55mia55 - Ha mandato quei combattenti contro i terroristi, vero?

>>luckyu11 - Quindi, siamo entrambi colpevoli di aver ucciso i terroristi e salvato i bambini?

>>ki55mia55 - Come siamo colpevoli? Non li abbiamo fatti a pezzi.

>>Ih8tuGeorge - No, ma abbiamo aiutato a capire che stava succedendo e l'abbiamo detto a qualcuno che li ha mandati.

>>MyNam3isADAM - Un leader politico negli Stati Uniti una volta disse che l'albero della libertà deve essere rinfrescato di tanto in tanto con il sangue di patrioti e tiranni. Questa volta sono stati i tiranni.

>>MyNam3isADAM - Vuoi ritirare il tuo sostegno alla rivoluzione di ADAM?

>>ki55mia55 - No.

>>Ih8tuGeorge - Diavolo no.

>>MyNam3isADAM - luckyu11.

>>MyNam3isADAM - luckyu11?

>> luckyu11 - Scusate, ho tirato fuori le foto dei terroristi che sono stati uccisi e ho guardato le teste mozzate, i corpi pugnalati e mutilati, e il sangue. Era un messaggio, vero?

>>MyNam3isADAM - Sì.

>> luckyu11 - Ho anche tirato fuori una foto di una scuola piena di bambini e ho pensato a quello che quei bastardi avevano intenzione di fare ai bambini per i peccati commessi prima ancora che qualcuno di noi fosse nato. Credo che l'odio possa essere coperto dall'amore, ma a volte non è odio. È una malattia marcescente che li mangia dall'interno che non potrà mai essere curata e deve essere bruciata.

>> luckyu11 - Quindi sì, siamo tutti dentro fino alla fine.

>>Ih8tuGeorge - Fino alla fine.

>>ki55mia55 - Fino alla fine.

>>Ih8tuGeorge - Ih8tuGeorge si è disconnesso.

>> ki55mia55 - ki55mia55 si è disconnesso.

>>MyNam3isADAM - luckyu11?

>> luckyu11 - Sì?

>>MyNam3isADAM - Nel nostro gruppo, per "fino alla fine" diciamo "Ad Aeternitatem".

>> luckyu11 - Oh, mio Dio... SI! SÌ! SÌ!

>> luckyu11 - Ad Aeternitatem, ADAM

>>MyNam3isADAM - Ad Aeternitatem, luckyu11.

25

———

<u>**Terreni RDS, Outback australiano**</u>

Bethany Anne uscì dalla capsula e si guardò intorno. Il terreno era color ruggine, svaniva nella distanza, abbinato alle tonalità del cielo serale mentre il sole calava all'orizzonte. I raggi della sfera di fuoco danzavano intorno alle nuvole e mettevano in risalto le cime delle montagne a nord.

Si voltò a guardare l'enorme buco largo trecento metri che uno dei loro dispositivi a puck da quattro chili aveva fatto. Le lamentele e le urla per quell'esplosione ci avevano messo qualche giorno a placarsi. Ormai possedevano o affittavano tutto il terreno che Bethany Anne poteva vedere in qualsiasi direzione.

Il silenzio riempiva l'aria in quel momento e lei lo lasciò penetrare nelle sue ossa. Sperare che durasse era irrealistico, dato che, con ogni probabilità, si sarebbe rotto quando qualcuno si sarebbe reso conto che la società che stava facendo tutti quegli scavi era la stessa che portava la gente nello spazio.

Si ricompose e si voltò verso il gruppo. John era accanto a

lei, e Bethany Anne fece un cenno alla sua gente. Camminò tra le bare, fermandosi vicino a ognuna per posare la mano sulla superficie e dire una piccola preghiera prima di passare a quella successiva. Si fermò un totale di sette volte prima di arrivare all'ultima bara.

Era realizzata tutta di nero con il nome Michael inciso in filigrana d'oro sulla parte superiore. Si soffermò lì per qualche istante.

TOM, trattieni le mie emozioni, per l'amor di Dio! Sto per crollare qui!

TOM si strinse un po' di più, camminando su una corda tesa tra il trattenerli troppo e il non permettere al dolore di liberarsi.

Piangerò più tardi, te lo prometto, vecchio amico. So che sei preoccupato. Dopo questo, andremo su con ADAM e Ashur per il nostro momento di silenzio... e per silenzio, intendo piangere a dirotto. Va bene?

TOM strinse con forza le sue emozioni.

Grazie.

Bethany Anne continuò ad avanzare e si avvicinò al podio che era stato costruito in modo che potesse essere vista da tutti.

Gli amici, i colleghi, i genitori e le famiglie dei caduti. Non importava da dove venissero, Bethany Anne li aveva invitati tutti ad arrivare tramite capsule nel buio della notte. La sua squadra stava in piedi risoluta, con facce di granito. Peter, Todd e le loro squadre stavano di lato. I capitani Thomas e Wagner, Jean Dukes, e molti della *Polarus* e della *Ad Aeternitatem* erano davanti a lei. Il Team BMW e tutti coloro che ormai facevano parte della sua squadra stavano tra il pubblico. Una Jennifer Ericson ancora debole tremava eretta, le lacrime le scorrevano sul viso.

Nathan, Ecaterina, Gerry e molti alfa del branco che avevano conosciuto Michael nel corso degli anni erano in piedi tra il pubblico.

Stephen, Barnabas, Frank e Barb. Suo padre, con Patricia che gli teneva la mano e Stephanie accanto a loro. Kevin e Jakob insieme stavano presidiando la base in Colorado mentre le autorità governative la ispezionavano, sperando di trovare qualcosa di incriminante... qualsiasi cosa.

Buona fortuna... Avevano tolto dalla base di tutto ciò che non volevano che il governo avesse, perfino i cannoni a rotaia.

Si fece avanti, una lacrima le scendeva lungo la guancia, ma la voce era ferma e si diffondeva a distanza tra le tante persone ammassate intorno.

«Abbiamo perso molte persone questa settimana.» Bethany Anne fissò gli occhi, guardando quelli che piangevano, cercando di dare conforto a quelli che poteva. «Siamo qui ora per onorare i nostri morti.»

La voce era salda e decisa. «Questa non è la prima volta che abbiamo perso persone care mentre combattevamo il male, sia che questa macchia fosse concentrata sull'espansione di una dittatura sulla Terra o sull'avidità e l'insidioso marciume che permea coloro che hanno il potere. Il loro desiderio di ciò che non è loro non conosce limiti, né prende in considerazione giusto o sbagliato, compresa la santità della vita, poiché cerca sopra ogni cosa ciò che desidera.» Fece una pausa per un momento. «Non sarà nemmeno l'ultima volta che dovremo dire addio a coloro che si sono sacrificati.»

Guardò le otto bare. «Questi eroi caduti non sono che l'acconto per un futuro che permetterà all'umanità di restare libera, libera dalle catene della schiavitù forzata da coloro che sono all'interno della nostra cultura e, cosa più importante, da quelli al di fuori del nostro mondo. Queste sono le anime che ci precedono mentre ci dirigiamo verso le stelle per prepararci. Il loro sacrificio non può essere e non sarà dimenticato.» Bethany Anne si voltò verso Peter, Nathan ed Ecaterina e annuì. I tre formarono una fila davanti a lei. Fece un cenno a Stephen, Barnabas e Gabrielle, che si avvicinarono e si voltarono verso la folla. Fece un cenno a Todd, Bobcat e William, che si avvicinarono e si misero nella stessa fila degli altri.

«Queste sono le persone a cui ho chiesto di rappresentarci qui per onorare i nostri caduti. Presentatevi.» L'inspirazione si sentì in tutto il gruppo mentre Nathan, Ecaterina e Peter si trasformarono nelle loro forme Pricolici. I visi di Stephen, Barnabas e Gabrielle cambiarono quando i loro occhi diventarono rossi e le loro zanne crebbero. I cambiamenti fecero sì che più di uno tra la folla facesse inconsciamente un passo indietro. Tre dei Guardiani si fecero avanti e presentarono degli M-14 a Todd, Bobcat e William. Li accettarono, caricarono i colpi e puntarono lontano dal pubblico.

«Ci sarà un giorno in cui questa Terra sarà libera da un futuro incerto. Sarà libera perché quelli qui e quelli di noi nel futuro si assicureranno che la porta sia chiusa in modo che nessun nemico possa disturbare questo pianeta senza passare prima da noi!»

Parlò ai nove schierati di fronte a lei. «Onoriamo quei Guardiani che sono stati con noi e sono morti per la protezione di tutto il nostro popolo.» Lo sparo di tre fucili riverberò nell'aria. «Onoriamo l'uomo che ha cercato di proteggere i bambini affidati alle sue cure senza paura e senza esitazione, combattendo per tenerli lontani da una condizione di ostaggio.» I tre fucili ruggirono di nuovo.

Bethany Anne si lasciò scivolare un'altra lacrima sul viso. «Infine, onoriamo il primo, il Patriarca, il creato, e il creatore per quelli di noi chiamati vampiri. A volte era duro, e qualcuno direbbe crudele. Per fortuna, non era l'uomo che ho conosciuto nella mia vita.»

Un'altra lacrima seguì la seconda.

Bethany Anne continuò: «Alla fine, gli è stata offerta una nuova possibilità, la proverbiale nuova prospettiva di vita, e l'ha afferrata. Ma il suo futuro non era quello che doveva essere. Ha sacrificato la sua vita, rimuovendo un'arma nucleare destinata a colpire la nostra gente.»

Bethany Anne guardò il gruppo di fronte a lei. «Molti di voi conoscono la storia, molti potrebbero non conoscerla, ma Michael scelse di cambiarmi in un modo che non era stato fatto in più di mille anni perché sentiva che un nuovo tipo di autorità era necessario per il Mondo Sconosciuto. Alla fine, non ha mollato, non ha vacillato e il suo onore è rimasto fedele. Mancherà molto a coloro che hanno conosciuto il nuovo Michael. A me mancherà più di tutti...».

Bethany Anne raddrizzò le spalle e parlò alla bara nera vuota. «Lo dirò davanti a tutti voi, come è giusto. È giusto, e deve essere detto.»

TOM, portamelo.

La bara di Michael si sollevò piano in aria e si librò davanti ai nove.

Bethany Anne parlò con calma. «Michael, Patriarca dei vampiri, ti amo. Amo l'uomo che eri. Amo l'uomo che sei diventato. Ho accettato il tuo amore in cambio e ti amerò per sempre.»

La sua voce si fermò per un secondo prima che potesse continuare. «Il tuo tempo con me è stato maledettamente breve!» Le lacrime le scorrevano sul viso. Bethany Anne cercò di ricomporsi.

Bastardo, perché mi hai lasciato?

Guardò di nuovo verso i presenti. «La vita è fatta di scelte, di quello che fai per quelli che ti sono vicini e per quelli che sono lontani. Quando avrò bisogno di sapere cosa significa l'onore, mi ricorderò del mio amore e di come ha vissuto il suo onore durante la sua vita.»

Si voltò di nuovo verso la bara. «Non ti dimenticherò mai, non abbandonerò mai il tuo amore e non disonorerò mai la scelta che hai fatto.»

Le altre sette bare si sollevarono con lentezza da terra, tutte a sei metri, e i fucili spararono di nuovo.

Poi si lanciarono nel cielo, dirigendosi attraverso la terra verso il sole, la loro destinazione finale.

Mentre tutti guardavano le bare scomparire in lontananza, Bethany Anne si asciugò di nascosto il viso.

Quando il pubblico addolorato si voltò verso Bethany Anne, il marcato contrasto nel suo viso fu evidente. Era sparita la tristezza. Non c'era più l'emozione aperta.

Con occhi rossi e infiammati, zanne aguzze, parlò. «Ora ho qualcos'altro da dire...»

Centro di Denver, CO, USA

«Siamo d'accordo, allora?» chiese Mark a Sia, poi si rivolse a Giannini. «Nient'altro che la verità?»

«Avremo bisogno di protezione», disse Sia. «Se volete farlo, sconvolgeremo persone molto influenti.»

Giannini ripensò a molto tempo prima, a una notte in una strada deserta in cui era scappata dal Nosferatu. Darryl le aveva spiegato cosa la stava inseguendo quella notte durante il loro unico appuntamento. Giannini si era goduta il loro bacio d'addio, ma un'altra donna aveva il cuore di lui, e non c'era modo per Giannini di catturarlo.

Né sarebbe stato giusto provarci.

Giannini si guardò intorno nel piccolo ristorante per la colazione e il caffè nel centro di Denver. Era un luogo grande e non molto affollato al momento, quindi avevano privacy. «Quali sono le tue sensazioni su Bethany Anne e la RDS Enterprises?»

Mark scrollò le spalle. «Sembra in buono stato. Ogni volta che le ho fatto una domanda, ha risposto abbastanza prontamente. Forse non sapevo quali fossero le domande giuste da fare.» Fece una pausa. «Perché, sai qualcosa?»

«Qualcosa di pertinente alla mia domanda sulla protezione?» chiese Sia.

«È una storia privata. Una storia personale. Non è da distribuire, e ed esigo una promessa sulla vostra parola giurata che non direte nulla senza il mio permesso o non lo condividerò con voi adesso.»

Mark guardò Sia, che scrollò le spalle e annuì, e si voltò di nuovo verso Giannini. «Va bene, hai la nostra parola.»

Giannini si voltò verso Sia, che accettò: «Sì, anche la mia.»

Giannini quindi raccontò la storia della prima volta che incontrò Bethany Anne e della lotta nel parco. Di com'era stata salvata da Gabrielle, e del salto attraverso i palazzi.

«Stai dicendo», sussurrò Sia cercando di assicurarsi che nessuno potesse sentirla, «che la CEO della RDS Enterprises è una vampira?»

«Ti sto dicendo che è un'umana modificata che sta lavorando per salvare il pianeta. I suoi occhi diventano rossi e le spuntano le zanne? Sì. Ma volete sapere cosa fa nel buio della notte? Allora fate attenzione alla Cecenia», disse loro Giannini.

Mark fu colto alla sprovvista dal commento sulla Cecenia. «Aspetta, stai dicendo che i terroristi massacrati laggiù erano opera sua?»

Giannini alzò le spalle. «Sì, e di chiunque fosse con lei.»

«Perché?» chiese Sia.

Mark si è rivolto a Sia. «Perché cosa?»

«Perché lo fa?» continuò Sia. «Ha il potere di oltre mille aziende e tutta la ricchezza che una persona potrebbe mai chiedere. Perché vorrebbe farlo?»

Giannini ci pensò su. «Bella domanda. Sono stata troppo vicina a lei per mettere in dubbio le sue motivazioni ora. Il modo migliore per ottenere questa informazione è chiederglielo di persona.»

«Cosa, adesso?» chiese Sia e si guardò intorno. «È qui o alla base?»

Giannini sorrise. «No! Lei è fuori... città, in questo momento», temporeggiò. «In realtà, con Bethany Anne, non si sa mai di preciso quando si farà vedere o dove si trova. Posso dire che non è in America, perché vogliono disperatamente farle delle domande. Sarebbe di fronte a tutti gli arroganti, quindi non sarebbe una bella situazione.»

«Non lo so», iniziò Mark. «Bethany Anne sarebbe un viso molto bello da mettere in...ahia!» sussultò Mark, guardando Sia. «Perché diavolo mi hai pestato il piede?»

«Oh, mi dispiace. Pensavo fosse la gamba del tavolo» sorrise Sia.

Giannini lanciò un'occhiata a Sia. «Devi superare la gelosia, o dovrai restarle lontano.»

All'inizio Sia fine di non capire, ma quando non ci riuscì, provò con l'irritazione, e alla fine ripiegò sulla rassegnazione. «Ci proverò, ma alcune teste sono di roccia.»

«Sì, lo sono», concordò Giannini. «Di solito bisogna prenderli a calci più in alto, non più in basso.»

«Di cosa state parlando voi due?» chiese Mark. «Non stavamo parlando di Bethany Anne?»

Giannini colse lo sguardo di esasperazione di Sia e le fece l'occhiolino prima di tornare a parlare di Bethany Anne. «Sì, la questione è se vuoi scendere nella tana del coniglio e avere anche protezione.»

«Perché, vuole altri giornalisti da compagnia?» chiese Mark, e quella volta fu Sia a mettere una mano sul braccio di Giannini per calmarlo. A quanto pareva, ci volevano due donne per mettere in riga un solo cronista maschio.

Per fortuna, anche Mark era capace di capire quando stava dicendo troppo. «Ah, scusa. Non lo intendevo come un attacco, ma... Ah, diavolo. Proviamo di nuovo. Perché dovrebbe concedere l'accesso preferenziale ad altri due giornalisti?»

Quella volta sorrise anche al momento giusto.

«Tende a dare le responsabilità a chi è più vicino all'azione.»

«Oh?» Mark si alzò di scatto. «Con chi dobbiamo socializzare di importante?» Si voltò e vide Sia che si nascondeva il viso con le mani. «Cosa?»

Una delle mani di Sia si staccò dal viso, e la usò per indicare Giannini. «Lei, idiota!»

Mark si voltò verso Giannini e sgranò gli occhi prima di guardare Sia di nuovo. «Scusa. Inizio a capire chi ha portato chi per tutto questo tempo.»

Sia tirò giù entrambe le mani e guardò Mark. «Maledizione, *puoi* imparare.» Si rivolse quindi a Giannini. «Supponendo che il nostro reporter itinerante non ti abbia offeso troppo, perché Bethany Anne lascia questo compito a te?»

«Perché vuole più racconti reali, ma significa rischiare più vite. In particolare, le vostre vite. Sì, forse avrete le storie del decennio, ma sarà anche pericoloso.»

«Non è proprio lì che abbiamo iniziato questa conversazione?» la interruppe Mark.

«Sì, che è dove... oh.» Sia si fermò. «Lei può offrirci protezione, ma noi dobbiamo essere tranquilli di salire a bordo, quindi significa che ci stai controllando dalla Francia, eh?» Giannini annuì. «Caspita, nemmeno *io* me l'aspettavo.»

«È un colloquio di lavoro maledettamente lungo.» Fu la risposta riflessiva di Mark. «Prendi queste cose piuttosto sul serio.»

Giannini rispose: «Mantengo la mia neutralità di giornalista, ma riconosco anche che il "lato buono" mi ha salvato la vita più volte. Ho parlato con Cheryl Lynn...»

«L'addetta alle pubbliche relazioni?» la interruppe Mark, poi guardò le due donne esasperate. «Va bene, in modalità "non interrompere" ora.»

Sia si mise a ridere e disse a Giannini: «Quell'impostazione è rotta, quindi non credere alla sua promessa.»

«Non ne avevo intenzione», confermò Giannini. «Comunque, Bethany Anne potrebbe richiedere che qualcosa venga tenuto nascosto per un po', ma di solito ha una buona ragione.»

«Perché, cattiva pubblicità?» chiese Mark.

«No, di solito sono notizie del tipo "il mondo andrà in fiamme se lo sapranno"», rispose.

«Sì, va bene», concordò Mark.

«Quindi vuole che affrontiamo i pesi massimi dall'altra parte?»

«No, quello lo fa Cheryl Lynn. Bethany Anne affronterebbe la cosa in modo diverso. Cheryl Lynn si rende conto che "c'è la verità, c'è la piena verità, e c'è quello che mettiamo in tv".»

«Frammenti, morsi sonori e pepite succose», commentò Mark con ironia. «Noi, invece, siamo il trio itinerante reso famoso dal nostro reportage astuto sul posto dalla battaglia più recente, con le nostre facce sorridenti che sono state affisse in tutto il mondo, e... Oh, mio Dio!» Mark smise di parlare per un momento. «Ci ha messo lei lì, vero?»

«Lei chi?» chiese Sia. «Cheryl Lynn o Bethany Anne?»

«Sì? No? Non lo so?» rispose Giannini. «Magari l'ha considerata una buona opportunità di PR e sapeva che non dovevo essere l'unica faccia davanti alla telecamera per tutto il tempo.»

«Lei... chi?» Sia si fermò. «Nessuno risponde alla mia domanda!»

«Entrambe», le rispose Giannini. «Se Bethany Anne ha fatto qualcosa, forse è stato un commento a Cheryl Lynn che diceva qualcosa come: "Sai, probabilmente dovremmo avere un altro punto di vista oltre a quello di Giannini, non credi?" Subito dopo, ricevo una telefonata da Cheryl Lynn con l'offerta di portare a bordo un'altra squadra se la esamino.»

«Noi», ponderò Mark.

«Ci finanzierà?» chiese Sia.

«Solo se vogliamo condividere il flusso di reddito», le disse Giannini. «Questo è un rapporto d'affari.»

«Quindi, lei ci aiuterà a proteggerci e ci permetterà l'accesso, ma a parte questo, dobbiamo solo sottoporle delle storie di tanto in tanto per confermare che non sono sensibili?» chiese Mark.

«No, sapremo se chiedere a lei o a Cheryl Lynn. Quindi, la decisione è lasciata più o meno a noi su quello che facciamo.»

«Oh.» Mark ridacchiò. «Questo fa sentire tutti adulti, vero?»

«Tu sei "adulto"», ribatté Sia. «Puoi anche pagare il conto con la nostra parte dei soldi delle licenze video.»

«Ci penso io», disse loro Giannini. «Il mio reddito da licenza era molto più grande.»

«Giusta osservazione», concordò Sia. «La redazione era un po' particolare riguardo ai nostri contratti. Menomale che tutti i video sono stati fatti con la vostra attrezzatura.»

«Un giorno, tipo dopo che avrai smesso ufficialmente, ti racconterò di questo», promise Giannini.

«Eh?» La comprensione si affacciò sul volto di Mark. «Avevi informazioni interne!» Indicò Giannini. «Ammettilo.»

«Non vi piacerebbe saperlo?» Giannini sorrise a entrambi. «Tutto quello che dovete fare è lasciare i vostri lavori per scoprire dove porta la tana del coniglio.» Fece l'occhiolino a entrambi mentre si alzava per andare a pagare.

RDS, Outback australiano

Gli occhi rossi di Bethany Anne avevano fissato tutti quelli che la guardavano in quel momento. Era circondata dalle sue guardie e di fronte a tre umani con fucili, tre Pricolici e tre vampiri, che insieme rappresentavano duemila anni di vita. Eppure, tutto ciò che potevano vedere era il volto granitico di Bethany Anne che li teneva fermi.

EPILOGO

<u>NRS *Princess Alexandria*, in viaggio tra le stelle (*futuro lontano*)</u>

Franath D'Tzaa, video-reporter D'tereth, toccò di nuovo il simbolo di registrazione dopo aver rivisto i suoi appunti.

«Salve, il mio nome è Franath D'Tzaa. Sono a bordo della NRS *Princess Alexandra*, una nave da guerra dell'Impero Eterico, e attualmente la nave ammiraglia che l'Imperatrice Bethany Anne sta usando per tornare con la sua squadra dal Mondo di Nodrizen.

Questa è la continuazione dell'intervista che abbiamo mandato in onda ieri. Le ho chiesto delle sue relazioni, compresa la sua presunta prima relazione molto dolorosa.

"Imperatrice Bethany Anne, lei è stata in gran parte reclusa dagli occhi del pubblico, eppure è una degli alieni più potenti tra le stelle. Si è scritto così tanto su di lei che è impossibile sapere cosa è vero e cosa è finzione. Cosa ne pensa?"

Il sorriso della donna ha illuminato la stanza. "Lo trovo esilarante! Leggo spesso le storie per vedere cosa ho in mente in questo decennio."

"Cosa intende per 'questo decennio?'."

"Oh, è facile. Man mano che la mia popolarità aumenta e diminuisce, i libri su di me possono essere esageratamente positivi e il decennio successivo esageratamente negativi."

"Cosa succede quando è in un decennio positivo?" ho chiesto.

"Mmm." Ci ha pensato su per un momento. "Le storie d'amore su di me hanno un lieto fine."

"Quindi, presumo che quando è un decennio negativo, non sia questo il caso?"

"Sì. Quando è un decennio negativo, di solito vengo messa da parte per un'altra donna che non è così brutta e povera e neanche lontanamente così stronza."

"Non credo che molti la chiamerebbero stronza!" ho esclamato.

"Si potrebbe restare sorpresi da alcuni dei miei primi nomi." Ha sorriso, ma non ha approfondito.

"Allora, è già stata innamorata?" ho chiesto, non sapendo se avrebbe risposto alla mia domanda.

"Sì. Il mio primo amore mi è stato portato via troppo presto nella nostra relazione. Mi ha insegnato molto su me stessa. Dopo la fine di quella relazione, ho avuto problemi di rabbia da gestire e ci sono voluti alcuni anni per affrontarli. Ma ho avuto almeno una relazione d'amore non platonica da quando è successo."

"C'è qualche nome che vuole fare?"

"Una signora non bacia e racconta", mi ha risposto in modo educato.

"Si dice da tempo che lei e l'imperatore Jian'tich del regno di Hirbororivich eravate molto vicini."

Il viso di Bethany Anne si è chiuso in uno sguardo di concentrazione. "Sai, l'ho sentito anch'io e vorrei solo sapere come funzionerebbe fisicamente? Gli Hirbororivich sono effettivamente piante altamente evolute, e la loro modalità è...

strana. A livello fisico, devono essere alti almeno la metà di me, quindi come funzionerebbe?"

"Ci sono stati accoppiamenti più strani nell'universo", ho replicato.

"Che possiamo confermare? Inoltre, ho fatto rintracciare quelle voci e ho scoperto che la squadra PR dell'imperatore Jian'tich stava mettendo in giro le voci per aiutarlo a corteggiare una moglie."

"Gli ha fatto qualcosa?" ho chiesto con curiosità.

"Ho fatto dire alla mia squadra che se non avesse trovato una moglie in dodici giri solari, non sarebbe stato contento di quella che avevo scelto per lui", è stata la risposta secca.

"Oh? E come è andata a finire?" ho domandato.

"Sai, le voci sono cessate subito. Si è fidanzato entro due giri solari, quindi non ho più dovuto averci a che fare. Scelgo di pensare che abbia trovato l'amore a prima vista", mi ha risposto.

Ho cercato di tornare al suo primo amore, ma ho capito che anche dopo tutto questo tempo, è ancora un argomento molto sensibile. Doveva essere un amore serio per influenzare una donna così a lungo dopo la sua fine. Qui è Franath D'Tzaa, e domani vi fornirò un'altra clip della mia intervista con una degli alieni più intriganti della nostra galassia.»

FINIS

SENZA TITOLO

I cani da guerra
La storia continua con il libro 10, *I cani da guerra*.
Presto disponibile su Amazon e su Kindle Unlimited

NOTE DELL'AUTORE - MICHAEL ANDERLE

Grazie. Non posso esprimere abbastanza il mio apprezzamento per il fatto che non solo avete preso il NONO libro, ma lo avete letto fino alla fine, e ORA state leggendo anche questo.

Sto scrivendo questo, cinque settimane dopo l'ultima uscita.

Succedono così tante cose in così poco tempo. Uno dei miei amici che ho conosciuto lavorando su questi libri, Stephen Russell, è andato in terapia intensiva poco dopo l'uscita dell'ultimo libro. Per quelli che non lo sanno, lui è l'editore di produzione, che ha aiutato dal quinto libro (*Nessuno sarà abbandonato*), e ha aiutato a costruire i processi usati per far uscire questi libri in un formato abbastanza decente così in fretta.

Ha subito un'operazione alla valvola cardiaca per riparare il danno a una valvola, e ieri ho saputo da sua cognata che si sta riprendendo e che questa settimana valuterà i prossimi passi. Prego per la sua continua guarigione, e quando leggerai questo, Stephen, MI SEI MANCATO!

Questo è stato un libro difficile da scrivere, un po' perché il mio schema è stato incasinato due volte prima che sistemassi le battute che sono diventate *Una scelta dura*. Ho avuto l'aiuto di

Kat Lind, che ha lavorato come editor di primo passaggio prima di fornire i capitoli a un gruppo di beta lettori più piccolo del normale (colpa mia, che sono rimasto indietro).

Il libro è di nuovo fuori per l'editing perché il gruppo lo riveda la prossima settimana, e aggiornerò di nuovo il libro non appena sarà fatto.

Ma la ragione principale per cui è stato difficile era sapere che Michael stava per morire e vacillare sul fatto che questo potesse accadere. Intendiamoci, se non fosse successo, avrei rovinato i miei piani per il prossimo libro, il che sarebbe stato ok, ma strano.

Poi, la parte difficile è stata scrivere, leggere e poi editare la scena del funerale, quando piangevo a dirotto mentre cercavo di editarla. Avete idea di quanto sia imbarazzante da dire per un americano?

Lo dico a mia moglie, che amo molto, ma lei lo trova esilarante... quindi non aiuta il mio ego maschile ;-). Il suo commento è stato: «Ricordi quando Snoopy stava in cima alla sua cuccia, scrivendo sulla macchina da scrivere e facendo un gran casino?» Poi scoppiava a ridere mentre teneva le mani come se scrivesse a macchina e faceva i suoni di pianto di Snoopy con la testa gettata all'indietro.

Hmmph, brontolone.

Passiamo a un altro argomento, e questo è OH DIO GRAZIE! Nelle ultime Note dell'Autore ho ammesso l'ansia che viene prima di premere "pubblica" su Amazon. Ho parlato di come, tra un po' di tempo, dopo la pubblicazione sbircerò sopra la scrivania e leggerò le recensioni per vedere se questo libro ha fatto orribilmente schifo. Be', alcuni di voi hanno lasciato delle recensioni di supporto, e grazie! Non avevo considerato che avreste fatto in modo che le recensioni fossero su Amazon così presto (quindi, non mi avete fatto mordere le unghie lunghe, il che è un aiuto. Le tengo più corte) e ora, LA COSTRUZIONE è il secondo libro più stellato del gruppo con 82 recensioni in sole 5 settimane.

La morte incarnata ha 129 recensioni dopo quasi sei mesi.

Quindi, GRAZIE a tutti voi per aver nutrito la mia piccola anima di autore mentre lavoravo a questo libro. È stato utile vedere il numero di recensioni salire durante quelle frustranti prime due settimane, lasciatemelo dire.

Vorrei anche dire GRAZIE alla SIL-USA per avermi aiutato a progettare le specifiche per l'ICP (piattaforma di calcolo indipendente). Quando ho specificato i computer originali per il primo tentativo di creare ADAM nel lontano... che libro era? Ho fatto circa quindici minuti di ricerca, e sono stato poi inchiodato in una recensione per le mie scelte («Intel? Davvero?») LOL.

Così, uno dei miei amici (che ho conosciuto grazie a Bethany Anne) è a capo di un'azienda che fa lavori di progettazione per grandi imprese per sale server, e ho pensato: «Perché non chiedere loro cosa dovrebbe specificare ADAM?» E l'hanno fatto! Ora, mi sento come se potessi essere orgoglioso del design per gli ICP! Forte!

Se volete commentare su ciò che avete preferito (scena, commento, evento, scarpe o pistola per Bethany Anne, arma che Nathan preferirebbe... qualsiasi cosa) unitevi a noi su Facebook e frequentate gli altri fan.

https://www.facebook.com/TheKurtherianGambitBooks/

Passate a salutare qualche volta!

Volete sapere quando sarà pronto il prossimo libro o per aggiornamenti importanti? Iscrivetevi alla mailing list - Prendete i nuovi libri a soli $0.99.

https://lmbpn.com/it/newsletter/

Grazie,

Michael Anderle, maggio 2016

*Tutto il merito per QUALSIASI conoscenza delle scarpe va a mia moglie, che lavora ancora per fornirmi anche solo un briciolo di senso della moda. Il motivo per cui mi chiede di commentare i suoi abiti al mattino mi confonde ancora oggi.

Seconda nota, anche il suggerimento di includere canini speciali è venuto da mia moglie.

Terza nota: Ora ho avuto il piacere di un giro in un negozio di Christian Louboutin e di guardare mia moglie comprare due (2) paia... Oh me**a... Ho avuto bisogno di qualcosa di forte per affrontarlo.

Quarta nota: Non è riuscita a trovare il video di Snoopy in cui scriveva e piangeva allo stesso tempo, quindi se ne siete a conoscenza, per favore inviatemelo alla pagina FB qui sopra!

;-)

I LIBRI DI MICHAEL ANDERLE

Iscriviti alla mailing list di **LMBPN** per essere avvisato delle nuove uscite e delle offerte speciali!

https://lmbpn.com/it/newsletter/

Per una lista completa dei libri di Michael Anderle, visitate il sito:

www.lmbpn.com/ma-books/

CONNETTITI CON L'AUTORE

Connettiti con Michael Anderle
Sito web: http://lmbpn.com
Lista e-mail: http://lmbpn.com/email/

I social media:
https://www.facebook.com/LMBPNPublishing
https://twitter.com/MichaelAnderle
https://www.instagram.com/lmbpn_publishing/
https://www.bookbub.com/authors/michael-anderle

RECENSIONI E VALUTAZIONI

Ti è piaciuto il libro? Scrivici una recensione o valutaci con stelle sul sito su cui hai acquistato il libro. Vai semplicemente alla fine di questo libro e il tuo lettore ebook ti chiederà una valutazione.

Essendo un editore indipendente che investe la maggior parte delle sue entrate nell'introduzione di nuove serie in Italia, noi di LMBPN International non abbiamo la capacità di lanciare grandi campagne pubblicitarie. Pertanto, le recensioni costruttive e le valutazioni con stelle sono molto preziose per noi, in quanto puoi aumentare di molto la visibilità di questo libro per nuovi lettori che ancora non conoscono le nostre serie. In questo modo ci permetti di portare molte altre nuove serie in italiano.

NEWSLETTER

Benvenuti in un viaggio emozionante con LMBPN® International! Iscriviti alla nostra newsletter per accedere ad aggiornamenti esclusivi e contenuti gratuiti. Come nostro stimato abbonato, godrai di un'esperienza ricca piena di sorprese. Immergiti in nuovi mondi, intuizioni uniche e storie emozionanti che ti aspettano. Unisciti ora, diventa parte dell'avventura internazionale LMBPN® e diventa davvero parte della storia!

https://lmbpn.com/it/newsletter/